我的孤独与我无关

王斌 著

百花洲文艺出版社
BAIHUAZHOU LITERATURE AND ART PRESS

图书在版编目（CIP）数据

我的孤独，与我无关 / 王斌著. -- 南昌 : 百花洲文艺出版社, 2018.11
ISBN 978-7-5500-2704-6

I.①我… II.①王… III.①散文集－中国－当代 IV.①I267

中国版本图书馆CIP数据核字（2018）第037126号

我的孤独，与我无关

王斌 著

出 版 人	姚雪雪
责任编辑	袁 蓉
封面设计	浪殿工作室 · 飞扬设计
版式设计	书情文化
出版发行	百花洲文艺出版社
地　　址	南昌市红谷滩新区世贸路898号博能中心I期A座20楼
邮　　编	330038
经　　销	全国新华书店
印　　刷	三河市兴达印务有限公司
开　　本	710mm × 1000mm　1/16
印　　张	15.5
字　　数	280千字
版　　次	2018年11月第1版　2018年11月第1次印刷
书　　号	ISBN 978-7-5500-2704-6
定　　价	45.00元

赣版权登字：05－2018－86

邮购联系 0791-86895108
网 址 http://www.bhzwy.com
图书若有印装错误，影响阅读，可向承印厂联系调换。

目　录

第三部分　我与我的电影圈

第四部分　我的伪古典音乐发烧友身份

第六部分　我不能没有朋友

第一部分

我的孤独生活

于我，生活是长久的一个人的存在。

熟悉吗?

如果熟悉，

我们，在一起得了。

情人节

在家待了一天，偶尔朋友来电，方知今日竟是情人节！

朋友调侃道，哟，这么老实？也不出去约个人什么的？我想想也没什么人好约呀，于是打趣说，约了。其实，我上午“约”的是在电脑前码字；午后“约”的是投影赏碟，看了部美国枪战片。这种安排挺好，乐得清闲自在。

晚间本想着出门撮顿晚餐，可临了发现肚子居然不饿，于是熬了点稀粥，就点小咸菜，这顿饭就如此打发了。

正吃着，海归老友丹阳来电，执意要与我讨论今年奥斯卡最佳故事片大热门《本杰明·巴顿》。此话题是因了他曾郑重地向我推荐这部片子，正好我前天从店里买到了，兴致盎然地看了一会儿，结果令我失望。

此兄今日的电话是询问看完后作何评价，我仍告之此片一般般，比《调包婴儿》差得远去了，（可是后者奥斯卡居然榜上无名！只能说这帮评委走了眼）只能说明美国人口味浅薄。《调包婴儿》对美国旧式体制的揭露、批判入木三分，美国人肯定不爽。丹阳沉吟了一会儿，说，是吗？那我还得再看看。他说他上次是在美国电影院里看的。我说光有一个好的创意并不等于是一部好电影，同属创意电影，当年的《阿甘正传》就值得赞赏。丹阳说，《本杰明·巴顿》与之为同一编剧。我说：难怪，要不怎么瞅着长得像呢！创意上如出一辙，但落实到情节及细节上却差之千里。

没过一会儿，丹阳又来电，说在附近买碟，我大叫别在那儿买，那里一张十元，还是去国际村吧，那儿才六元。他笑了，说，下楼吧，我就在你边上呢。

我匆匆下了楼，上了他的小宝马，见丹阳女友正嫣然一笑。我说，哟呵，不愧是情人节呀，倒是成双成对地出了门。丹阳问，是情人节吗？真不知道。我又贫了一句，说明你俩情投意合，不知情人节，知结伴出门；不用告之是情人节，便有了情人之行。我这么说是因为这个小丫头平时根本不跟我们一道出门玩。

一路走着，马路上车辆多如牛毛，我们这一带逢年过节就车满人患，由此可见情人节约会的人之多。我们走走停停，终于到了国际村，好家伙，仍然人多，我赶紧在架上搜寻着我要的碟片。

正看着，丹阳已将几张递了过来，说，这几张要买，我在美国都看过了，都是奥斯卡提名的电影。好在有他，否则这其中的几张我肯定错过，因为我不懂英文，海外的电影信息又闭塞，加之碟海如云，我就冲着封面做取舍了，这很容易与好片失之交臂。

没过一会儿，我便顿感收获颇丰了，今年祖国的碟片事业发展迅猛，令人惊喜，奥斯卡奖尚未一锤定音，大批的提名片已赫然在列，风姿招展，如何能不让人一喜？

回到家整理了一下，除了我喜欢的商业片之外，大多是金球奖及奥斯卡提名的电影，如《贫民窟的百万富翁》《本杰明·巴顿》《摔角王》《虐童疑云》《革命之路》《冰冻之河》《调包婴儿》《杀手没有假期》（此片获金球奖喜剧类最佳男主角，我提醒碟友注意，这是一部有想法的好电影，虽然情节上有些编造的痕迹，但仍不失为值得一看的电影，另外在我看来，应当得奖的并非是科林·法雷尔，而是与他同台竞技的那位英国演员——他的演技炉火纯青）及《和巴什尔跳华尔兹》。可惜当时我只是晚了一步，《生死朗读》一片半小时前便被抢光，令我捶胸顿足大呼悲惨。

在我的印象中，在奥斯卡颁奖礼之前，如此之全地搜集到提名影片，此为首例。

这一天是我快乐的情人节。

周末

中午出门见了一位朋友，回来后开始感觉困了，进屋开了空调，倒头便睡。我有睡午觉的习惯，这是当兵时养成的坏毛病，延续至今，有空便睡个午觉。

电话把我吵醒了，是小雪。她说她和小阳就在我家附近，今天她们新家要进餐桌了。你不想看一眼？小雪俏皮地问。我答应了，翻身起来，揉了揉眼睛，中午睡一下真好，感觉精神多了。

小阳的“大切”到了，我下了楼。坐上车我问：今天是五日吗？因为印象中大餐桌是五日到。小雪说提前送货了。我哦了一声回应道。

大餐桌是前一段时间我和小阳逛伊力诺依家具店时看中的，瞅着就顺眼，我劝小阳务必拿下。在你家太合适了，何况现在是七折，我当时说。小阳看着也喜欢，又找人加了点折扣买下了。

他们新家的客厅就差这张桌子了。

到了“水岸”，送货的还没到，我们蹓蹓跶跶地漫步去了“丽都水岸”对面的“上东”。那也是一座庞大的公寓聚落，沿街开设了一个小广场，很有点欧洲风情的味道，尤其是其中的一家面包店。小雪已经嚷嚷了好几次这家面包店的“美味”了。今天正好有空，赶去尝尝。我相信小阳和小雪，于时尚方面的信息他们很少有误。

先要了一杯冰咖啡，然后步入小广场，在一把遮阳伞下找了几把椅子坐下。清风吹起了，北京是阴天，还有丝丝凉意，大爽。

小阳买来了面包，一尝果然大好，口味极佳，凭这，这家店必定大火。“上东”的开发商还是有品位的，在房子的周边又建了这么多颇具欧洲风格的小店，弥漫出浓浓地道的欧洲风格的生活气息，足见其眼光高远。

但“上东”的周末狂欢就不太靠谱了。马路对面简单地支了一个台子，一帮摇滚歌手们在声嘶力竭地吼叫着，由于音响设备不佳，所有的声音都变成了噪音，听起来刺耳且古怪，让人完全没法忍受。我不知道“上东”的业主们为什么没人抗议。

西西窜来了，这位女同胞对于自己的风韵是充满自信的，尤其是近一段时间，感觉是重返了一次青春，穿着小背心和一条短裤就出现在了众目睽睽之下。我“哟”了一声，问：今天是怎么了，整得这么性感？她白了我一眼，进面包间找小雪去了。西西和她先生阮大少是我的朋友兼邻居，我们说话向来随便，经常以互“损”为快。西西的精明是有口皆碑的，现在她是来找小雪介绍的一位保险人员咨询理财之道的，这方面她自己就是行家里手，加上她们家的上海先生阮大少，都是对机会最敏感的人，这让我这个糊涂人深为钦佩。

刘娜和小林也应邀前来。小林今天穿着倒是休闲，宽松裤子和格子T恤，像是变了一个人。

小阳接了个电话就匆匆离去了，很快就打来了电话，说是桌子来了，并已安置就位。我说好，同志们集体起立，咱走着。

进门，小阳笑逐颜开的样子，让我知道了他的满意程度。其实在餐桌摆进来之前我已经想象到了它会很精彩，但归入位置后的精彩程度还是超出了想象。我围着餐桌转了一圈，明知故问，大家猜猜这家伙值多少钱？小林琢磨了一下，很严肃地说，要一万五以上。刘娜表示同意。我和小阳对视了一眼，哈哈一乐，小阳说一共四千多点。小林惊讶了，说不会吧！的确，桌子是由三块不同花色且厚重的大理石支撑的，桌面是一块厚玻璃板，显得高雅大气，做工也精细，很上档次，说是意大利制造的也不会有人怀疑。小林感叹，我很少在这方面把价格说不准的。但他这次可瞎了！

众人将“水岸俱乐部”赞美了一番，就踩着点去吃饭了。我们所去的地点是好运街的“睛海”日料。小阳对吃一向讲究，跟着他走准没错，一般集体吃饭的去处都是由他来开发，何况那里我们去过很多次了。

重点还是烤鱼——睛海的烤鱼正宗。小阳有意没开车，为了能喝酒，他们憋着要灌我。果然，上来就要我喝，我怎么推托都不成，只好硬着头皮跟他们喝，然后故意地胡说八道，让他们觉得我有些醉意了，更何况我一喝酒就脸红，脑门上的三根青筋赫然暴突。

小阳他们放了我一马。只是西西使坏，拼命地给我加酒，她总算找到了“报复”我的机会，穷追猛打，我只能节节败退了。好在日本清酒不易醉人，否则我将失去尊严。最终还是挺住了，我心中窃喜，但佯装醉意已浓，四肢摇晃，这个角色我演得不错。席间有人说，王叔叔（朋友们总是这样戏称我，原因是当年我和小阳家找了同一个小时工打扫卫生，她称我为王叔叔，于是我的称谓在朋友们面前流传至今）脸都发紫了，别再喝了。

我只是大脑有些发飘，感觉甚好；但真不想喝了，我对酒向来没兴趣。

散席后我们没打车，步行去了我家。小风一直吹着，舒服极了。我发现这点酒喝得正好，走起路来身轻如燕，飘飘然有如神仙。

茶与人

几个星期前，颇具法式风度的谢强便向小阳郑重地推荐一位他所认识的茶友：“她喝茶快成仙呐。”谢强一脸认真地说，感觉那句话如不配上这一表情会显得不够郑重其事。

谢强不无羡慕地向我们提及了那位被称为“茶仙”的女子，炫耀般地说她的房子里如何收藏了各种普洱，又有多少紫砂壶，她又是如何地沉浸在这种品茶的享受中。我听了亦觉好奇，京城尚有这等奇女子？末了，谢强对小阳说，此人就住在你们“水岸”，让你们认识一下？小阳当即应允了。谢强见我对这人亦好奇，又曰：你也见见？我亦应允了。

一晃半个月过去了。日前，小阳来电约我了。我们一道从小阳家出来，穿过“水岸”的院子，拐去了另一幢楼。进门就迎来一张挺严肃的面孔，还没等谢强介绍，此人瞅我一眼，认识，她说。我亦觉确实眼熟，后一想，哟，她不就是 1989 年 6 月第一次与刘恒一道去《菊豆》剧组时的制片吗？可后来再也没有见到过她。她告诉我说现在退休在家了，乐得一份逍遥。

主人一副大大咧咧的模样，还透着一种机灵和俏皮。家里挂了不少当代油画，水准我却不敢恭维，据说她花了几万元拿下的。

穿过了玄关，果然，到处是一排排书架，但上面罗列的并非是书，而是各类普洱茶和各式各样的紫砂壶。至于她那不多的书籍，可怜兮兮地被主人打发到了卫生间的一张矮凳上，可见“它”的身份在这里的尴尬。

普洱却受到了皇家般的礼遇。没聊上几句，主人亦知我们来此一游专是为了品茶，便二话没说在桌上张罗上了一套茶具，蓄上热水，小炉火烧着。小阳轻车熟路地跟着一路照应，而我这个土包子只是张目看着，私下里暗暗记住煮茶的这一套程序，瞧熟了再说。

我与“熟人”聊起了电影。又与谢强聊起了法国绘画与哲学。谢强翻译了好几本法国哲学家的著作，以致自己的生活习性及风格都沾染了法式的浪漫和小资情调：话里话外总会夹带出一丝颇为“暧昧”的小意思。

那边厢，“茶仙”果与小阳相言甚欢，互相攀着道行上的见识，一会儿拿出茶来彼此打量着，说着普洱的年份及来历；时而又拿几个紫砂壶来，手棒着看着它的造型和泥土的成色，论说着它的品相与地位，当然免不了还要扯上点价格。听了都让我咂舌，还稍带地说出制造此物的艺术家的大名，某某属本人的作品，或某某是其后代或弟子的仿作，一看就是熟门熟路，内行得可以。我听着都直瞪眼，心想可真是行行出状元，要不然如何能如此门儿清。看来这里面的学问大了去了，非旦夕之间所能学会的。

我愿意来此品茶，说到底私下里有一暗藏的目的，即我对生活中骤然出现一位遗世独立且颇有逍遥之风的人一份好奇。毕竟这世上爱热闹、喧哗的人居多，但有人偏安一隅，且自得其乐，在我看来近乎是一奇迹，况且还是一个见过世面的人，居然醉心于茶道，更是有点不可思议了。所以当谢强提及其人时，我当即表示，此人当可一见，因其够典型。

这位典型人物的性格亦可谓是颇具特色，大大咧咧，不时会爆发出一阵大笑，没有一丝一毫淑女之风范；且行走如风，与那清雅飘逸的茶性相距甚远。如不是亲眼所见，难以想象如此快人快语者竟然能与茶为伍。其明明是一江南女子，却生就了北方豪女之品性，这亦属稀罕了。

虽然“茶仙”性格上与茶性大异其趣，但那种人生态度又隐隐然地接续了茶脉，那就是有一份于浊世中独立而出的超然和清高，与茶相伴寻觅着生活的真味道，这无论如何是一种节制和修养的境界，让我仰慕。

我虽说亦在追求那种清静无为的人生之风骨，但谈何容易！且又没有那份清雅的超然，所以，虽然我那天言语不多，但收获略丰：人生在世，还是要做到能进能退，无须时时激流勇进；或许在那个清虚淡雅的茶道之中，在那个造型各异的紫砂壶里，就默默地隐藏了不少人生之奥秘呢。

存在即选择

一般而言，无论手机还是电脑，我均为用到实在不能再用时方弃之一旁，与时髦人群中时不时地“更新换代、日新月异”不同。我的所谓逆潮流而动的缘由乃是怕麻烦，还有就是为了节省费用。我是一个电子盲，一旦新玩意儿到手，首先袭上心头的绝非惊喜，而是茫然：电器上的指示及说明只会让我的心境瞬间陷入迷惘，而唯一弃旧的动力，只在于除此之外我似乎又别无选择。

可这一次我很可能将主动做出一个抉择——更新我的笔记本电脑；而在此前，我一直以为这台曾让我如此心仪的小家伙还会伴随我好些年呢。

这是一台 IBMX61 型笔记本，它跟随着我走过了一年的人生旅程。当年为了它的光临，我专门托珠海的好友从澳门购置。此前，我的另一台笔记本已病入膏肓（它追随了我七年），我请人来为它实施的拯救计划都相继宣告失败，唯一的选择只能是更新换代。

那天电脑终于由朋友托人送我，让我好一阵狂喜。它小巧玲珑的模样让我爱不释手，而且键盘的弹性亦属一流，尽管之前有朋友劝告我要换成苹果，我都充耳不闻。并非是不喜欢苹果的可爱模样，是私下里恐惧它操作上的麻烦。我说了，我是一个电子盲，而且我在这方面奇笨无比，我只知苹果与 XP 系统有异。

那时，我的这台 X61 笔记本还真救了我，它的能量极大，大到了它刚一到手，我的那台戴尔台式就“吓得”屏幕“虾米”了，而且又赶上我正好即将开始小说《遇》的续写，且我对显示的字迹又格外之挑剔，而它满足了我。

所以我得感谢我的这台 X61，没有它，我可能完全没有情绪继续写完我的小说，可能至今它仍然在沉默中昏睡。

但现在，我得谴责自己的“忘恩负义”了。

我一直在用这台小小的电脑上网及写作，并没有因此觉得它有什么不便，我甚至得意地四下里向所有的朋友宣告它的“美德”及它小鸟依人般的美丽，但我使用的词汇是“酷”——虽然这与我所谓的小鸟依人有那么点“风马牛不相及”，权且如此地赞美它吧：没有它我写不完那篇小说，没有它亦没有我去年一年的博客文字，还有我与知心朋友在网上的联络……它都功不可没。

直到去年的圣诞前夕，一位好朋友为了鼓励我写出更好的文字，送了我一台苹果台式电脑。当它十分庄重且潇洒地置放在我的书桌上时，我顿时被它彻底征服了，所谓的“拉风”一说瞬时在我的脑海里响亮地呼啸而起，它真的是漂亮得让人不由得心颤。更神奇的在于，它显现出的字迹，如同神灵辅佐，那汉字在屏幕上如彩虹般灿烂，又如春天的丁香般绚丽。

于是那台曾经被我百般宠爱的 X61 被弃之一旁了，我像一个顽童般地赖在苹果电脑上，激扬我的文字。有一天，我计划出门写点东西而不得不带上 X61，这才发现我已然不能容忍在 X61 上显现出的字形，看着它，我失却了写作的欲望，脑子一片空白，甚至心烦，我这才发现它的悲剧因为苹果的出现而开始了，看来我只能将它放弃。这个感觉让我悲伤，一则是因为它伴随我走过的这一年所产生的感情，二则是这将逼迫我不得不损失一笔不小的银子。经过一番激烈的思想斗争，我决定先将它“双规”一段，以观后效。

可事不凑巧，自升格为孩子他爸且“失踪”已久的小阳出现后，我的这番痛苦的徘徊又将我推入一个两难境地。那天，我们计划去一家西餐厅吃饭，由于时间尚早，约的朋友还没下班，小阳说，走，王叔叔，我带你去看看苹果电脑吧，又上新款了，配置比你的那款更高，而且价格不升反降。这引起了我的好奇，说实话，我这一生尚未进过真正的苹果专卖店，那种过度时尚的氛围让我有一种不适之感，可小阳属时尚一族，跟着他步入，想必我亦非末路之辈。于是去了三里屯苹果总店。

好家伙，真酷！好大一个店，苹果的那个巨大的标志打老远就赫然在目了，里面转悠的人不算太多，服务生礼貌如仪，那一台台苹果电脑（台式电脑及笔记本）整齐排列，一字摆开。一问，方知新款尚未到货，于是我们随意地蹓跶上了。我一眼看出眼前的笔记本与我以往见过的稍有不同，过去我所见的都是漆黑或雪白的，令我不喜。不喜的并不是非黑即白的单调色彩，而是上面的键盘排列让我看着不舒服，不如我的 X61。可今非昔比了，除了那两种颜色，还多了个新款（暂且不说苹果的超薄款，那太贵），即银灰色的外壳，黑色的键盘。我上前轻轻地敲击了一下，手感好极。小阳过来说，这款好，过去的那款是塑料外壳，这一款乃为金属，王叔叔不来一台？他笑眯眯地看着我，眼神里憋着小坏——那是在诱惑我拿下一台，我尴尬地说去年才买了一台 IBM，还是新的，再换，太奢侈了吧。

啧，小阳嘴角一撇，电脑用一年就该换了，他说。我赶紧点头：那是。心里却仍在坚持着自己的立场——不能太奢。小阳还在絮叨苹果的好，说等新款上市他还要再买一台台式的。多便宜呀，小阳说，要在过去，这种配置可是要好几万呢，现在真便宜了！他感叹地说。我也不知道他所说的过去有多贵，但看下来现在也不便宜，我看中的那台标价一万多，和我那台 X61 基本同价位，但我那台毕竟才用了一年，我怎么能如此喜新厌旧？

回到家，又打开了闲置已久的 X61，试着打上几个字，瞅瞅上面显现出的字体，还真是一丁点感觉都没有了。真想扇自己耳光了，看来对它的背叛势在必行。我从来没有这么奢侈过，这像我吗？可问题在于这又涉及我的写作情绪，事关我的饭碗，没状态我便写不出字。我就权且混蛋一次吧。当初我的朋友那么苦口婆心地向我宣扬苹果的好，我为何就当成了耳边风呢？悔不当初呀！教训从来都是用痛苦换来的，我怀念朋友的那番谆谆教诲，它又一次地在我的耳畔轰然炸响。

人生或许亦如是，一个偶然的抉择失误，将与幸运失之交臂，命运有此拐弯，这正是萨特意义上的“存在即选择”。

另一种远行

我正迷瞪着，电话铃声响了，一看竟是我一位远行的朋友；接听时那边传来了他那熟悉的声音，我忙问你们在哪呢？

我们现在在西藏，朋友说。我笑了。看来你们还是没被大风雪堵在路上，我说。朋友亦乐。还好，走了一半路了，朋友说。

朋友与他的夫人同行，几天前去了云南的梅里雪山，从那里出发，要围着雪山转一圈，据说，山的另一头便是西藏了。

走前我与朋友见过一面。我问，你做好准备了吗？他说准备好了，除了每周抽空去北京的西山爬爬山锻炼一下身体之外，他们还备好了全套的户外设备，诸如睡袋、风寒衣之类。真有这么大决心呀，我感叹道。朋友点头，试试自己吧，他说。其实我知道他的夫人在这个问题上比他有决心，执意要去，似乎成了一种理想的召唤。

就在去年的某一天，屋外刮着大风，他们夫妇俩来我家登门造访。那时他们刚从云南返京，脸上还带着仆仆风尘，进门就径直下了厨房，没一会儿各种热腾腾的菜肴就端上了桌来，然后兴致勃勃地开聊。说得最多的是他们两人的这一趟远行，其中亦谈及在一家小酒吧里，与老板娘聊起了梅里雪山。那是座神山，老板娘告诉他们，没有灵性的人是看不到它的。而这位来自四川的老板娘就因为喜欢这里，有一天居然扎根下来不走了，开了酒吧接待来自四面八方朝圣的人。

朋友的夫人告诉我，明年一定要去一趟梅里雪山，这是心愿，什么也挡不住她的步伐。我问朋友，那你呢？他犹豫着，告诉我他还没想好。他的夫人快人快语地接茬：他不去我一个人也去，反正我是下决心了。我在一旁听着，不知为什么眼前奇妙地浮现出了那个云雾缭绕的雪山。

今天朋友在电话中告诉我，再有四五天就可以转完山了，我让他注意身体，祝他们一切顺利，并说，等你们回来我为你们接风洗尘。

近一段时间，我的几位好朋友都出门远行了，另外两对朋友结伴去了欧洲，而且一去就是半个多月。前几天，从欧洲回来的其中一位朋友来我家小坐，聊了许多欧洲见闻，兴致颇高，其中当然免不了狂热的购物行动，我听着多少有些麻木。因为除了巴黎，我对欧洲的其他地方没有太大的感觉，我只是感到了累，感到了由于语言不通引起的紧张和厌烦。

朋友们不同目的的远行让我有了一些小小的感叹，那就是，我们究竟要选择一种什么样的生活方式？同为出门，但却是截然不同的两种境界，一个是风光旖旎的浪漫旅游，一个是一路风尘的跋山涉水；一个是向时尚之都的致敬，一个是向神圣的虔诚膜拜；一个是世俗之行，一个是朝圣之旅，这也正是我们内心生活所要时时面对的两极。

我自己是没有勇气如朋友那般去朝圣的，也无热情去欧洲游览。于我而言，雪山之行太艰苦，在荒无人烟的古道上顶着大风多少有些冒险，我佩服朋友的朝圣之旅。同时我亦羡慕另一拨朋友的世俗之行，那是一种纯粹的休闲，一种浪漫诗意的漫游，人有时需要这样一种惬意的生活，能让自己获得彻底的放松，没有所思所想，只有陶醉般的享乐。

所以于我，圣界与俗界均在我的心中存留着，彼此有时还会发生一些激烈的碰撞。这就是人生，在挣扎和惶惑中我们才能渐渐地触摸到最真切的人性，从而看清自己。

而我，只是一次又一次地以自己的方式，在想象中游历和远行。时而飘在圣界，时而又游弋俗界，可何处才是我真实的故乡呢？

那满山遍野的杜鹃花

你们明天一定要去爬那座山，县长微笑地说，山上有座庙很灵的。

他说的山，在当地被唤作龙泉山。我们一行三人在经过一天的颠簸后，终于在当天下午抵达贵州黔东南的丹寨县，这一带四周被群山所环绕，山岚如一条若隐若现的轻烟笼在山腰间。出发前我看了一眼网上的天气预报，得知贵阳连续几天都将逢暴雨，心情便有些许黯然，因为这将会影响我们一行的游览——我一直希望有机会去少数民族居住区看上一眼的，这是我的一个心愿。此次正好被朋友召唤，不由得心生欢喜，只是这场雨，让我踌躇了。

但朋友的邀请，我亦难以拒绝，毕竟雨中徜徉于苗寨、侗寨又是另一种情趣。南方的雨曾让眼下置身于北方的我魂牵梦绕，那是因了那细雨蒙蒙中有我的许多记忆。

到了丹寨县才知亦来了许多异乡客，甚至有来自法兰西的远道客人。当晚的酒宴令我不太自在，这种场合我总是无所适从。好在那位侗族的县长，唱了一曲侗族的民歌，令我一惊，那歌声中仿佛有一种什么奇异的东西在吸引着我。

未几，县长说，你们一定要去爬龙泉山，我们这里的人说想生子的或想发财升官的，拜拜就灵。

第二天一早，我们就坐车来到了山脚下。居然没下雨！这让我心中暗喜。我抬眼望去，心里开始发怵，那山委实太高了，我担心我的体力是否能支撑到最后。

此次决意登山绝非是为了那个所谓“灵验”的民间传说，而是县长最后的那句话：在山顶上，你能看到满山的杜鹃花，说时他的脸上闪现出一丝光芒。山高吗？我问。不高，他说，我一天可以来回爬三趟。

我觉得山还是很高。龙泉山顶遥遥地耸立在我的眼前，我必须仰起脸来打量它。定了定神，便甩开同伴，一个人先行向山顶冲刺了，背后传来同行的成都小龙的呼唤：等等，一会儿旅游局长会来陪我们爬。另两位与我同来的“共和国军人”小姐亦在看着我，我挥了一下手，没停，继续一步步地踏着石板小路艰难地往上走去。我知道她们会怪我太不够绅士了。没关系，有小龙这位男士陪伴，足矣。我只会成为她们的拖累，所以我先行，这样我好中途歇歇，不至于影响她们的进度。

走了一程，我歇息时，他们一行出现了，一看，少了一位同行的海伦，问起来，才知这位大小姐刚爬几步就累趴下了，自言不登了。我们四人又开始前行，那是因为多了一位当地的旅游局长。

天气真好，雾岚散尽，悬挂在东方的艳阳透出了一丝娇媚，大山遮掩了它的温柔的光照，只能看到山洼下那一片平坦的大地被阳光所覆盖。

上山的小路是由一块块不规整的青石板铺设而成的，在我们的左手边，有一条山间清泉高低起伏奔腾流淌。我很长时间没有聆听到这种悦耳的清泉之声了。它哗啦啦地一路径山流泻，偶尔会在小石岩上激起一阵小小的浪花，又激流直下了。

再拐一个弯，清泉不见了。现在的我们被两座大山所“挟持”，只能在狭长的小石路上攀爬了。我气喘吁吁，很想放弃了，因为所谓的胜利还在高处，我真是爬不动了。热汗顺着我的脊背无声地流淌着，我双手撑膝喘息不止。

我不行了，我说，一屁股坐在岩石上。小龙仍在催我再使一把劲，我摇着头，心里在打着退堂鼓。

这时传来几位年轻女孩儿的嬉笑之声，不一会儿她们从山道的拐弯处出现了，穿着打扮时髦，有着富有朝气的面孔。她们好像也累了，在我的边上坐下歇着了。

你们是哪的？我问，其实心里已然认定她们来自贵阳或别的城市。

就这里的呀，一位脸颊红彤彤的女孩应道，她的眼神透出一股调皮的劲头。

这里的？我微惊，因为真不像。

是苗族吗？我问道。

是呀，那女孩儿微笑地说。

说完，女孩儿们又互相鼓励着往上爬去，我冲着她们吆喝了一声，还远吗？

因为丛丛针叶林挡住了我的视线。不远，她回眸一笑，快走吧！

我们继续往上攀爬，举步维艰。不一会儿又歇了，那些女孩儿还在嘻嘻哈哈地乐着。我叼上一支烟，你们今天是来玩的吗？我问女孩儿们。其他人都在乐着看着我，没言声，还有一丝腼腆。又是那个活泼的小女生开口了，今天不是星期天吗？我们来玩呗。

常来吗？我问。

嗯，她肯定地点点头。

听说你们苗家的图腾是鸟，对吗？

我们是锦鸟喽。她笑说。我听成了金鸟，一时不解，皱着眉心看着她：金鸟？什么“金”？

哎哟，就是锦鸟嘛。她说，又飞快地用身体摆出一副锦鸟展翅的姿势，像是一尊凝固的雕像。我亦起身，学着她做飞鸟状，她歪着脖子看我：不对喽，是这样。她又重新“飞”了一下。我观察着，又来了一下，还是不对，她笑了，将我的左手掌往上扳了一下。这就对喽。我也乐着，收手，又“飞”了一个。我注意到她“飞”出的右手会将大拇指与食指轻“捻”成一个鸟嘴的模样，我亦模仿。她瞅着我一嘟嘴，你这不是锦鸟，是瘟鸡嘞，说着将小手伸出，用手指轻捻成鸟嘴的模样，我大乐。

偶遇一匹矮马，在马夫挥鞭的吆喝声之中，咯嗒咯嗒地蹬着石阶，马背上驮着东西。这马负重上山的动作真好玩，噔噔噔地双蹄前迈，后身微屈几下，蹭蹭蹭地就“健步”跨越了石阶。我说这定是蒙古种马，当年成吉思汗率领的蒙古勇士们就是骑着这蒙古矮马征服了世界。小龙说不是，此谓蜀滇马，说旧时茶马古道上贩客们驱赶的就是这类马，耐力强，善山道。我大悟。

她们又相闹着“噔噔噔”地疾步跑了几级台阶，很快要在拐弯处消失了，那个女孩回眸一笑，不远了，快走。我感到惭愧，人家一小女子都能在山上健步如飞，我这大老爷们还气馁，真丢人。我站起了身。

哎哟，杜鹃花！这是随行的“共和国军人”冬秋的惊叹，抬眼望，果然是一片粉红的杜鹃花，蓬蓬勃勃地生长在石路的两旁，恣意地怒放着，我的心情为之一震。我想起了我在福建海岛上当兵时的情景，那漫山遍野的杜鹃花铺天盖地，一整座大山都被那一片粉红所浸染，令人心醉。可这种醉意，在当时似无太多的感觉，只是在今天面对这丛丛杜鹃绽放时，却在记忆中复活了。

喂，帮我照一张，我说。冬秋赶紧拿出相机，我摆了一个姿势，并笑曰：此为他在丛中笑。我的样子一定愚蠢之极，冬秋大笑。

再往上，还有紫色的杜鹃呢。那个女孩儿在高处嚷嚷着。又爬了几步，果见几株紫色的杜鹃，太神奇了，这种“特立独行”的杜鹃我可是平生首次见到，它在一片粉红的杜鹃中，亭亭玉立，傲视群芳，这让我犹感大自然的神奇。

终于爬到了那座庙宇，很简陋破败，与我想象的大相径庭。里面已然有不少游客了，香烟缭绕，我进到庙里瞅了一眼，确实有几尊神像，造型却不敢恭维，但游客们却表现得极为虔诚，亦有跪拜的。旅游局长笑言，当地人说拜了还会有桃花运的。我亦笑：是吗？那得拜拜。其实我没拜，只是一乐而已。小龙道：桃花运到末了便成桃花劫了。我心想此君可能遭过此一劫，否则不会口出此言。

那里有山泉，很甜的，王老师不喝一口？旅游局长笑问。我往边上看去，果有一股山泉，从山顶上顺流直下，当地的苗人将它顺到了这里，汪在一泓清池中。在一面石壁上，安置了一个水龙头，稍稍一拧，清泉便欢畅地流了出来。我俯下身欲用嘴接水，一个憨实的老人忙说，别，这有纸杯。我感激地从他手中接过纸杯，接上水，仰头咕嘟咕嘟地喝了几大口。痛快！爬山时的燥热在那一瞬间即刻消泯了，有一种酣畅淋漓之感。泉水清冽甜润，沁人心脾，心灵都像是被洗涤了一般，据说这水，亦是灵验的。

回身，那位小女孩儿仍在与小朋友们欢天喜地地聊着，我笑说，你在小朋友中是不是一个小头目？她摇头，我们爱在一起玩哩。高中生？我又问。她点头。走前，我又玩笑般地做了一个锦鸟展翅欲飞的姿势。还是瘟鸡喽，她乐。我抬眼往伸展出的右手指一瞧，可不是，我那两只手指又捏成一条缝了，没有了鸟嘴的模样。我更正了一下，她乐着颔首。

又往上爬了几步，这才是山顶，俯瞰之下，那一眼望不到头的杜鹃花群山尽染，覆盖着险峻的群山，在一片郁郁葱葱的绿意中映衬得更加灿烂夺目！

清晨的伪球迷

多少年前，当我还是一名电影界人士时，每当世界杯来临，总能听见周围的人在热情洋溢地谈论各个球队及球星，那时我总在好奇，究竟是什么原因，让他们一个个如此地喜爱足球——那不就是一圆不溜秋的玩意儿，在偌大的场地里四处滚动，然后一票人追着它玩命吗！

视觉上的确是如此。但同样的确如此的是，每当身逢此时，球迷们便开始进入精神的狂欢（这表现在通宵达旦地看球，以致第二天见人时个个眼圈红肿，但情绪依然亢奋——当然，这是在谈到足球时），且乐此不疲。

我至今仍记不住足球杯期间常在球迷们嘴上挂着的球星的名字，还让我惊奇的是，他们一个个对不同的球队了如指掌，就像在谈他们家人似的，故而每当某个球队与另一个球队开战在即，这些先知先觉的同胞，便开始了占卜式的预测。他们高瞻远瞩，而且说得头头是道，仿若那场被事先张扬的球赛即便尚未开打，已然被这些“算命大师”预测出了将要发生的宿命——而我因瞧不上他们那副成竹在胸的模样，故意反其道而行之，瞎说被他们刻意贬损的另一支球队必胜，结果他们对我的狂言很是鄙视，且不屑一顾。

但还真别说，我这个伪算命先生经常会莫名其妙地说中。记得有一年，几乎所有球迷的预测通通失灵，反而我这个不知天高地厚的“世外高人”，频频预测成功。这也没有什么诀窍，就照着这拨自以为是的球迷们预测的方向故意反着说。这就叫瞎蒙。

我在那些年其实也没被培养出对足球的爱好，虽然我多少次暗下决心、“洗心革面”地立志要当一名合格的球迷——原因在于，有人说，不爱足球者非男人，或愧称男人，起码不算一个真正的男人。此说对我打击颇大，怎么说这事也关乎俺们的光辉形象吧，一个堂堂男人竟然不像个男人，是不是人生最大的耻辱？兹事体大，于是乎，我也半夜爬起，迷不愣登、稀里糊涂地看起了球。但什么越位、前卫、后卫，还有什么球场排的阵式一概不懂，听解说人在那叨叨，也愣没看出个所以然来。第二天睡眼惺忪地怯怯问人，人家也没跟我解说个清晰明白，至今还处在懵懂中。

后来我成了一名足不出户的宅男了，除了窝家里写点小说、随笔什么的，剩下的时间就是看书听古典音乐了。再来什么足球杯，俺也就不花那工夫跟人瞎起哄了，爱谁谁。偶尔好友邀着去家里看球，我也去，只是他们兴高采烈地议论时，我偏安一隅、乐得逍遥，因为没兴趣，也因为不懂啊——就像有一年也是足球赛，我问一朋友：皇马是干什么的？朋友听了一脸鄙夷地瞧着我，哭笑不得地说，你连这个都不懂，还谈什么足球？

还有一届足球赛时，在友人家看了快半场球了，我听着电视机里的解说员在那里边没完没了地聒噪，突然问周围的朋友，这里面哪个队是德国队呀？惹得朋友们对我一通嘲笑。

又是一届足球赛事了，偶尔出门见朋友时，会听他们在聊天中突然兴致大增地谈及即将到来的这一球坛盛事，感觉像盼着一场狂欢节。我木讷之极，没感觉，所以还想着，今年，我就不赶那时髦了，不看。至于是不是个男人，反正也没人见我没看球，也顾不上那些了。

但今晨还是看了。

也不知出于什么奇怪的心理，昨晚忽然想起这事，然后就想不知今晨会有什么“节目”？于是想到了发一篇微博问问网友，但又觉得丢人。这么大的全民狂欢盛事，我居然浑然不知，这不属于没事找抽吗？于是急得团团转，蓦然想起，或许我订的报纸上会有报道（我从不看体育版），于是从丢弃的报纸中翻找，咦，居然还真的有，细瞧，嘿，居然还是阿根廷队对波黑队。阿根廷队听着耳熟哇，至于波黑，那场可怕的战火，让我对这个名字极其熟悉，想象中也彪悍得一塌糊涂，定然会好看。

于是我很兴奋。为了求证一把，还假模假式地问了一下网友：明晨的足球值得看吗？瞬间黑鸦鸦一片留言（我很少有此待遇，一般人全在潜水，不爱搭理我，肯定觉得我说的话没劲儿，可这次有点邪门了嘿！）全是一水的：必须的。

就冲这，俺豁出去了，看。提前躺下，将闹钟定了时，一切准备停当了，就呼呼睡下了。

清晨被准时闹醒了，迷迷瞪瞪地一头冲进客厅，打开了电视。这边厢正紧锣密鼓地要开打呢，我居然有点激动，就像是真正体验了一把别人嘴里说的“何谓男人”的悲壮感觉，兴奋啊，激动啊，准备开打了呀。再一细琢磨，怎么好像不那么对劲呀？这男人的感觉怎么全跟暴力体验有关哪？于是深刻地反思了一把，决定淡定。

结果没淡定多久，波黑一个乌龙球就把我激怒了。再瞧人家波黑教练那一张老脸透出的震惊与沮丧，我的那点可怜的同情心加正义感像破晓后的太阳似的冉冉升起了，从此，我坚定地站在了波黑一边，为他们提心吊胆，也为他们的奋勇无畏而鼓掌。

我不懂球，这我认，但波黑这支足坛上的劲旅（听说是初次亮相，也就是说是处女踢？）和声名显赫的阿根廷队还真没差到哪里去，而且不时地还能压住他们一把。

我知道我一贬损阿队，阿迷们会不干了，非骂我不可，我也顾不上这些了，谁让你们成天嘴里就挂着一个阿根廷，我瞅着这就瞧不上了，我同情弱者，故而坚定地捍卫弱者的权利，并为他们摇旗呐喊，此次赶上了波黑队，对不起，阿根廷便顿时成了我“攻击”对象。

虽然最后波黑的同志们输了，但波黑的同志们，你们虽败犹荣啊，继续努力，如果没有那一乌龙，今晨的输赢还真说不定呢！没事，咱骑驴看唱本走着瞧，笑到最后的人才笑得最好，现在还说不定谁笑在最后呢。

走着。

生命在于运动

晚饭后，我习惯性地坐着电梯来到了楼下，站在大厅门口试了试天气，不算太热，中午蒸笼一般的闷热在消退散去。

我开始步入我们公寓的院子，沿途是石砌的小路，前方迎向我的是一面面整齐排列的大镜子，它矗立在我们公寓楼的前端，映照出公寓的楼型。设计者匠心独运，是为了让步入公寓的人能有开阔的视野，同时又增添一种现代风味。

可是这里也有缺陷——挡住了镜片后的园林景观。有点遗憾，但这一遗憾于我又是一个优点，我在漫步时可以隐身在镜片的背面，而不至于时时暴露在从公寓楼的大落地玻璃下投来的目光。

每到黄昏，这个园林就聚集着一些孩子，以及领着他们而来的父母和保姆，孩子们在小小的篮球场嬉闹着，打成一片，旁边不时地还传来大人的吆喝声。这是孩子们的快乐时光，或许他们平时是孤独的，没有其他的孩子与他们一道玩耍。孩子是需要陪伴的，需要有几个与他们同龄的孩子一道疯，他们可以尽兴地哈哈大笑，当然，一不留神跌了一跤也会哭天抢地。在我看来，他们是那样的无忧无虑。这个年龄的孩子是幸福的。

我们这个公寓里混血孩子居多，他们可爱之极，中西合璧的结晶总是有那么多让我惊奇的地方，看着，内心会多出许多柔软。

我甩着胳膊蹈跶着，沿着我们的园林划拉着小圈，还不时地看看表。这好像成了一种任务，并非是一种享受，我规定自己在半小时内搞定，太少了似乎也对不住我美其名曰的“散步”。

据说生命在于运动，我恐是为此而来运动的。以我的本性，在家待着不动更好。

为了生命，还是继续运动运动吧。

正运动着，手机响了。我现在一天到晚电话甚少，所以铃声一旦响起，一阵激灵之后又是一阵惊喜：一则总算有人找我来了，二则是散步不会再那么枯燥乏味了。一边走着，一边聊着，很容易忽略时间。要不然这没完没了的“划圈”运动也是需要强大毅力的。

电话中传来一位朋友太太的声音，她很少和我通话，上来就问：哎，你那块高仓健先生送的表是黑底的还是白底的？我有些愣，因为问的问题毫无来由，我问怎么了？她说要给她的先生送一块表，正犹豫着是买黑面的还是白面的。我想起了朋友的光辉形象，他长得极酷，脸部轮廓颇有雕塑感，而且近来为了使感更强，此兄还故意将自己的美髯修饰了一番，这样一想，我当然建议她买下黑面的。

他长得那么酷当然是黑的。我说。

我知道，可是他过去的表都是黑的，这个白面的我看着更精细一点，她说。

我才想起该先问问她选择什么品牌的表。她说是“万国表”（IWC），价格五万多。我咂舌了，真贵！我问干吗不从香港买？那会便宜很多。她告诉我今天是她先生的生日。我想给他一个惊喜，她在电话里说。

最近他情绪很不好，一直在唠叨五十了。

我说为什么呢？不至于呀。

有空你与他聊聊？她说。

我说好。

这才想起最近见到我的这位朋友时，是情绪有些不对，胸挺得笔直，脸上扬着，一副睥睨一切的架势，但能感觉出有些生硬。这确实反常，人只有在与内心的一种倏忽而至的脆弱抗衡时，才会呈现这种状态。

我说你还是买块白的吧，不能让他一根筋地酷到底，也该换换风格了。她说好，我也这么觉得。

我想起了去年的这个时候，也是我这位朋友的生日，他和太太请我们一拨朋友吃西班牙餐，在一间很高级的餐厅。席间，我还开玩笑说欢迎你加入“五张”俱乐部，当时他还玩笑似的瞪了我一眼，他太太在边上添了一句，我们家的这位还差一岁呢。当时我乐了。

一晃一年哪，真快！感觉就像在上个月，生命的消失是这样的无声无息，还没等你明白它已经在暗处嘲笑你了。

我知道我的朋友正经历着一场突如其来的心理危机，他将要经历难耐的痛苦，但他一定能安然度过。其实年龄没有那么重要，重要的是对生命的态度。

让我感慨的还不是朋友的“‘五张’焦虑症”，而是他太太的这片良苦用心，我是看着他们一步步走过来的，所以让我感动。

放下电话，我坐在了园林的座椅上，望着渐渐暗下来的天空和远处朦胧的高楼……

哲学与饮食男女

我绕着“星巴克”外围转了一圈，没见人影。就站在那犹豫了一会儿，我不知道该不该先进去?

约的是下午 4 点。可这时我在怀疑是不是我听错了？努力地回忆着，但无济于事。最近记忆总是发生故障，这让我很烦。于是给小阳打电话。怪了，连打了几次都无人接听，这种事很少发生，除非他在给艺人拍照，他是时尚摄影师。

这是怎么了?

我闪在了一边，还在想进不进“星巴克”的事。恐怕没有人能想象我踟蹰不前的原因竟然是自幼形成的“广场恐惧症”。我害怕一个人置身在陌生的环境中，尤其是当这个环境使我产生压迫感——“星巴克”便是其中之一。

那里出现的大多是时尚一族或衣着光鲜，或风度翩翩，或亭亭玉立，对我构成了心理压迫，独自面对这群人让我很不自在。

我干脆拐进了太平洋百货。又给小阳打电话，他接了说，我在路上了，你先等一会儿。我问是 4 点吗？他的回答是肯定的。哦，说明我没记错。

从一楼逛到二楼，无趣之极，只好硬着头皮进了“星巴克”，要了一杯“拿铁”，找了一个犄角旮旯坐下了——冲着门口，怕朋友进来看不见我。

旁边桌上零零散散地坐着几位男孩儿女孩儿在摆弄着电脑，很投入，都独占一桌。我顺便看了看离我最近那位男孩儿的电脑品牌（纯粹是坐着太无聊）：IBMX61，与我的一样，这让我有点得意。看着他们悠闲自在地在网上驰骋，我想起了我曾经的写作计划——找一家类似的咖啡厅，也端来那个“小家伙”（我买 X61 就是为这个计划准备的，因为超薄）。我想象着置身在这个环境中，灵感如泉涌，下笔如有神。

我知道自己是个什么人，就像德国哲学家本雅明评价诗人波德莱尔说的：他喜欢孤独，但他真正喜欢的是置身在人群中的孤独。我承认，我便是这类爱孤独的人。置身在人群中又能当众孤独是很享受的。但我与别人所不同的是，我身边必须要有一个熟人，哪怕他是个白痴、呆子，只要是熟人，就能让我获得一种安全感，否则，在陌生的人群中，还没等我开始享受孤独，恐慌便会率先将我压垮。

一直期待着小阳尽快出现，我开始尴尬了。好在周围的小孩儿都在玩电脑，一旦他们的目光开始转向我，我定会无地自容。我知道，我所谓的泡咖啡厅写作纯属扯淡的幻想，我有这心，也没这胆。

这几天我的精神状态很“颓”，严重影响着我的情绪和心理，这让我非常烦躁，只是我必须强压着才不致让自己失控。我不明白为什么真诚会被误读，尽管我说过一切误解都无所谓，但那是对别人，如果是朋友，而且是知己，这种误读就会沉重得伤及内心。我收到了一封回信，一封我一生中收到的最短的回信，仅只一“字”。

我自认具有强大的逻辑思辨能力，再晦涩难懂的哲学、社会学、人类学乃至文学与艺术，都能基本读懂，起码知道一个大概，可是我却看不懂这一个“字”了！

为了看懂它，我的写作计划被打乱，面对电脑及我在进行中的小说，注意力无法集中，只好先放下不写，转而去写另外的文字。

我很想将对这位知己的感受认真写下，我也无数次地尝试过，可是临了又放弃了，因为真要动笔时，才发现语言的苍白无力。

维特根斯坦在他的名著《逻辑哲学论》中说过，不可言说的，我们只能保持沉默。人生中的神秘就在于，当一个人真正企求进入到最深处的个人隐秘空间，并渴望在这一空间中寻求“交流”时，他最深刻的体验竟然是无法言说！这是一种痛苦的惶惑，而且一旦“言说”了，却又言不及意，于是误读也就在那“言说”后的一瞬间发生了。

那么我们为什么还要言说？或许，真正的言说均在言说之外？——唯有沉默吗？

我的眼角余光注意到了一个人，他在东张西望，我有预感是找我的，但我没有面对着他。我感觉到他正向我走来。

你是王斌吧，他客气地说。我站了起来。

他是小阳要我见的人，叫谢强。我这人向来欣赏有才华的人。一次在小阳家看到谢强的译著，让我惊讶，交笔之好是近年来少见的，而且选择的译著之有眼力也让我吃了一惊，都是我渴望了解的思想。小阳与他曾是同事，此君曾是《中国银幕》的主编。我当即要求见见这人。

小阳还没到。我迫不及待地与他聊起了法国哲学，这才知道，他是学法文的，后来作为中影公司的代表长驻法国。他酷爱哲学，这也与他的家学有关，父辈就是学法语的，现在大学任教。他说，现代人都不看哲学了，以后终究有一天人们会看的，那时，我做的工作就有价值了。

身为读书人，心中升起一丝难言的悲苦，现在真的没人读书了吗？

我们竟一见如故，谈起了法国思想家德里达、福柯、罗兰·巴尔特，还有列维·斯特劳斯。他如数家珍，我则厚着脸皮向他索要译著。他听到我对他文字的赞赏后一脸的喜色，说，小阳让我来，说是见一美女，我真没兴趣，后来说是你，我真高兴，一直想认识你，过去我们杂志还通过别人找到你采访过，只是我们没遇上。他兴奋地说。

我问他，中国八九十年代曾风行过一阵法国思想家的著作，可自从德里达、福柯、罗兰·巴尔特等亡故之后，又转向了美国的思想家，比如萨义德，以及后现代主义思潮等，是否法国的思想界真的随着大师们的过世一道消亡了？

他瞪大了眼睛看着我。没有，王斌，他说，我就是在做这个工作，要告诉人们，法国的思想未死，我见过很多纯正的法国知识分子，他们完全不关心现实的杂音，只埋头做自己的学问，很棒，尽管彼此有分歧，但只是在学术上各执一词，非常有意思。他告诉我，他每年翻译两本法文书，一类是大众哲学的，小开本，十万字左右，比如谈时尚男人的《第一性》，研究法国奢侈品牌文化的《品牌的奢侈》；另一类则是大师级的作品，比如福柯的《知识考古学》。

我高兴地告诉他，我一直对大众文化，尤其对时尚及流行的当代元素感兴趣，因为它们在无形中引领了时代的潮流，取代了古老的意识形态，成为一种不可忽视的时代的“意识形态”。我在琢磨它之于我们今天当代人的思想及生活的意义和价值。简单的批判或拒斥是容易的（知识分子似乎在时尚与流行面前有一种居高临下的鄙视），重要的是我们需要深入地探究它存在的合理性及在这一合理性的背后还潜伏着什么值得思考的东西，毕竟时代不以人的意志为转移，我们必须面对。

只有在这样一种情景中，我是快乐的，思想的愉悦总是难以言表的，可惜，在这个时代能投入这类话题的朋友真是太少了。

他说，我会送你一套我的书。同时，他又向我推荐了几本他认为值得一读的大众哲学类的法国著作。后来他告诉我，因为他一直致力于译介法国思想界的著作，法国政府授予他“教育骑士”的称号。

小阳来电，介绍我们去一家餐厅，就在“星巴克”的背面。我们到点出发，很快就找到了。是一家完全不起眼的店，如果不注意很容易被忽视。只见一面像影壁式的灰墙上写了一个“1949”，拐进了影壁，是一幢玻璃房，里面展出的画一看就很有品质，且眼熟，一问，果然是国内知名画家的作品。服务生小心地引领着我们向前走，也不知拐了几个弯，出了这个玻璃房，又向另一幢房子走去，整个地方很封闭，也很西方，恍然间像在“法兰西”。

终于进了餐厅。在一间十分宽敞空旷的大厅，整齐有序地摆放着讲究的餐桌餐椅，屋顶很高，墙面青灰，一看就是“豹豪斯”的风格及品位（暴露出建筑材料材质的原始性），它的纵深感，有点类似厂房，很有现代气息。

谢强要了菜单，看了起来。我说，这里一看就是“杀人”的地儿，我自己不会去这么“奢”的餐厅，只去小餐馆，只要干净就成。他笑了，说，小阳他们是为我着想，他们知道我爱来这样的地方。说着，他向服务员要了一张名片，又“哟”了一声：个人套餐为什么要八百多？表情吃惊，望着我，我苦笑，摇头。

我突然想起他是从法国回国的，小阳家里许多法国古董都是他帮着买下的。看来我真是老土，这种时候，我得闭上嘴。

小阳、小雪慢悠悠地来了。小雪俨然一副孕妇走路的架势。我说这里真好。小雪说是，别看地方偏，特别有名，晚上全满。是吗？我有些不信。小雪笑着点着我说，王叔叔，你真是孤陋寡闻。

她倒真没说错，对吃，我从来是一“老帽”，更别说来这么贵的地方，我很少在吃的问题上大手大脚。

坐下，小阳看菜单，眼睛瞪圆了，将服务员找来：你们菜单换价位了？对方没吭声，装傻。我们上星期还来过，小雪说。对方还是没吭声。小阳有些怒了，涨价也不能涨这么多吧，有这样的吗？

她们终于开口了，说是上面定的。

太不像话了，小阳的爆脾气上来了，站起。我们走，不在这吃了。出来后小阳告诉我，牛排原一百多，现在变成了三百多，面包十几块钱，变成了三十几块钱。

我们去了日坛公园的“小王府”。

这里风景清幽，凉风习习，昨晚下了一夜的雨，今天真是凉快了，走在绿荫下，感觉真惬意。

这是一个最好的时代，这是一个最坏的时代

我很少失眠，昨晚却辗转反侧难以入睡，奇怪。强迫自己闭上眼睛，心中默数着数字，过去这招挺灵，今天无济于事，只好瞪大了眼睛望着墨黑的天顶。

兴许是喝多了咖啡？可能，我的习惯是，每天午后要戒茶戒咖啡的。下午与朋友在一起一时兴起忘了，连喝了两杯，导致我现在大瞪双眼，大脑却一片空白。

没办法，转身爬起，来到了书桌前，看了一会儿《全球通史》，可怎么也看不进去，书像罩着一层薄薄的雾一般。我还在奇怪。自问这到底是怎么了？没有答案，有的只是窗外不时传来的汽车隆隆驶过的声音。如若平时，那声音我是听

不见的。

只能打开电脑了。新闻已是旧闻，上午就看过了，再看索然无味，于是去了我的博客。最新的一篇写得不好，是匆匆记下的一点小感受。反正闲着没事，就慢条斯里地改了起来。一边改，一边想着下午的故事，想着我以后的人生，以及我必须面对的人和事。

按说我该高兴的，我的小说终于有了着落，二十一世纪出版社的及时登场像是蓦然间投射过来的一道明媚的阳光。

说来好笑，在此之前我的小说《遇》屡屡遭拒，心灰意冷之下，幻想着突然有一天遇到伯乐，不但作品出版了，还赢得广泛的声誉。每每想到这里，我都会嘲笑自己：一个典型的自以为是的大傻——你做梦啊？可也不完全是梦，在写作小说的过程中我一直在自我质疑：这是个什么东西？我追求的语言风格呢？我追求的生活味道呢？我追求的故事呢？那时我很绝望，觉得写的都是些垃圾，它与我心中对文学的尊崇发生了严重的冲突，以致没写完就搁下了，一放就是八年。后在朋友的激励下写毕，试探性地让年轻朋友们先看了看，却大大出乎我意料，作品获得了高度称赞。我羞愧，但我对掌声还是欣慰的，人啊人，就是这么虚荣，我能免俗吗？我也是人。

我承认，我终究是一大俗人，只是我心中还有理想——可理想又是什么？我不知道，真的不知道，只隐隐地知道有一个无形的身影在召唤着我，他说你必须走下去，按照心灵指引的方向。我说我的心灵已是一片幽暗。他没有回答我，沉默着，继续向前走。没有答案，没有明确的目标。

我看不清他的面孔。

我还要跟着走吗？

真的很累了，真的，现在最大的敌人是浮躁！

天已亮，东方透出了一丝鱼肚白，汽车的轰鸣之声更加响亮了，我回到了房间，闭上了眼，居然迷迷糊糊地睡着了。

电话铃声把我吵醒了，看看表才 9 点。是向阳，我的好朋友。他说你的这篇新博客文章写得极好。我说是吗，不会吧？这时整个人还在懵懂中。我自己怎么感受不到好呢？我问。他说好，几层内容糅合在一起，有一种思想的统一。啊，我怎么就不信呢！

我说你没事就过来吧，我们一道吃个午饭？他答应了。

前一段，向阳与我一直在发生激烈的思想交锋，我劝他必须对自己的一些西方思想进行必要的清理，我说他没有活在中国的现实生活中，只活在用抽象的西方理念武装起来的概念中。他说他当年出国就是为了清算自己在中国时所受的教育。他坚持说，我不能再“回去”。我问，我让他回到“过去”了吗？他真不了解我，而且在误解我，我希望他睁大了眼睛看看今天众声喧哗的中国，不能永远用一套现成的西方理念来阐释当代中国——中国远非如此简单，也远非几个概念所能涵盖。

我说理论永远是滞后的，因为今天的时代发展太快，任何理论都不可能对此迅速做出反应，而且从来没有一种理论可以成为救世的灵丹妙药，所以我们必须明白，生活这本书才是我们真正需要领悟的。我说作为朋友，我最遗憾的是，你的思维只是止于书本的概念框架，而不知中国的现实究竟为何物，却还要用那些可怜的概念来指手画脚。我郑重地说向阳这是可怕的。他大叫王斌，你这是强权。我不再解释。话不投机半句多。

前两天，他又突然告诉我与意大利方面的一个合作出现了问题，他说他很崩溃，这也促使他开始重新认识西方和资本主义体制。这使我痛苦，他在电话中低沉地说，因为我好不容易才走出了中国传统思想的阴影，可现在我又要再次地否定自己。他不无哀恸地说。

我说向阳这多好，我很高兴看到你终于有了自省，有了新的觉悟，我说应当永远记住歌德的那句至理名言：生命之树常绿，而理论总是灰色的。到生活中去吧，去了解它，先抛开那些先验的形而上，这样，我们才不会被别人的思想所左右，才会有我们真正的独立思考。

我们坐在日昌快餐厅，各要了一份套餐。现在我们的聊天顺畅多了，他不再固执，我也不再那么咄咄逼人。我说你终于在反观自己了。他笑了一下说，很痛苦，因为要否定很多过去相信的东西，对我来说简直是一个大颠覆。我说我们都一样，因为我们需要思考，我们这类人的命运是不得已地选择了痛苦，猪不痛苦，因为猪没有人的大脑，所以无需思考。

他说看了出版社朋友对我小说的评价，其中的一句是：小说能触动人性的柔软处。他说柔软这个词不对。我说向阳啊，你的问题就是内心缺少柔软弹性，对文学缺乏来自心灵的感受，思维太理性刻板，这是我对你的观察所得，你真的被理论害了，看任何东西总是理性在先，艺术首先是感性的，理性是滞后性的。他说如果我用词，会用柔和而不是柔软。我说不对，因为柔和不及柔软这个词汇所传达出的“味道”——它很形象，尽管都是形容词。向阳点了点头，这倒是挺有个性的用法。他说。

他说极高兴我的小说有了着落。你的小说其实承接了三种不同的类型，一是钱锺书那代人的书写格调；二是 80 年代的语言风格——那个时代我太熟了，我几乎看遍了全部有名作家的小说；三是现在的后现代的表达方式，你无形中受到了现在纸媒、影视、网络语言及叙述的影响，所以有一种很新的东西在里面搁着，你很巧妙地将它们熔为一炉，形成了一个你独创的自成体系的小宇宙，有一种只能今天才具有的当代性，当代气息，我真的很喜欢。他说。

我问，你有一天告诉我，看了小说之后一直有一种情绪久久地萦绕着你，现在还有吗？他回味了一下，肯定地说，还有。

他说，你的小说语言有一种速度，极当代。我问，那我的随笔文字呢，有速度感吗？他想了一下。不一样，他说，随笔文字没有。我问那是为什么呢？他说好就好在你自己也不知道，那是你内心体验到的一种东西，面对不同的对象会自然地呈现出来，所以不要问为什么。那倒是，我说，我从来不让文字与我内心的感受脱节，我必须让字从我心里流出，这是原则。

我说出版社想当畅销书包装。他说太好了，因为小说本身就具有畅销的元素，但它的品质又是文学的，这多好！正好可以搅搅局，真没有人像你这么写的，看后让人感受很深。我说当代小说鲜见触及人性深处，以往这类有人性内容的小说都要靠一个大时代背景在背后撑着，当代小说很难，因为没有了苦难。我说，我试图让自己进入到人性中去，并且写出内心的苦难感。

这就是你小说好的地方，向阳说，写了很多性，但不仅仅是为了写性，是写人性、写社会，《金瓶梅》为什么高级？就是因为它不是为了“性”而写性，通过性，它写出了世态人心，这才是高级的。

是的，我说，我的着眼点确实不在“性”，它只是我观照时代和人性的一种角度，或曰途径，通过它，我可以抵达人性深处。另外我坚信，我写出的“性”，人们在阅读时一定会感受到作者看待“性”的态度是洁净的，因为我从来认为美好的“性”是高贵而美丽的，灵与肉双向融合从来就是两情相悦的至高境界。

我们离开了餐厅。外面很闷热，北京又回到了桑拿天。我说，我真的很高兴，我的文字能准确地表达出自己当时的情绪，这是我没想到的，朋友们的读后感让我知道了这一点，说明我的笔没有背叛我。向阳说，这多好，这是文字的一种境界。

我笑说，你终于注意文字了？过去你永远在与我说结构。他尴尬地笑笑，你知道吗，他诚恳地说，我 80 年代初离开中国，去意大利后，看到和听到的都是我陌生的，我所不知道的，那时我就告诉自己要重新认识自己，重新找到一种新的思维方式。我拼命读书，了解各种知识，以求改变自己的思维模式和思想，那时我的精力让我只能注重大的东西，忽略了文字这类看似小的东西。我说那小吗？文字可是文学的根本。他点头。他说现在开始反思了，人只有经历了挫折才会明白一些道理。

我们终于找到更多的共同语言了，我快乐地说。我还告诉他，我对他当初看完我的小说后没有提及我的语言特色略感失望。我说，其实我更在乎别人对我语言的看法，因为那一直是我追求的一种境界，虽然我自己一直不满意。他说，其实你的语言很好，有你自己的风格，在国内我还真没见过。

我满足了。

他要走了，向我挥了一下手，这是他的习惯性动作，然后转身离去。我望着他的背影。这是我值得去交的朋友，我们同属一类：最后的理想主义者和艺术的守望人，但我们注定又是悲剧性的人物，因为财富永远不会与我们这类人结缘。

我们俩都爱说英国小说家狄更斯的一句名言：这是一个最好的时代，这是一个最坏的时代。

我们躬逢其时，就得承受这一命运——无从逃避。

只缘身在此山中

刚一拐入盘山道我就觉得心情舒畅了许多，都市生活让人压抑，只是我独自一人不爱玩。我总是给人贪玩的感觉，其实我常屈在家中，当一个爱看书写字的宅男，但我承认我的心常在大自然里飞翔，在高远的蓝天之上有我的梦想，可我只能生活在喧嚣的大地上，生活在如同鸟笼一般的窝居里仰望星空。

所以这次的野外郊游让我心旷神怡。

礼平昨天就在电话中与我约好 12 点左右在戒台寺会合，然后在那撮一顿野餐，再去潭柘寺一游。这次活动我们策划已久，今日终于成行。

子真夫妇带着他们可爱的孩子 10 点半准点到我住的公寓楼下，庄众开了一辆别克商务车提前到达，我们出发了。

途中礼平来电询问，我告诉他快到了，他大叫：你们就在戒台寺路口的三角区等着。

今天没有烈日当空，但空气滞重、闷热，是桑拿天。我们在三角区等着礼平，没一会儿只见他的吉普飞驰而来，我当时还纳闷，他不是提前到达了吗？为什么像是匆匆赶来的呢？快驶近时只见他从车窗上伸出一只手臂，脸上洋溢着快乐的微笑，示意我们跟随着他。

他的车开得飞快，完全不是我熟悉中的礼平风格，庄众开车紧咬在他车的背后。时速有点快，我开始紧张，手臂不自觉地抬起，抓住了把手，顺便将保险带拴上了。

很快见礼平拐入了一个小道，还是一路飞驰，感觉到他的兴奋与激动。没开上一会儿，见前方陡然出现了一个开阔的小广场，一张醒目的天幕已赫然在目。

礼平的车拐了过去，车停了，我们亦跟着停下了。

礼平呵呵地颠了过来，怎么样，他乐呵地指着那漂亮的天幕说。我微惊：你已经来过啦？我问。当然，他快乐地回答，我早就来这准备好了。我好奇地围着天幕转了一圈，四周有细绳扎在地上，支撑这一颇大的天幕，天幕呈斜角，从远处看就像一只展翅欲飞的大鸟。

天幕下已然支上了一张小桌，礼平这时忙着从边上拿出各种包装好的肉菜，然后又在桌上支起一只小炭炉，喜上眉梢地忙乎上了，子真与其先生迪龙只瞅上一眼就配合上了；庄众似乎亦轻车熟路；唯有我，大眼瞪小眼地站在一旁不知所措，后索性一屁股坐下，优哉游哉地等着张口开吃。还有一闲散之人那便是子真的儿子，撒着欢地四处乱跑，也不管天气闷热，充分显示出孩子自由自在的天性。

大家分工明确，迪龙负责烤肉，子真切西瓜，庄众打下手，礼平什么都上手招呼。

礼平带来的家什还挺全，连洗手洗脸的自来水都有专门的设备，更别说杯子、碗、筷子、汤匙了，细致到了无以复加的程度，让我瞠目结舌。过去只知礼平爱玩，各种家伙都倍儿齐，一人四处蹓跶，生活能力自然一流，这次真是让我大开眼界。

我问礼平，你的生活能力怎么可以这样强？他笑说我当过兵啊。我说我也当过呀，我怎么一看这些玩意儿就犯晕！他瞅着我直乐。

我们这顿野餐吃得一点不含糊，一应俱全，全仗着礼平提前在超市购买好了，他知道在野外吃什么来劲，就连啤酒都是德国货。

午后3点多，酒足饭饱的我们又上了车，直奔潭柘寺。这是我第二次来——这是一座建于魏晋时期的具有一千六百年历史的著名古刹。它最有名的一说是：先有潭柘寺，后有北京城。此言不虚，而且它后来还是元朝皇帝进香的寺庙，皇妹还因自感杀戮太多，罪孽深重，剃发出家居于寺内当了尼姑。所以有的寺庙的屋顶可以偶见只有皇室才配享有的琉璃黄瓦，以示尊贵。

寺内古木参天，荡漾着一股深寂幽静的禅意，令人想起了一句古诗：曲径通幽处，禅房花木深。一座寺庙里隐隐传来念佛打坐之声，亦有善男信女跪拜在蒲团上，闭目念经。又经一处，忽见一小亭，亭内的地面是由坚硬石板打磨而成的，石板上亦有水槽曲里拐弯，亦见清泉静静流淌。礼平说此为曲水流觞，相传魏晋时期的文人雅士常以此为乐，聚于兰亭，将酒盛入觞中，随清流而来，在谁的面前停住，谁便要饮上一杯，再吟诗一首，后有人将此情景移植于此，康熙皇帝专为这一曲水流觞御批文字。

晚上我们在寺内餐厅又小撮了一顿素餐，这才与礼平分手下山，众人均大呼过瘾；只是一旦告别了林中野趣，又要回到喧嚷的城市，心里不禁有些郁闷。

那一如清泉般的侗族之歌

华灯初上，我被随行的友人从宾馆急唤下楼，言及黔东南丹寨县的县长当晚要设宴款待。当时我身在自治州府凯里，便诧异于县长为何人在凯里？海伦答：县长正在州里开会。

我们来到了一个典型的苗寨风格的餐厅，径直去了二楼的包间，已然面熟的县长笑盈盈地起身迎候，旁边站着一个面生却笑意盎然的女子，县长介绍说这是我的夫人。随即传来同行的海伦、秋冬二人的惊呼：这么年轻！那女人粲然一笑：孩子都高中了。二女子更是大惊。

桌正中有一煮锅正在沸腾，一缕缕青烟袅袅升腾，夹带一股酸辣之味，微呛。这是我们苗族的酸汤鱼锅，县长说。其夫人又持箸将锅中之鱼夹到我们的碗中。我伸筷尝了一口，果然奇香贯口，味道奇特。

我在京城所居公寓的楼下亦有一号称贵州酸汤鱼的餐厅，每日基本客满为患。是一位当年我看着她长大且功成名就的小女子领我们去的，她兴高采烈地介绍说人人都说这里好吃。那天我吃得挥汗如雨，口味之独特给我留下了深刻印象，后又带友人去撮过几顿。

可今日一尝，便觉那京城的酸汤与之差之千里，真伪在此一“口”了然，始大快。

席间，我们均言县长天生一副好嗓子，侗族民歌唱得高亢激昂，并希望其再引吭高歌一曲。县长乘兴而唱，又邀夫人与其一道再唱几支侗族小歌。

所谓“小歌”，是相对侗族人的“大歌”而言的，乃为侗族寨民田间山头吟唱的情爱小调。

据言，侗族人喜歌，一对青年男女常以对歌相亲，几首下来若情投意合，便相携而去，其乐融融。

县长的嗓子果然堪称一绝，突声调大变，发声嘹亮，如淙淙清泉飞溅于石岩之上所激扬出的脆响。其夫人则委婉柔曼，如玉珠落盘，清脆悦耳，两音相和却相得益彰。我边上的两位军界的歌唱家听得目瞪口呆大声叫好，我亦击节赞叹。

一曲唱罢，县长夫人笑言，当年县长向其求爱时，她就是被他一句质朴的表白所打动的。那时他还是一个语文老师，不像现在是县长，她说。我们忙问：那句表白是什么？县长夫人乃笑：他说你嫁给我吧，我会一辈子对你好。县长在一旁笑说，此亦为刚才唱的小歌中的一段歌词。说着，两人又合着唱了一声。我听着心生感动。

我对县长及夫人说，我很奇怪，在你们侗族的歌声中我居然没有听到哀伤和悲恸，即使有一些小小的哀婉之音亦能透出一丝对未来的向往，以及相信终究会到来的快乐，这让我觉得这个民族的生活态度是豁达乐观的。我说，你看西北民歌，那种高亢的曲调中，那片广袤的黄土地带给他们沉重的苦难感，旋律中便有了一种苍凉、悲壮以及深切的痛苦，从中能感受到那个黄土塬上的子民灵魂的战栗和对命运的抗争；可是侗族之曲大不同，听不到这种悲凉和痛苦。县长及夫人听了我的话后神情随即凛然。显然，他们亦在琢磨。

县长夫人又说，侗家喜歌，这是他们生活中必不可少的日常性的娱乐活动。一般孩子出生时就被指定参加村寨中某一个合唱团，四人一组，当她未成年时由母亲替代，直至这个孩子长大成人，再替下母亲参加合唱团。这种习俗代代相传。我听着有一丝感动，可能这个只有语言而没有文字的民族，正是以这种方式延续他们达观的人生态度及对土地、自然的热爱和敬重，并由此延伸出了一种独特的生命观。

第二天，县长夫人带着我们去了一个侗寨，她说，你们要走了，还没看过侗寨呢，我带你们去看一家。

离开城市不远，汽车便拐进了一个貌似村寨的地方，我之所以用“貌似”一词，是因为这个所谓的村寨一望便知是按照侗族人的风貌而新建的，最显眼的便是那个高高矗立着的鼓楼。这才知，鼓楼之所以会成为侗族人心目中的“图腾”，是因为它可以居高望远。在久远的古代，如若有什么敌情在即，守望者可以事先通过敲鼓发出警号，以做抗敌的准备；没事时，这里便成了寨子里男女老幼聚会的场所，人们可以在这里载歌载舞，也就是说，这个民族崇拜的不是某一个物种（如苗族人的锦鸟），而是自建了一座“神坛”——鼓楼，他们信奉的是由他们自己亲手创制的“图腾”。

县长夫人告诉我们，在黔东南，侗族是大族，苗族则相对弱小。据学者田野考证，当年在这一带，每当苗族人占据了一块风水宝地，侗族人便会闻风而来，将其赶走，占地为王，所以一般苗族人都居于侗族人不屑的深山老林之中，好的地盘均为侗族人所占据。我好奇地问，那为什么国人一般只知苗族，而侗族并非像苗族那般声名远播？县长夫人笑曰：也许是苗族的服饰更有特点吧。

侗家服饰其实也为一绝。

这时出来了一个小伙儿，笑眯眯的，身穿一件腊光发亮的黑色对襟外套，我问这是侗家人的服装吗？县长夫人道：正是，他们自己做的。海伦奇道，怎么看上去像“阿玛尼”的服装呢？还真别说，乍一看，那面料和质感还真有那么点“阿玛尼”的意思呢。我心里一直在琢磨，此类酷装，在这么一个远离文明的偏远地区是如何研制出来的呢，它看上去确实极现代，这真是一个奇迹。

我们进了一个仿侗寨的饭庄，酸汤锅已备好。不一会儿，四个侗族打扮的女孩偕三位手持弦琴的年轻男子出现了，她们唱起了侗家的小歌，悠扬动听，这个环境好像适合静心地欣赏侗家人的歌声。开唱前，男子先将歌词大意说了一遍，均与情爱有关，深山峡谷间孕育出的爱情非同凡响，能想象得出歌词的丰富与浪漫。词中有隐喻，亦有象征和转喻，一个没有文字的民族对情感的表述竟能达到如此水准，不能不令人叹为观止！

少顷，县长夫人说，来，给客人们唱一首我们侗族的大歌吧。几个女孩嘻嘻地笑着，彼此打量了一眼，又看着我们，那三个小伙儿亦嘻哈了一下，腼腆地低头商量着，似乎在议定要唱哪一首。终于决定了，其中的一人告诉我们要唱的是“祖歌”，歌词大意是：我们要离开这里了，去寻找新的家园，我们不知道要去哪里，我们的故乡在哪里，我们要去寻找……我听到歌词大意时心脏在激跳。我终于明白了何谓“大歌”！那是侗族人祖祖辈辈流传下来的史诗般的大歌，那里面定然埋藏着他们这一民族的伟大的“神话”和传奇。

我以为，接下来要听到的是一首慷慨悲壮的大歌，如屋外那些拔地而起高高耸立的青山一般巍峨壮丽。可当歌声响起时，我发现仍是一种平和委婉的曲调，没有黄钟大吕般的呜响，没有慷慨悲歌的悲壮，一如流泉般清澈，带着无尽的向往和希望。在这清澈流淌的曲调之中，我的眼前仿佛出现了那个在崇山峻岭中披荆斩棘寻找家园的侗族人的先祖，他们就是高唱着这支歌，一往无前地走着，走着……虽然这里四处是深山野岭，大河峡谷，他们却无所畏惧，大自然在护佑着他们和他们的子孙后代，因为他们始终是大自然忠诚的孩子……

清谈与务虚

方彤如约而来，一晃又是几个月未见。他忙，因为他所在的昆曲剧院委托他导一部昆曲。我也喜欢昆曲，中国文化中的那点典雅之风全在里面藏着呢。那种凄婉缠绵的曲调，听着舒服，还有剧中的华美辞藻，虽多为生僻字，一部剧本看下来，不知要查多少次字典，但真真是受益匪浅。只觉中华文辞之灿烂。但叹今日观昆曲者甚少，大多数人痴迷流行曲。

我和方彤相识是因为趣味相投，他比我小，刚到不惑之年，已然满头银丝。那时我们的一部戏《满城尽带黄金甲》请他当历史顾问，他的古文化知识胜我一筹，我对他多了一份敬意。

他喜欢穿一身中式服装，从走姿和身段能看出其受过戏曲的训练，说话时带点曲艺式的抑扬顿挫，脸上挂着微笑。他的这身打扮和行头在今天这个追逐时尚的时代可不多见了，让人恍惚间似乎回到了晚清民国，他就像那个时期的一位神情练达的文人，举手投足乃至说话的语速都是那样的得体熨帖。

我又跟他聊起了《投名状》，我说很值得去影院一看，也谈及了我的看法，我说解构兄弟情义在我看来是个遗憾。他认为，在今天能重建道义的人才能成为大师，重要的不是解构而是重构。我点头，我们确实解构了太多有价值的东西，但重建才是我们面临的使命。

我也与他谈及“忠义 " 之“忠”被曲解。我说我们的古代英雄杨家将、岳飞、文天祥等的确是忠君之臣，我们过多地批判了他们的所谓的“愚忠”，却忘记了这“忠”中蕴含了对民族的赤诚，所谓尽忠报国，是可歌可泣的。我说到了北京人艺前不久的一部话剧，我说虽没看过，但我对创作者表达的对春秋战国时期著名刺客豫让的质疑是很不屑的。“士为知己者死”源自于这个故事，这位名唤豫让的著名刺客知道什么叫恩重如山，所以慷慨赴死，这是一种中国人的风骨与气节，甘为知己赴汤蹈火，何等的壮怀激烈。方彤说，他看了，其实还不错。

方彤又与我谈起我的小说。他说，这小说只有静下心来才能看出潜藏的意义，他说我很准确地写出了那个时代的精神状态，可以让人想起经历过的岁月。我问，那时你多大？他说二十几岁，说他身边有很多这样的人，这让他感到亲切和熟悉。他说你写的那个年代很真实。

方彤说小说很好读，有一种流畅感，甚至可以让人深思，只有经历过的人才会感同身受。他说现在有太多的小说过于做作，读了让人不舒服，而且没有实际内容。我没再说什么，我对朋友的评价总是保持高度警觉，因为我不敢有所奢望，我没有那么自信。

向阳来电话，在电话中大声嚷嚷，我们今天聊聊吧，你不是要了解美术史吗？你不用看那本贡布里奇的《艺术的故事》了，我给你讲美术的范式，但你也要给我说你小说的范式，你太牛了，你小说中那个江月太棒了，我想知道你的小说范式是怎么建构的？我说我还真不知怎么建构的，我只是瞎写。

向阳说，你讲讲吧，我也给你讲美术。我笑着答应了。向阳是位艺术疯子，我无法拒绝，更何况，我还真想听他给我讲讲美术知识，这方面是我的一大盲区，在绘画艺术领域我就是个瞎子。

向阳来了，我给他介绍了方彤，我相信我们是一类人。刚坐定，向阳便大大咧咧地让我拿出《艺术的故事》。这本书购于 80 年代，是一本关于美术史的经典，说来惭愧，我一直没读过。

向阳开始了他的激情“演说”，从古希腊、中世纪，一直到新古典主义、巴洛克、印象派、表现主义、达达主义……他随意翻着书，找出每个时代画派的经典作品，指出它们的特征和革命性的变化。你瞧这光线，还有它们的阴影和层次，他陶醉地说着，如数家珍，就像在享受着什么美味佳肴。我听得目瞪口呆。美术在他那里似乎烂熟于心，他可以轻车熟路地信手拈来，不但能简明扼要地点出作品的特质，还能快速地说出一些大师的名言，以示启发。

他说完了，问我，说说你的小说吧。他说你小说中的江月后来突然出现在火车站，袁璐又决定要离开舒适的生活，和陆岛一起过，都是他事先完全没想到的。你太会编情节了，这我可不行，你是怎么想的？

他说我的小说是反精英反贵族反结构的，他还一再强调这是一个很新的小说，可以从中读出许多不同的意义。他说你的厉害，就在于眼看要落俗套了，笔峰一转又高级起来，所以我有兴趣了解你是怎么架构范式的？

我解释说真的没有想到什么小说架构，相反，我事先完全没有预设一个故事，而是边“走”边想，所有小说中发生的情节都是事先没有料到的，而是自己觉得这样发展下去比较有意思。至于江月和袁璐的“选择”，是我觉得没有兴趣再往下写了，想尽快地结束它，于是让她们做出这样的选择，没有什么奥妙在其中，只是凭着感觉写，也许有过往的经验在其中不显山不露水地帮忙，但我是不自知的。

方彤说，他觉得小说故事性挺强的，有一种看电影的感觉，画面在脑子里不断地闪过，看完后觉得好像应该还有续编，意犹未尽。我笑了，没说话，我也不知道是不是该有续编，但朋友们倘若觉得还未尽兴，说明他们被小说所吸引，我还是为此而高兴。我是有虚荣心的。

向阳大叫，我是喜欢和有虚荣心的人交朋友的。我有吗？我故意问。你没有谁有？向阳瞪大了眼睛反问：搞艺术的人哪能没有虚荣心？

向阳说，他还喜欢作秀。我不喜欢，我正色道，我说凡是有“作”的倾向的秀，我一概不喜欢。向阳说毕加索就是一个最爱作秀的人，我说所以我不喜欢这个人。我以为人还是实在些好，太做作总是让人不舒服。如果是无意中的举止成为别人眼中的秀，那就另当别论了，但“作”总是不妥的。

我问，我的小说真的有意思？我这么问，是因为确实有几位与我同时代的朋友不喜欢我笔下的人物，倒是有许多“70后”“80后”的年轻朋友特别喜欢，我很纳闷。

向阳说有可能小说出版后会有许多争议的声音，但这很好，没声音多没劲，说明它有价值。向阳说，小说好看呐，我太喜欢了，你不知道吗？你无意中建构了一种范式，让意义发生多种变化，小说有很多意想不到的情节，很有意思，所以我觉得可以拍一个全新的电影，和谁的都不一样，中国电影还没有出现过这么细腻有层次的电影。

我汗颜了。其实我自己就是做小说评论出身的人，我还真没感觉到里面有这么多的玄机。我不知道，真不知道，我只是在写作中信马由缰，我希望有人喜欢，可我自己对它的感觉为什么并不好呢?

天黑了，我请两位朋友去吃北京涮羊肉。这种寒冷的季节，就着热腾腾的火锅，涮着香喷喷的羊肉岂非大爽之事，何乐而不为?

第二部分

文字，我的救赎之路

时代是模糊的、暧昧的、荒诞的，而我呢？我卷入了这个时代，挣扎着、抗拒着，通过我的文字嘶喊着。我想冲破什么？是想释放我的孤独吗？或是我并不情愿随波逐流，在避世的窝居中逃避着什么——这个世界吗？

理发师阿凡与我的小说《遇》

阿凡不是他的真名，阿凡只是我赋予他的一个符号性的代码——虽然真有其人。之所以不用真名是因为我接下来的文字会涉及他的一点隐私，虽说只是那么一点点，但毕竟还是隐私，故此，隐去其名是我不得已而为之了。

他是我们公寓的一位理发师，年龄不大，很年轻，不用多说，一望就知是“80后”。“80 后”登上历史舞台按说也有好些年头了，从这个意义上说，阿凡也不年轻了。

我理发时不愿走远，因为我的脑袋修理起来极方便，于我，只要便宜就成。但公寓理发从来不便宜，让人觉得花这钱有点冤枉，所以很长一段时间以来我一直步行到挺远一处去修理我的脑袋，只为了图那点便宜。我知道我很没出息，但我就这样了，从小养成的节俭长大了仍一如既往。这个习惯是好是坏我不知道，但据说在这个消费的时代多花钱是对国家多作贡献，这样说来，我这习惯还是一缺点喽？但我还是不知道。

扯远了，还是让我话说阿凡吧。

有一天，烈日炎炎，天气燠热得划根火柴都能起火似的，而我第二天又有一应酬，瞧瞧镜子中自己的头发长得像鸡毛在临空高蹈，于是乎我下了楼，心想咬咬牙，贵就贵点吧，省得让太阳把我烤焦了。

就在那天我认识了理发师阿凡。我说了他很年轻，是个小矮个，一张狭长的脸，略有些苍白，一看就是少有运动。目光透出一丝胆怯，说起话来也是细声细气的，不像我见过的其他男性理发师，把自己武装得倍儿酷，头发染成棕色或金色，腰间挎一条粗大的皮带，上面带着斑驳的铜扣，斜腰上还挂着一个大皮包，里面插满了叮当响的“家什”，一晃眼你还会以为他腰挂一把驳壳枪呢。理起发来动作都带“起范儿”的，一招一式都是那么牛哄哄的，让我在他们面前自惭形秽。

阿凡则不然，他没给我“起范儿”，相反，他那不讲究的动作居然透出了一丝乡土之味，以致我怀疑这人的理发水准。好在我的头发非常好打理，我只需对他吭上一声：把推子带上三寸的托，照着我的脑门转上一圈，这就齐了。阿凡一听便喏喏，于是开始了他的“修理工程”。此后我们便熟了，我也懒得为便宜专跑外面去理发了，每次自个瞧着脑袋混不过去了，就下楼找阿凡。

阿凡给我理发时总是小心谨慎，偶尔会与我聊上几句这幢楼里的最新情况，某某人如何如何等，讲的都是他的客户，但从不搬弄是非。有一次他突然问我，王老师，你现在在弄什么电影？我听了一愣，你怎么知道我是做什么的？我问。他腼腆一笑，这里人都知道。我没再说什么。我们这栋楼住的人不多，总共四百多户，好像谁出了点小名气大家都知道，我也就见怪不怪了。

前一阵子我又去理发，阿凡又问起电影的事。他说前几天看一部电影时还在担心有我的大名呢，因为他看下来根本没乐，看到最后也没看到我的大名，心里就踏实了。你可以说说对这个电影的感受吗？他慢声慢气地问。我在镜子里看着他，不用了，我说，电影是见仁见智的事，好坏自有人说，但我不想说。

那是那是。他谦恭地说。沉默了一会儿，那个剪子在我的耳边不停地嚓嚓响着。

那王哥最近没写东西？

正写着呢。

电影？

不，我写小说了。我说。

是吗，我能看到吗，外头有卖的吗？

我漫不经心地告诉他，可以上当当网买，叫《遇》。阿凡记下我的书名，我理完后亦溜之大吉，这事很快就忘诸脑后了。

几天后，我上街找饭吃，在公寓的院子里遇见阿凡，他兴冲冲地告诉我，书前几天买来了，正准备看呢。我一听还挺高兴，这是对我的支持呀，便说，你看后将意见告诉我。他说好。

几天前我又去找阿凡理发，他主动说那本书还没看完，我随口说：说明你对这书不感兴趣。

不是这样的，他几乎大叫了起来，我一看就喜欢，只是我们前台的小姑娘非要看，我只好先借她了。我问，她看得进吗？他乐了，乐得嘴都咧开了，她说太好看啦，一定要看完再还我。我说，哦，那很好，等你看完再说吧。

又过了几天，我突然接到阿凡发来的信息，王老师，我看完了，我会推荐别人看你的小说的……真的很精彩……这就是现在社会我们年轻人的一种状态，在王老师笔下更能触动心灵，谢谢！

我回了阿凡一个信息：谢谢！可是很快，他又回了一条信息，这条信息让我一下子不再平静了。他在信息中说：

你好，王老师，当我翻开第一页时就知道故事很精彩，我感觉自己读懂了故事的每个人物，故事最后的悬念让我深吸一口气……遐想……我曾有故事中的袁璐一样的经历……只不过我是男的，还没有家庭，位置不同而已，谢谢……我很喜欢《遇》这部小说。

我说过，看了这则信息后我一下子不平静了，它让我想起了许多许多，感慨万千。是的，我想起了我们正在经历的时代，以及在这个时代中浮沉与挣扎的人，他们每个人都可能有一段鲜为人知的故事，而在这一故事中又深埋着他们不能向他人所道及的痛苦，文学的使命或许正是为了发掘与发现这一切，并赋予它心灵的力量。

我要说心灵的力量是作家赋予的，而作为当事人的他们却只能挣扎。阿凡那么年轻，还处在一个似乎微不足道的人生阶段，可我万万没有料到他居然开始了人生历练。他是“袁璐”？真让我难以想象，我小说中的这一人物痛苦地挣扎在两个男人的深渊之中，她一直在寻找，却又一直在失落。那么阿凡呢？他是在寻找，还是在发泄一种过剩的青春？我不知道，可是他的简短留言让我想起了太多的人生，我甚至想写一部叫《公寓》的长篇小说，赋予现代性的公寓一种文学的形象，在这个彼此陌生的“邻里”间，它都会发生一些什么样的有趣故事呢？

我有一种隐然升起的激动。我在想，那个理发师阿凡将会成为这里面的一个人物。

一个人就是一个世界，一个我们需要去了解的世界，文学只是这个世界的一个载体，它像一条小船，载着彼此陌生的人们走向那个平时看不见的世界，在那里，我们终于得以邂逅相逢。

抵达之谜的遥想

我喜欢晨起后煮一个鸡蛋，喝杯酸奶，这就算是例行早餐了，现在又增加了一项颇有些小资情调的爱好——喝咖啡。我一向讨厌烦琐的东西，如调配咖啡的过程。尽管别人用咖啡机制作出的咖啡味道的确与众不同，但我懒，我喜欢简单的方式。

速溶型咖啡已不能让我满足。人有时真的很贱，喝多了好咖啡就无法再将就速溶。

后来一位朋友为我推荐了一款咖啡机，只需将配制好的咖啡弹丸放进机器，出来的咖啡便有“滴滴香浓，意犹未尽"的效果了。我在朋友家尝过，确实好，于是也购置了一台，它给我带来的问题是成本过高，而且让我上了瘾。

喝完咖啡，剩下的程序就是写作了。我在写一个新的小说，我想一反上篇小说的写作模式，从语言到内容都有新意，此举并非是想走前卫路线。我对追逐时髦的写作方式非常反感，越来越觉得好的艺术首先是发自内心，而且它应当是素朴的，即便要贯彻新的理念，也是不露痕迹的，而不是一味地招摇过市地炫技；其次便是平时的自我训练（阅读及写作练习），让一种通过揣摩、思考、研习出来的感受与真实的内心经验相融合，再进行技术性的构筑——所谓的技术，便是我们常言及的艺术化的表达方式，也可以理解为必要性的艺术处理。

我一直在反思上一部小说，一直在扪心自问为什么在写作的过程中，它始终未能彻底地抵达我的内心深处？我喜欢奈保尔的一部小说的书名：《抵达之谜》，这也是任何一位纯正的写作者的宿命所在，“抵达”固然是我们命定的追求，但它永远是高悬在人类尽头的一个永恒之谜，现在我们要真正追问的是，我们所要抵达的彼岸究竟是什么？

这或许也是海德格尔要探寻的“此在”与“彼在”的界碑。我以为，这一彼岸或说“彼在”最终的目的地是在曲径通幽后的“蓦然回首”处，它就深藏在我们灵魂的幽暗之处，在那里，蛰伏着我们永远都无法确知、却又时时能激发出我们不懈地进行形而上探寻之欲望的神秘洞穴。正是因为有了这一执着的探究之欲，艺术中的“诗性”才能雄视千古。

我至今仍在感激着我上一篇小说的第一个读者，他以健全的心智和才华，明确地表达了批判态度。这份批判曾让我沮丧，可就是这一针见血的批判，使我一再地回首我那个曾经走过的创作道路，重新审视自己的内心世界，终于在我写下《与生命永在的记忆》后才恍然大悟，明白了自己问题的症结所在：我在小说中放纵欲望，任其恣意横流，任世俗的喧嚣将自己湮没，从而失去了对自己内心的严酷审视，我没有真正发掘出当一个人遭遇到沉重的精神困境之后的救赎之路。

只有触及灵魂的文字才是“诗性”和富有境界之美的，而我在其中却与它失之交臂。是的，我得感谢我的这位朋友，没有她的一语中的，我仍在迷失中沉睡。我想我现在是该醒转过来，重新面对自己了。我是如此幸运，因为我因此而得到了一位知音，这是上苍的恩赐，我当珍重。

这几天我一直辗转反侧，夜不成寐，思绪总是绵延无尽。昨夜依旧，蒙眬中梦见一个婴儿出生了，一如圣婴的诞生，他呱呱坠地时嘹亮的啼哭声竟把我惊醒了，醒后方知，原来是南柯一梦，却梦得新奇。我睁开眼睛仰望黑色的夜空，万籁俱寂之下那婴儿的啼哭声犹在耳畔，我想，生命的诞生意味着重启了一个时代，它距我遥远而又恍若近在咫尺。

路

看了几天书，歇息了一段时间，忽觉得又该进入伏案写作阶段了，蓦然间灵感一动，为何不再接再厉地写下一个系列性的三部曲，分别写出“文革”时期不同的阶段？这个念头让我兴奋不已。

每次写作对于我都是一次长征，前途茫茫，到处都是九曲十八弯。我走得谨慎，一步一回头，生怕一不小心迷失了方向，个中的辛苦只有自己知道。

我一直在寻访我的记忆，虽然往事如烟，自感真实的经历是平庸的，那只是一个懵懂的少年望着喧嚣起来的窗外，渐渐地读懂人生的过程，其中并没有多少波澜起伏；但一俟进入了文学，我便要让它掀起涛天的巨浪。

这谈何容易。一个人如何能在虚构与真实之间寻找到一条金光大道，而且有效地抹去其中的界碑，让真实的人生裸露出它的本相，又让文字构筑成一个独立的自在的世界？

纯正的小说从来就是自足的，它的世界自我完满且自我循环，但又能曲折地折射出文字外的那个喧嚣的万丈红尘，它们互为映照，互为镜像，最终在读者的心灵深处铸造出一座精神的大厦。这是我的理想、我的追求，但却举步维艰。

往事消逝得让我忧伤，我一直追问的是——我们在如今这个世界上究竟失去了什么？我为什么要一再地频频回望那沉寂的消逝的往事？就像我们曾经生活过的地方被一幢幢高楼所遮盖，旧貌换了新颜，甚至看不到一丝半点往昔的痕迹。一代人的足迹就这样消失了，无声无息地消失了，唯留存于记忆深处。

那么，深处的记忆又有什么值得我们去追寻和缅怀的？

这是我很长一段时间以来一直在拷问自己心灵的命题。

我发现自己真的说不清楚，犹如我在写作中的心路历程，只是一边写着，一边在探寻，艰难地寻找着“回家的路”——我的精神故乡。我只是被一股巨大的感觉所裹挟，它隐隐地在昭示着一个方向，我听从着它的指引亦步亦趋。朋友们说，哪有这么邪，一个人怎么可能在写作中会被冥冥中的力量所牵引？

我想告诉诸位朋友，我以良心起誓，我确实受到了这股莫名力量的引领，让我在“长征”的路上走向归宿。应当说我是幸运的，毕竟我这一路走下来了，而且在事后的反思中觉得没有辜负那个“引领者”，我写出了一部新小说。

那么我的下一步呢，是否我仍会如此幸运？我不知道，路从来是走出来的，就如同鲁迅先生所言及的那样，重要的是你要走，因为不踏上征程你不会知道路在何方。

卡佛为我们提供了什么？

结识卡佛似乎是 20 世纪的事了，我是那么意外地在书店中发现他的一本小书，尽管那时自以为对西方大多数的当代著名作家了如指掌，但对于他的名字却颇感陌生，如果不是因为这本小书被冠上所谓的“西方当代名著文丛”，我可能会在匆匆一眼过后从它的身边滑过，毕竟那个小开本书的装帧显得过于简陋了，它就那么寂寞地、无声无息地躺在一个不起眼的角落里。我还是拿起了它，因为便宜，亦因对它的陌生让我好奇。

有时候阅读的奇迹就发生于不经意间，与卡佛的相逢在我看来亦如此。当我翻开卡佛的小说便大吃一惊，这位貌似海明威的叙述者让我着了迷，从那一天起我记住了这个名字——雷蒙德·卡佛。

但当我如饥似渴地通读了卡佛的那本小册子后又倍感“失落”，不是因为小说让我失望——相反，它太吸引我了——而是因为这本小薄书里收集的卡佛的小说实在是太少了，让我不过瘾。从那时起，我就期待着卡佛小说的再度出现——

不是一本小薄书，而是卡佛更多的小说选本。

后来我见到了卡佛的《大教堂》，随后又见到了我要盛赞的人民文学出版社出版的《雷蒙德·卡弗小说精选》。前者虽然亦为卡佛的小说集，译文不可谓不认真，但似乎不是我曾经所熟识的卡佛小说的味道——卡佛小说的魅力很大一部分来自他那种不可替代的独特的味道；而后者则让我在简单的阅读中便迅速地闻到了卡佛文字中所散发出的那种浓烈的味道。这位译者的译文让人惊喜，他在垃圾译文充斥着我们的视野之时，横刀立马地杀入江湖，让人为之一惊，且深为赞叹。

卡佛——这位小说奇人及自选小说集的出版是读书人的一件乐事，他让我们在读过了他的文字后由衷地为小说这种文体的尊严而欢呼，它是无愧于文学的经典价值的。但让人极为意外的是，卡佛此人居然来自美国的蓝领一族，且长年累月不得不为了养家糊口而奔波，一旦挤出一点时间便会站着码下他的小说文字（据说，这是因为他平时难得有时间坐下，并恐惧随时有人会来抽掉他的坐椅）。或许正是因为这种困窘的人生境遇，才使得这位来自生活底层的天才终生只与短篇小说为伴，而从未写过一部长篇。让我难以想象的是，光是凭借着优秀的短篇小说，也能跻身于世界一级小说大师的行列。

卡佛在世时得到的盛赞和美誉绝非浪得虚名，他的小说风格继承海明威小说的一脉，但又有自己鲜明的个性。与海明威一样，他在文字上也属于极简主义者，即所谓的惜墨如金，字字珠玑，在一种貌似粗鄙、冷峭的叙述语调中，深藏着寻常看不见的生活之奥秘。读卡佛的小说真真是一种难得的享受，亦是对我们亲历的生活体验及感悟的一种考验，因为卡佛极善于在常人看似平淡无趣的生活细节中发现一种人生的秘密，而这一秘密一旦被他简洁而准确的笔触挑选出来，我们便会发出一声恍然大悟之叹。我至今仍在琢磨这个人的文字中所透出的那种神秘的力量来源于何处；琢磨这个人——这个被叫作卡佛的人是如何练就了这么一种异乎寻常的洞若观火的眼光，使得他能够穿透生活表面的重重迷雾，触摸到生活的本质。这一本质一旦被揭示，我们会深感这个世界上的无意义中的意义。

我从内心里是非常感谢卡佛的。他的叙述角度以及他特有的漫不经心的冷峻语调，还有他用最简单直接的语言所达到的人性深度，都给予我深刻的感悟和启示。他让我知道，一部叙事作品的成功不在于那些华丽辞藻的招摇和卖弄，文学不在于炫耀，不在于炫技和花拳绣腿，文学的最高境界乃是删尽华而不实的语言外衣，还原语言最质朴本真的力量，如此，更能让我们穿越生活的重重迷雾，窥探到人生和人性的本质和意义。

卡佛还给予了我另一种启示：我们可以换一种眼光看待我们所遭遇的这个纷繁的世界。

卡佛真正地实现了小说表达的真谛，即呈现，但，不要告诉。

行者的思

冲了一杯咖啡，吃了一点甜点，燃起一支烟（这就是我的午餐了），在袅袅的烟雾中，思想也陷入一团烟雾中——朦胧的，悠远的，怅然的，一种让我感到熟悉而又陌生的情绪，就这样无法摆脱地缠住了我。

刚写就了一文，为什么我还是感到意犹未尽？文字是让我发现自己从而认识自己的最好的挚友，与其说我热爱文字，不如说我在不断地探究着自己究竟是何人？时代是模糊的、暧昧的、荒诞的。而我呢？我卷入了这个时代，挣扎着、抗拒着，通过我的文字嘶吼着。我想冲破什么？是为了释放我的孤独吗？或是我并不情愿随波逐流，在避世的窝居中逃避着什么——这个世界吗？

我只是一个世俗意义上的失败者而已。

时代变化得太快了，快得让我目瞪口呆，偶尔出门与人闲聊，竟会让我感到了疏离与厌恶般的绝望，这种感觉难以言说，是一种深刻的忧伤和失望。

我不想试图再向别人申诉我是一个什么样的人了。我是一个在艰难的生存困境中自我解救的人，一个尽可能地让自己从命运的阴影中走出来的人，一个寻求自我解放的人。

有时我会恶作剧般地虚构出另一个人，我让这人爆粗口，让他玩世不恭，让他路见不平拔刀相助，我让他成为另一个面目可憎的我，我把他命名为——杜马，为了这个有一天突然莫名地冒出来的名字，我居然动了为他写一部小说的念头，这就是我的长篇小说处女作——《遇》。他本来是主角的，可写着写着主角却变成了另一个人：陆岛。我喜欢这个名字，我觉得这个名字裹挟着一股邪气和率真，一种别人可能不能理解的反抗与自由的意志。我没想到小说出版后会有那么多人告诉我喜欢他，甚至问：那以后呢？这个杜马，你会再为他写续集吗？我无从回答，但我记住了，并心存一份只有我知道的感动，因为理解。

其实我们必须明白，我们每个人其实是独自面对这个荒诞的世界的，没人可以拯救你，只能是自我救赎，文学的根本意义或许也在于此，通过写作的自我认知与发现，我们由此及彼地走向了新生，一种精神性的升华。

很少有人再这么来认识文学了，以致少有人在这条无人理解的崎岖之路上行走，这就意味着你必将是一名独行客，漫漫长夜的探索者。而那昭示着方向的指路明灯，其实隐藏在每个人的心中，重要的是你是否有足够的能力去发现它，并向它义无反顾地走去。这就是我们所谓的宿命了。

论写作

一位朋友在电话中问我，王老师，您好像很久没写过博客了吧，我每天打开电脑都会看一下的，结果总是没有。我听后一呆，说，是的，好久没写了，这对于我来说可能是个问题。

于是我开始追问自己：为什么，为什么我迟迟没有在博客上留下我的声音，是什么让我一再地迟疑而没有落下我的文字？

是因为慵懒吗？或许，每当到了下午（我平时写博的时间），我便会站在电脑前犹豫一下，然后懒散地走开，打开我的书，一字一句地读下去。这其间我是有一点疑问的——自 2006 年申请了博客以来，在经过一个短暂的“沉默”后（那是因为我在思考博客之于我的写作，究竟意味着什么），我便一发不可收拾地写下了许多文字，而且这些文字没有像一般写手的作品那样是在风花雪月中飘荡，没有无病呻吟。文字在我的心中始终有一种仿佛与生俱来的神圣感。我一直觉得我与文字有缘，有着一个我们之间很私密的契约，其中有一项约定就是不能辜负了这份使命般的授予——写下对这个时代的感知，以及对于人生存在性的追寻，还有命运的担当。

我当时没有想到文字之于我竟是如此的游刃有余，一旦有了一点小小的感受，一旦端坐在电脑前开始敲下第一个文字，那仿佛受到神秘诱惑的沉默的语言文字便纷至沓来，以致我常常无须停顿地一气呵成。那时我就相信终究会出现一位慧眼的编辑发现这些文字，结集出版。果然，这位编辑在今年出现了，这让我欣喜，因为一切仿佛都如愿以偿。

如今想来，我的博客文字在风风雨雨中走过五个年头了，这期间我经历了自己一生中最重要的情感时刻——时而忧伤、时而惆怅、时而惊喜、时而陷入一种莫名的迷惘与绝望，当我试图回过头来再度审视我写下的那些文字时，我竟一时无语，甚至有些哽咽和唏嘘了。

一言难尽！

它都转化为了我的这些文字，通向了我那心灵中喧哗与沉寂共在的世界。我的心灵轨迹便是通过这么一种唯我自知的隐形方式出现的，只有我知道它在何时何处出于什么样的心境而落下了这些文字，这让我迅速领悟到文字之于我的一种神奇的感召方式——它是需要一种心灵契机的。这一契机又微妙地连接着写作者此时此刻的心境与人生遭际，但它一定又缘自于一种与天地相感应的爱：一种真正的炽热的爱。

那就是一种爱情了。

文字的原始动机原来竟是缘自于爱！这份鸿蒙初开般的启示让我茅塞顿开。一个人只有在爱的忧伤与思念的感召之下才能让文字变得灵动与飞扬，变得沉郁与厚重，才能由此及彼地展开一个博大的世界和胸怀。那里面装着命运与人性，还有充满了无解之悖论的关于存在性的剖析。

但首先需要剖析的却是写作者自己。

每一个真正的写作者所要面对的第一个“他者”不会是别人，而是他自己。文字这时变成了一把锋利的闪着寒光的手术刀，它“残忍”地将自己率先置放在祭坛上，刀刀见血地肢解着自己。一个人只有真正知道了自己为何人、从哪里来、又要到哪里去，才有资格去评判和审视别人，才能真正地了悟和洞察这个世界的存在之秘密。不可能存在这样一种可能性：还没有经过对自己的剖析，便洞悉了另一个异于你的存在。

这个时候出现的这位“他者”——也即被自我分离出来的另一个“我”。其实在不可见的另一处还存在另外一位“她”（姑且这么命名），“她”并非是显在的，“她”的隐性决定了“她”自身存在的位置，而这一位置显然来自“我”的心灵深处的一端，“她”与“我”的关系是神奇且微妙的——“她”始终隐而不显地在审视着“我”——如我对“他者”的审视，却又时常不见踪影，“她”是执掌“我”心灵法庭的审判者，可又时时不在场，“她”拒绝面对面地交流与沟通，但又不时地会发出来自“她”的指令，并在无形中规范着“我”的行止与思考。

于是这个“我”——作为写作者的“我”，为了“她”而预设了那个“他者”。那个“他者”是在一种双重注目与审视下而展开“他”的行动的，当“我”一旦要诉诸笔端，意欲表达一种思想和情感时，随即跳出的那个“他者”会出现在“他”的表演舞台上（由文字来呈现），“她”和“我”直到这时才开始有了一种神秘的不可言传的交流。

从写作的意义上说，这个“她”是不能缺失的，因为“我”预设出的那个充当“我”之被审视的替代物的“他者”，在很大程度上是为了“她”而存在的，“她”这时便又悄然地转化为一个潜在的“读者”，于是“我”的所有的写作行为以及对人生的思考与表达都丝丝缕缕地通往了对“她”的绵绵不断的倾诉。这就像是一个写作过程中出现的结构性的铁三角，一旦其中一位缺席，哪怕是迟到，写作之于“我”而言都是不完整的，甚至表现出的情感都会变得贫瘠和空泛，徒具干瘪生硬的文字而无鲜活充沛的情感色泽。

由此我意识到了，我在博客上的“沉默”是因为写作铁三角中一位的短暂缺席，我想，我是该期待“她”的又一次出场了，那是因为我所有的文字是无法缺少那位潜在读者——那个“她”的，那是因为我所有的文字是在向“她”发出一次次的吁请与倾诉。

那是一首悠长的诗

既然朋友们祝我生日快乐了，我只好坦承 8 月 7 日确定是我的生日，只是这一天，我在工作中度过，很辛苦。

我的大长篇的修改已近尾声，我本想着赶在这样一个特殊的日子——生日，一鼓作气地将它拿下，给这一天赋予一个特殊意义。所以除了中午小眯了一会儿，我基本在电脑前度过，但我最终放弃了“一鼓作气”，原因是我累到要瘫，大脑都快成木头了。

我实在是改不动了，因为当文字精确到一定程度时，就必须在每一个字上琢磨，多一个字，少一个字都会影响到阅读质量。我是一个在文字上过于挑剔的人，近乎是一个文字洁癖。这一癖好折磨得我几乎四肢无力，瘫软在地。

看看表已 6 点多了，我给好朋友小邵打了一个电话，正好，此兄还没吃晚饭呢。一块吃，我说，我的生日。

小邵一会儿就奔来了，这才知道昨日亦是此兄的生日，我还真不知道我们的生日相差一天。他可是我十多年的朋友了，而且是我少有的可以在纯精神领域交流的朋友。

我的前两部小说他一直声称看了几页就放下了，我问为什么？他说可能是他的问题，他现在看不了小说了，什么小说都不能看了，只能看理论书籍或纪实文学，我说，哦，原来是这样。

有一天，他又来和我聊天，我让他看了几眼这部新小说的开头，他一声惊呼，这个小说太靠谱了，语言真好，你接着写，写完我一定会看。我当时还以为他是一句客套话，后来他告诉我，在看东西上，没有任何人能影响他，他只凭自己的感觉，所以他说的好一定是真的好。

在整个写作过程中我常与小邵一块吃晚饭，他所在的报社距我不远，见面极方便。我会向他说起我的构思，比如“文革”中的抄家，我虽没见过，但必须写进去，可我不想写得跟别人通常在资料中看到的一样。他总是认真地听着，时而会插上几句他的看法。到最后，当我即将写到尾声时，我告诉他就要完成了，我说一直在隐隐地激动。他忙问，还是那种语言吗？我一乐，我说后头一定比你看的开头还要精彩，他高兴地说，那我太期待了。

我答应他完稿后一定在第一时间寄给他，虽然前两部小说我亦寄过，但他都声称没太大的兴趣往下看。我觉得它们不像是你的东西，他总是这么对我说。那时我还在奇怪，为什么看上去不像呢？

小说寄出后没几天，我们通了电话，我听出他在电话中的激动。太靠谱了，他大叫，我当天晚上就看得很晚，这才是你的语言，前面两个都不是，我为什么那两个看不动呢？看来我还是挑语言。他说，这篇小说我每个字都想看，所以我看得很慢，快不了，因为必须认真读，跳不过去，看着舒服。

我很高兴他的评价，因为我向来重视他的意见，他从来不跟我忽悠，玩虚头巴脑的事，从来都是直来直去，甚至不惜让我不快。我们会为一些问题争论得面红耳赤，不欢而散，好几个月不再联系，但我们的友谊从未真正地中断过，所以我格外珍惜。

昨天他告诉我，小说还是没有读完，但绝对靠谱，人物真实生动，好玩。你的语言真是太好了，他强调说，而且始终贯穿着一种力量。我偷乐。我没说出口，其实我写到一定程度时就在告诉自己，我要写出一种史诗般的浩荡感，这才会不愧于那个风起云涌的 1966 年，只是在写作中我一直在控制情绪，让它实现我曾经为自己定下的文字规则：凝重而又内敛。

小邵说，你除了语言比别人好之外，最重要的是你仍然保持了一种精神高度，这是今天的小说所没有的。他又说，我一直以为中国人缺乏人道主义的启蒙，你的小说就贯穿着这种精神。我告诉他一旦诉诸笔墨，我就会去发现人类精神中的温暖和人性的光辉。

我让小邵接着看完，我告诉他越到后面会越好，因为我的情感一直在激荡，隐忍地激荡。

我看你是完全不会跟人打交道的人，小邵说，你总是被人骗，你看什么人都是好人。说着，他眼睛里挤出一丝讥诮。看来只有写小说适合你，因为你不需要跟人交往了。他又说，你就接着写吧。

我承认，我总是把人看得很善，但最终结果又总是我受伤。你下一部打算写什么？小邵问，我笑说，想写一个喜剧或幽默的小说，调侃一下当下生活的荒诞。我这方面的才能还没被人发现，比如《遇》的原始构思就是以杜马为主角的喜剧，或者说是荒诞小说，可是那一次因为陆岛的遽然出现而被改变。

你为什么不接着写过去呢，你的记忆？他问。我想了一下，告诉他，我有一个构思，而且构思了很长时间，严格地说不是构思，是我当年在小镇上生活过一年，看见过一个奇怪的老人，他爱喝酒……我说我的内心对他很有感觉。小邵大叫，这个故事太牛了，就写它吧，肯定牛。我说这个人我从没有跟他说过话，但我印象很深，我想写一个少年与一个老人在“文革”时代的特殊友情。小邵开始动员我写这个故事。你一定能写好。最后他说。我笑了，要写，我也要写出小镇在我记忆中的那种诗意，它是一首诗，让我怀念！

这顿饭我们吃得颇为愉快，从头至尾我们都在畅谈着理想和我们必须面对的当下的精神困境。吃完，我们回我家接着聊，后来谈累了，又扫了几眼电视上的“快女”，好像没啥大意思。不知为何这些小快女今天的校园歌曲唱得不太好，她们没能真正地理解那歌声中所蕴含的情感意义，她们还太小。嗓音虽然重要，但对于流行歌曲而言，更为重要的是对歌曲的理解，只有理解了，才能真正地找到歌唱的感觉，让自己的情感融入其间，那才是动人的。

今天早晨起来我又趴在电脑前继续我的工作，聚精会神。一直到改完，抬头看电脑上显示的时间，我几乎发出一声轻呼，太巧了，正午 12 点整，好像我在卡着点做事。我一下子放松了，一件事情基本终结了。

窗外是一片灰色的迷雾，我记住了这个时间，2009 年 8 月 8 日 12 点整。

远山

他很早就醒了。

在床上赖了一会儿，看了会儿平板电脑上的微博。没有太多有意思的东西，他想。

他站起身，拉开窗帘。

一道强烈的光线就在这一瞬间照射了进来，还晃了一下他的眼睛，他眯缝着眼睛看向窗外的景致。

真好，他想，风歇了，城市一下子变得安静了下来，天空一片碧蓝，没见一丝云彩。那远山呢？他总喜欢眺望那座山的，就好像那座高耸的西山上藏着一个什么秘密似的，而那个秘密只有自己能够读懂与索解。

那山是安稳的，静静地屹立在朦胧的薄雾中——那是雾吗？他不禁自问道，这个晴朗的天空不像是有雾的，那为什么，在那遥远的西山上还缭绕着一层氤氲的雾霭，像在远方勾勒出的一线隐约的剪影呢？

他一时找不到更好的词汇来描绘此时此刻的远山了，他感到了一丝无奈。

他很庆幸他住在这个楼层，居于此，他的视线可以越过一幢幢高楼而遥望他所喜爱的那座起伏绵延的山脉，他知道那座山叫燕山。远古时代，最早的那批初民是如何迁徙到了燕山山脉的周围的呢？从此安营扎寨创立家园，从此有了后来的燕京？

他没有看过这方面的资料，他只是心存一份好奇。

这都不重要了。重要的是他已然成为北京一个居民。他住在了这里，可以时时眺望远山了。那沉默的大山激励着他内心萌动的力量，为此，他是那么感谢那座沉默的山，只有它，一直在见证着中国的历史变迁——苍茫而悲怆的历史，但它顽强地沉默着。

简单地吃完了早餐，他又习惯性地来到了案前，该写作了。这段时间他一直小心翼翼地微调着自己写毕的小说，一边改着一边斟酌着字词，希望自己的语言变得更耐人寻味。他喜欢古典音乐，喜欢那音乐中流淌的优美或悲壮的旋律以及神秘的节奏，他希望自己的语言一如那旋律、那节奏，是舒缓而沉郁的，就如同音乐的音符与奇妙的乐思——他希望，但他又知道那是遥不可及的，他只是奋力地攀登着那座巍峨壮美的高峰，那是他渴望抵达的目的地。

他改了一会儿，忽然觉得有点心不在焉了。

这是怎么啦？他不禁自问。他想起来，今天是假日，是星期天，每当这个日子来临时他都会思想溜号，好像空气中流淌着一个声音：假日了，你为什么还要伏案写作呢？

但他对自己眼下看到的这段文字有了一种挥之不去的感情，那里面涌荡出的悲怆之情让他无限地感叹，他发现他竟是如此地喜欢自己笔下荡漾的沉重与悲怆，那会让他感到沉甸甸的人生感悟终于落入笔尖。但他又清醒地意识到今天的读者是不愿去看悲剧的，人们习惯性地要逃离现实的痛苦与无奈，更渴望读到的文字是欢乐与逗趣的，这样一来可以让他们在文字中暂且忘却现实的沉重。

那么你为什么要写下你的“文革”三部曲呢，还有你的那个让人落泪的话剧？他扪心自问。好像出自一种责任与使命，他宽慰地告诉自己，那样的文字会带着一种人性的温度从他心中缓缓地划过，他会由此而感到舒服。他从来就认为好的文字是与心灵的感悟契合的，彼此间由此而有了一份神秘的默契，一个只有他们能懂的倾心的交谈与对话，他们是彼此的知己与知音，唯有如此的文字才叫不再辜负。

他是不愿意在文字上辜负自己的。他有些执拗，有些一意孤行，但又有什么办法呢，他就是这么一个性格，无从改变。

那么就由着心灵的引领吧，由着它，让它带领着自己走向那个隐约可见的彼岸。终究会有人在那个眼下还犹显荒芜与苍茫的地带等待着他的，他也是为了那份固执的等待而走向那里，义无反顾。

他抬眼看看电脑上显示的时间，哦，10 点 45 了，这时他忽然有了一种冲动想写下一点随想，究竟想写些什么？他还懵懂未知，他只知道自己想写，有些话想对人诉说，或者干脆说想对自己叨唠。他一直觉得自己就是一个愿意自言自语的人，至于别人愿不愿意听他已然不在乎了，在这方面，他觉得自己是一个乐得逍遥的人，所以他对自己的评价是一个逆风而行的闲云野鹤。

于是他留下了这些文字，这些写给自己看的文字，他知道，这个假日就以这样一种方式告别了。

那悬浮在高天之上的蔚蓝

我一直在寻找一种独特的文字表达方式，以便让我与文字保持一份温情。我是敬仰好的文字的，或者说隶属于文学的文字。在我小的时候便开始了对文字的迷恋，那是一系列当时读之懵懂且为之着迷的小人书予以我的一种特别的感受。当有一天我成长为少年时，我就狂妄且不知深浅地告知自己，长大了我要成为一名伟大的作家。

这是长久以来深藏在我心中的梦想。在我的记忆中，这一梦想是有色彩的；于今想来，当有人追问我梦想的色彩是什么颜色时，我会一时踌躇，不知如何作答——因为我还真没有认认真真地思考过它的颜色——梦想的颜色。

会是什么颜色呢？

我必须让我的思绪回到我的作家之梦的初始，我必须让自己重新回到我的少年时代——在灿烂的阳光下，在绿色的青草坪中，在浓密的树荫下，在秧苗茁壮的田坎边，找到我读书时呈现于眼中的那个梦想的颜色。

我终于想起来了，它是蔚蓝色的，一如飘着白云的晴朗天空，碧空如洗，抑或清澈得宛如大海般的蔚蓝，没错，这便是我梦想中的颜色。

为什么会是蔚蓝色呢？这是我随后又进一步追问自己的问题。

是的，为什么？这亦是我好奇的一点。我只能闭上眼睛，让思绪与追问再一次地沉淀下去，就像一泓清泉静静地、一点一滴地无声地流向我的心底深处，在寂静中听它发出叮咚的脆声。我听到了一个来自内心深处的奇异的回答：因为蓝天是广袤无涯的，因为蓝天的胸怀是无边无际的，人在苍穹之下是那么的渺小与微茫，而蓝天的浩大与广博则代表了永恒的意志。

或许文字就应该是这样的，蔚蓝一如高远的天空，一如浩淼的大海，它在壮阔之中又不失温柔和缱绻，它在辽远之下又处处透出深沉的浩荡的大爱。

那时我还是少年，那时我还不懂人世的复杂与艰险，但我却知道人间存在着一种博大的爱，那是伟大的文学对于我的教诲，它是属于蔚蓝色的，它属于蓝天与大海。

文学之梦支撑着我后来的人生走向，支撑着我对一种永恒精神的坚守。人类曾经有过的经典文学，它的母体无疑都承载着这一永恒之爱。

坦率地说，关于永恒之命题并非是作为个体之人所能回答的，它直接通往上帝辖属的求义的路，其实几乎所有宗教教义的精髓归根结底只是一个字：爱。

我不是一个皈依了宗教的人，但我对宗教充满了敬意，在我看来，它与我所信奉的纯正文学是一脉相通的——当文学抵达了一个神圣的高度时，它的情感便会充满宗教般的虔诚与狂喜，乃至悲悯。

所以我敬畏文字，所以我厌弃垃圾文字，拒绝阅读任何对文字缺乏基本敬意的文字。

因为好的文字（文学）是属于蔚蓝色的，一如晴朗的天空，一如浩淼的大海。

我之所以写下这些关于蔚蓝色的感悟，其实是为了再度告示自己不能因为人生的一些波折与痛苦，而丧失了对蔚蓝色所代表的神圣的信奉，虽然在许多人的眼中它可能失却了昔日的鲜艳与耀眼，已然褪色，甚至难以再窥见其斑驳的余影。这令我哀伤。

我看到了太多在这个时代背身离去的人，虽然蔚蓝仍在他们的身后闪烁，但他们却义无反顾地离去了，我只能怅惘地看着他们远去的背影，黯然神伤。我只能独自行走了，因为我拒绝不了那蔚蓝色的诱惑，那何尝只是一个神秘的诱惑，它更像是一种召唤，犹如进军的号角在召唤它勇敢的战士。

我经常听到有人问我：你为什么对文字还能保持这么高昂的热情，过去我听后只有茫然一笑，因为我无从回答，也不知如何回答，现在我知道了，因为有那悬浮在高空之上的蔚蓝，在召唤我……

陶醉与自信

这几天，我本想静下心来认真地修改我的第二部小说，因为出版社的友人昨日知会我这本书准备出版了。我这才想起自写完后还没有认真地重看一遍，因为有看过的人曾提醒我其中有许多错别字，尽管这些朋友均表示很喜欢这篇小说，看着欲罢不能。

我有一个极不好的毛病，写毕了的文字很不情愿重看，因为再看就完全没了信心，觉得哪哪都言不及意，虽然我很清楚一部作品要反复锤炼。海明威就是一个典范，每当写完，他便会挥舞起手中的利斧，砍削文字中横逸斜出的旁枝杂叶，将那些多余的负累之词一并删除，以清洁文本，最终字字珠玑，力透纸背。可我做不到。

当我再度打开第二部小说《味道》，一路进行着微调时，发现居然少了厌倦之感，这让我惊诧。究其缘由，乃是因为换了苹果电脑后，那清晰潇洒的字体让我看着舒服了，以致文字亦变得清爽洁净，于是揶揄自己，原来并非文字写得不好，而是电脑显现的字迹让我颇感不爽，影响了我的判断。

曾有若干朋友笑话我对电脑字体的病态挑剔，我一笑了之。人都有怪癖，我亦然，且不讳言。昨日一位喜欢我这篇小说的朋友偶然间告诉我，能买到七折的苹果笔记本，我大喜，当即决定将原定买的一万元左右的笔记本更改为超薄款；因为一个七折，此款便在我的预算之内了，可最后又被告之现在那边只能八五折，我只好沮丧地放弃了。看来凡事都不能高兴得太早，否则真是备受打击。

我本想着这两天尽快将小说调整后交予出版社出版，无暇再顾及我博客上掀起的小小风波，后又觉得多少要回应一二，因为那些争论终究是因我而起。

首先聊聊关于“陶醉”。坦率地说，我自始至终没有陶醉过，只是当我看到有朋友由衷喜欢我的《遇》，我亦会由衷地幸福和快乐，这与陶醉无关；不管别人信不信我的声明，但诚实地说我从未陶醉过，原因是我根本无从判断这个我生下的孩子——《遇》，是否为一部没有悖离我初衷的好小说。

因此，当有朋友谈及他们的阅后感时，我会在兴奋之余与他们交流。精神交流在今天已属奢侈，但在这里（博客）我却发现了真正可以交流的人，这让我高兴。但我还要强调一点，我绝非是那类“范进中举”的小人，虽然眼下的中国盛产“范进”一族，但我对此是高度警觉的。

其次是关于自信。我们所谓的自信一词是从未被认真探讨过的概念，在这里，我不妨试着将其进行一番逻辑梳理。法国的后弗洛伊德主义（即后结构主义）大师拉康曾有过一个著名的发现，在他的语汇概念中这一发现被称为“镜像理论”，它说的是一个幼儿初次产生自我意识乃是根据一面镜子（当然，这是它理论假设中的一个隐喻）。拉康认为，当这个刚懂事的孩子懵懂地站在一面巨大的镜子前，从而发现了自己的真实影像时（假设他从未在镜子中见过真实的自己），会产生惊奇（这是我吗？），并由这一惊奇而进入了对自我的认定和确认（我长的是这个样子呵！），这便是自我认知及意识的由来。

由此我们发现一个有趣的现象，所谓的自我，是由一个外在于这一自我的“他者“（相当于拉康式的“镜子”）的存在方能被认知的，否则这一自我会始终处在蒙昧之中，因为未经“他者”的比照与限定。这也就使一个作为个体存在的人从中明了一个真理：自我的设定及评估并非完全来自经验个体，而是在“他者”的存在规定之下而予以完成的（否则自我一词是不能成立的，因为没有“他”何来“我”）。还有一种说法也颇能说明问题，自我是在众多目光的注视下形成的，因为这一目光或曰凝视，其实是在无形中对自我的形成提出一种潜在的“建议”和“要求”——相当于拉康笔下的“镜像”，通过它，自我获得了社会意识和自身的认识，形成了有效的自我经验，从而融入由芸芸众生组成的庞大的社会，也就是说，“他者”是“我”的规定与尺度，谁都无法逃离，此亦为人区别于动物的一大属性。

从这个意义上说，所谓的“自信”，是需要“他者”或他人的鼓励和肯定的，否则自信就是无源之水，无本之木。我绝不否认我在写作初始时是缺乏足够自信的，因为写小说于我是初次尝试，更何况我写的小说似乎是自我设定的创作范本——一种随心所欲的写作，并非所谓的仅为了反叛旧有的小说模式而有意为之，我还没有那么自觉。如此写作仅是为了让文字能更好地企及我的内心及表达我所体验到的这个喧嚣的世界。当这一切（小说）经我之手予以完成时，它就必然要面临一次严酷的检验（相当于在法庭上面对法官），读者就是在这一意义上浮现了出来，他充当了我小说的一个“他者”（审判者），由它投射来的目光让我形成自我检测，从而对自己的创作形成一个崭新的勘探角度。

自信从来不是盲目的，妄自尊大不足取，妄自菲薄亦可笑，所以，我们需要通过交流这一途径来反省和调整自己，以使自己少走弯路，这是我的基本态度。顺便说一句，我在艺术的判断上从来都是狂妄和自信的，其基础来自于我自信自己的人生态度和艺术感觉，但对自己写下的文字又颇为茫然，其缘由是因为一旦进入创作领域，自己便拿捏不准是否准确地表达出了真实的内心和思想，所以我写小说时速度极慢（相反，博客文章却写得飞快，从来都是一气呵成），总是一边写，一边停下来换一个陌生的眼光再打量一番，不断地质疑与不断地调整，而且整个写作过程近乎是一种自我折磨的过程，我自嘲此为自虐，但没办法，一旦沾上了一如神祇般的文字，受难便在劫难逃，尽管如今这样写作的人寥若晨星。

最后要说的是，我不会在一部作品中忘乎所以地沾沾自喜，这绝非我的风格。我仍会一如既往，对别人的真知灼见抱着谦卑的态度，而且我会争取做到每一部作品都有所不同。我甚至与友人开玩笑，当我的第二部小说出来后，抹去名字你们定然不知那是出自我的手笔。第三部亦然，我是反对重复自己的人——重复无异于慢性自杀，这是我要时刻警觉且尽量避免的。

昨天，我的一位认识了十几年的在报社工作的朋友（他亦是一位文化批评家）与我逛街，在路上他告诉我，王斌，你是一个与别人不一样的人，你的性格、思想以及对社会的态度都与众不同，你不适合与人合作，因为你不懂妥协，但你适合写作。他说，你已经有自己的文字风格，生活中无论发生了什么事，比如在我看来多么龌龊的人与事，一旦诉诸你的笔端，你都会宽容和赦免它，并给予善良与温暖的描述（奇怪的是，我为什么不能在生活中做到宽容呢？），赋予了带有你王斌个性色彩的理想，还有就是你能将人物写得准确生动，令人印象深刻。他说，你只要坚持发自内心地真诚地写作，就一定能写出好小说。这些话对我是莫大的鼓舞。

现在，这么多朋友给予了我充分的鼓励与肯定，即使是批评，也是出自对我的关怀，我心知肚明，且感恩在心。我知道了，我是有这个天赋将写作进行到底的。朋友的谆谆告诫提醒我莫要陶醉、莫要迷失、要在自信中寻找更高远的目标，我都会牢记于心，我不会辜负你们的！

天地浩荡

眺望窗外的北京，不知天际间是被弥漫的雾霾所笼罩，还是被漫天的沙尘所覆盖——灰色的天空，灰色的景物，一切都那般的诡异，遽然有一缕阳光射来，书房亮堂了，但天空依然是一片灰蒙，如有尘埃浮动。

几天来的写作陡然间变得异常顺畅，这让我警觉。每当这种亢奋来临时我都会警惕，然后用理智控制住沸腾起来的情感，并时时告诫自己切记冷静。

文字是不能被激情所操控的，因为它极易失控，以致失去了理智中的驾驭和判断。好的写作情绪是让理性藏在感性的幕后，不动声色地规范且指导着故事的走向。不能让激情信马由缰，乃至放纵无忌。

昨天上午我便处在失控的边缘，热血腾地一下涌了上来，思路霎时豁亮，如同一道闪电，我一直在小心寻找着的那几个人物关系的交汇点在那道耀眼的闪电中被照亮，似乎瞬间变得清晰可见。我的心忽的一下被提了起来，不敢相信这竟然是真的。

在此之前我写到了“文革”的暴行，写到了枪声，我知道我正在趋近第一次对死亡的目睹，刹那间有一丝感动，有一种震撼。几乎与此同时，有一种排山倒海般的悲愤在向我迅速聚集，这让我近乎控制不住地要大放悲声，那股热泪就在我心中涌动，要写的内容亦开始变得激荡起来，那些我虚构的场景、人物莫名地鲜活毕现，栩栩如生，带着各种表情与声音向我走来……

我迅速地离开了书桌，我知道，我必须停下了。我一反常态地为自己斟上了第二杯咖啡，手指发抖地点燃了一支烟。冷静，我告诉自己，千万不要被这股猝不及防涌来的激情之浪所湮没。我给朋友挂了一个电话，故意用轻松的语调聊了聊我刚才经历的内心波澜。其实我在反省写下的内容。

这是我每天休笔后的功课，看着闲书，内心却在捕捉着那些已然落成文字的情节，我会让自己尽量地放松，松弛状态下的思维是冷静和敞开的，思想可以海纳百川，最后汇聚在一个清晰的焦点上。很幸运，我至今没有留下太多的遗憾，没有推倒重构，思路基本是顺畅的，顺畅得如同汩汩流淌的山涧溪流，沿着蜿蜒崎岖的山势，一路直下，奔腾而去。只是我设定的几个关键性的人物关系一直不明快，他们仍然在我的故事中若即若离，各行其是。

偶尔我会有些焦急，于是自问：我究竟要将他们带向何方？我在“引子”中的那番描述又是如何让我沉浸在了深切的回忆与缅怀中？他们又将面临什么样的命运抉择，呈现出怎样的面貌，我的小说主旨究竟要讲什么？

这一连串的追问令我忧心，但我一直相信宿命般的恩赐，我就这样顺着故事走，顺着人物各自的命运走，相信某一天，一个突如其来的灵感会将我晦暗的旅程照亮，它们将脱颖而出，江河奔流，天地浩荡。

所以我一路写，一路在反复等待着我与灵感的不期而遇。

期待没有被辜负，灵感终于出现了，大脑在那一刻像燃起了一团熊熊烈火，灼得我浑身发烫。我手忙脚乱地回到我故事最初的“引子”，将想到的内容尽兴加进，行文如风。我必须要说，享受灵感降临的那一刻是高度幸福的，因为大脑像是刹那间敞开了辽阔的天眼，一切事物及思想都变得那么地敏感而活跃，想象力开始腾云驾雾。

一直让我略感飘浮的“引子”终于有了一个令我宽慰的“归宿”，它现在可以坚坚实实地矗立在那里了，甚至让我依稀看到了尾声——我知道小说的尾声究竟是什么了——以及将由那个尾声所散发出来的气息和味道。那会是一个由看似举重若轻的描述所逐渐弥散开来的细节，很淡，很轻，里面裹着忧伤和悲痛，亦有一种苍凉且悠长的命运感，就像在旷远辽阔的天际间回荡出的悲怆，岁月的沧桑便永存记忆。

我喜欢这种感觉，就像我喜欢的《日瓦格医生》。

我会最终抵达理想的港湾吗？我仍不敢就此断言，在前方，我还有许多路要走，还要经历几次心灵的波涛与震荡。当然，我还要不断地告诫自己——保持冷静。我在内心为自己起誓，要写出一部内敛而凝重的作品，是多少年之后当我再度回首仍不会让自己脸红耳热的作品。

我期待上苍继续赐予我智慧和力量，让天地为之浩荡。

托付的责任：自由

改完小说《遇》后，我深深地叹了一口长气，并陷入了一种奇怪的心境中。在我的印象里，这部于几年前写毕，却又经历了世纪之交的小说是我一直不想再看的，原因是我对写下的文字怀有愧疚。

我还清晰地记得，当年出版社寄来小说清样，而我不得不看时的那种沮丧与不安，我一边看一边在诅咒着自己：这是我写下的文字吗？这种文字能示人吗？那份纠结让我心情沉重。当我将全部小说修正完时我累瘫了，甚至有了跳楼的冲动，因为我太不满意了，那些文字并没有穿透我的心灵，与我感受到的命运风雨同舟。我颓然倒在沙发上，大脑一片空白。我发现，对于一个始终在做着文学梦并渴望有朝一日能发表小说的人，一旦写出了竟然也会深陷沮丧中，它没有给我带来太多的快感与欣慰，这让我感到意外。

为什么没有惊奇？我一再地追问着自己。答案仍是未知的。

我回想着自己写下《遇》的过程，它起笔于 1999 年，那个我在电影圈厮混却一直感到彷徨和迷惘的年代。有些自觉的精神上的拷问让我困惑，曾几何时让我信奉的价值观在摇摇欲坠，而我则在这种坠落中失去了精神的方向。未泯的文学梦想始终缠绕着我，我却迟迟没有勇气动笔，那时我深刻地怀疑自己的文学才能，我不知我这个成名于 80 年代的所谓“文学批评家”是否能写小说——那是另外一种叙述方式，成为批评家是我的一个意外（那是我在看了张承志的《黑骏马》之后写下的第一篇关于文学的文字，结果却在《人民日报》文艺版的重要位置上发表了，我还记得当我看到在当时全国最重要的、充满了思想解放气息的报纸上出现了我的名字时的激动与喜悦），而这个意外则让我此后一直沿着它的轨迹而行走（这一行走，终止在 1989 年，直至 90 年代我进入了电影圈），但我最初萌动的文学之梦是写小说。

我决定试试笔，不告诉任何人，只当自己的一次文字试验。当时亦没想到发表，所以写得大胆放肆，毫无顾忌，尤其当涉及男女之“性”时更是胆大妄为。当我试着写下最初的片段时竟有些惊奇——我发现写得颇顺，每个人物的台词与性格都能信手拈来，他们像天然地生活在我的想象中。事前没有任何构思，只有存在于脑海中的一个人物的名字，并让我对个名字有了呼之欲出的想象，他就是杜马——他让我太有感觉了，这个名字，这个有点小酷又充满了个性的名字。我当然没有想到在以后的发展中这个人物会成为配角，主要角色竟被另一个莫名其妙浮现出的人物——陆岛所取代。我没事先构思是因为厌恶了电影剧本的故事编织，我当时想，为什么不能边写边构思呢，考验一下自己，这样会让生活中潜伏的许多偶然性与即时性意外地进入我的小说，这才是真实的人生。

我就这么随意地写着，一有空就伏在案前写上两个多小时，大脑累了就歇着，我从不让自己疲劳作战，我知道那么做大脑将会被疲劳所拖累，只是在写作亢奋中不自知而已（此后这种写作习惯被我一直沿袭着，晨起后就写两个多小时，累了会写点博客文字——我一向将这种文字当作自己最好的休息，因为这种随笔式的写作几乎不用太动脑子，就像现在这篇文章）。第二天我会再看看自己前面都写了些什么，再顺着已有的情节临时构想与编写。可我发现，这些人物、这些文字似乎还没有呼应上我内心对时代的感受，只是在擦着我心灵感受的边缘行走，难以真正地进入内心，这让我失望。

后来写到成书的四分之三处我写不下去了，我发现自己根本不知道为什么要写下这些人物和这样一个故事，我也不知道这些人物最终的归宿是何方，因此我也就不知道我的故事该在哪里终结。一种失败感侵袭了我，而我不得不承认自己的失败。

搁下《遇》正好是 1999 年与 2000 年之交，这一搁就是七年。2007 年因为一个特殊原因我重新拾起它，想到了一个结尾，并为这一结尾而感到兴奋。我觉得仿佛这些曾经在我的感觉中已然丢失的人物蓦然间又回来了，体内亦有了些许的温度，只是我不确信写完后能否拿得出手，并且最终出版。

于是我将最后的几万字勉强写完了，只是写到最后一行字：陆岛迎着落叶飘零的秋风远去时，心中竟涌起一丝莫名的感动。我问自己，难道我真的完成了我的小说了吗？它真的是一部小说吗？那时我仍然不确定。

以我对故事完整性的认知及经验，我非常清楚，在我续写完的这部小说中，留了一个不尽合理的尾声。为了故事的大结局，我有意安排了一个场景，让几个主要人物“巧合”地集体出现在这个场景中，这在现实生活中出现的概率肯定是微乎其微的。但我当时没有别的选择，我对这部《遇》也不太自信，我只想尽快地了结它，让它有个基本模样可以示人——许多电影与小说在情节上不都是不尽合理的吗？我是这样告慰自己的，虽然我亦知敏锐的读者读到这里会发出质疑的声音。

后来我将《遇》寄给我的朋友余华看，没想到得到了他的高度评价。他说他非常喜欢这部小说，甚至因为出自我手而感到惊讶，并动员我从此放下别的事情，一心一意地写小说。你是一个写小说的人，我没想到，你不用再干别的事了，你应该写小说。那天他在电话中说，当天晚上他寄来了他的读后感：这是一部爱情与肉体相互纠缠的小说，这是一部人生与命运若即若离的无奈之书……

为此，我十分感谢这位老朋友余华，是他给予了我写作的信心与勇气。

《遇》出版后得到了许多年轻朋友的赞赏，甚至许多人向我诉说他（或她）就是小说中的某个人物。甚至在我的同辈人中也有人认领其中的某个角色，这让我格外欣喜。对于一个创作者，没有什么能比这种评价更感到自豪的了——虽然我深知《遇》仍不是我最好的作品，它不能让我满意，因为他距离我的心灵感受尚有距离，而我对文学的至高追求告诉我，我必须写出属于我的心灵之作——这一愿望直到我写出了《六六年》，才算得到了补偿，我可以无愧了！

年前与一朋友谈及这部小说的再版，朋友说，过了这些年，你肯定有不够满意的地方，不妨趁机改改？他的这一提醒让我的思维立马奔向了那个不圆满的尾声，那个牵强附会的情节设置。

于是我又一次地伏在电脑前，调出小说《遇》，但我发现自己根本没有任何修改的方案，这让我感到茫然。

我在《遇》后写下的后三部长篇小说几乎在合理性上无可挑剔，情节上毫无瑕疵，以致会让人误以为我写的是自传。而《遇》是我的小说处女作，我无论如何都要在再版前将留下的遗憾给弥补了，否则我心有不安。

还是没有想法，于是我干脆顺着情节往下梳理，岂料梳理到尾声时我自然地想出了弥补的方案。其实简单之极，就让其中的一个人物毅然决然地作出一个决定，有意让自己的男女关系“穿帮”，为的是告别自己的往昔，让生活从头再来。

这个念头瞬时激发了我，我随手就给人物加入了的这一心理，并在随后的细节中又将这一心理层次融入其间。

最意外的是当我“看”到主人公陆岛与和他曾有一夜情的江月奇迹般地邂逅时，我忽然觉得时空冥冥中布下的迷局，何曾是我的幻想。这种仿佛充满戏剧性的邂逅及由此生发出的重逢的感伤与幽怨，在现实生活中又何尝没有可能？当时写下这一段时心中并没有过多的悲伤，或过多地与我的生活感受发生关联，只是随手设置了这一情节，由此而让我觉出其中隐藏的戏剧张力，仅此而已。

只是在今日重读时才有一种惊愕的感受——这真是我当初写下的吗？我居然预测了一对恋人在茫茫的人海中的邂逅，又彼此分离，誓言永不相见，可终究是命运的偶然让他们再度相逢，而相逢竟意味着再次的挥手告别。

一切都是命，宿命般命中注定的安排，又有谁能违逆命运的掌控之手呢？

我忽然觉得在江月这个人物身上少了一个层次，一个行将告别的情感层次，加上这个层次会让人感受到命运不可预知的怅惘之感，有一种凄凉哀婉的诗性的美感——而我是喜欢诗的，于是我变得激动起来，甚至有点激情难抑，目中亦湿润了，心里浮动着一个声音：对不起。

虽然他们——陆岛与江月是我最深爱的人物，但我只能这么处理了，我没有更好的选择，原谅我。我从来都认为命运是悲剧的，区别只在于悲剧的大小与范畴而已，虽然我极不情愿让他们彼此再度各奔东西。

人海茫茫，不知何处是我们可以栖息的归宿。陆岛的心在高处，他终究是要飞翔的，让那颗自由的心飞翔在远方。他是要一直寻找下去的，寻找那个心灵的故乡。没有人能阻挡得了他匆匆行走的步履。

在他风尘仆仆的脸上，我看到了自己。

往昔能否成为追忆？

我非常怀念属于我的 2006 年，因为从那年起，我休笔多年后又重新拿起了我略感生疏的笔，重新开始了我的写作生涯，并且以此为生了。

我记得那一年我几乎每天都会写下一些文字，陶醉在写作的喜悦中，被扑面而来的文字之浪所裹挟，顺流直下地一气呵成。那种写作的享受于我竟是那么地畅快，那么一发而不可收拾。

这些畅快的文字伴随了我近一年后，我开始进入小说创作期。在当时，我并不知道自己能否写出令自己满意的小说，能否写好一个个好故事——我一直在心中追问着：我从哪里来，又要到哪里去——这个形而上的命题，就如同屈原当年的《天问》——他是伟人，我高山仰止，作为一名后来者，我们或许还需接续上他的那个未竟的“天问”。

那是一个深夜，当我从睡梦中惊醒，一阵心惊肉跳之后，我翻身爬起，来到了书案前，打开电脑。面对屏幕我稍有迟疑，如水般的文字就翩然而至了，甚至让我猝不及防，我只需跟随着文字的涌现而捕捉它的细微的声响，将它们一一记下。在当时，我还以为自己只是在写一篇随笔博客呢。

我就这样飞快地写着，语感让我兴奋，是我喜欢的感觉，我喜欢的文字，我喜欢的一种潜藏于心的真切的表达。那一刻我大脑的神经末梢全部张开着，吸纳着宇宙的精灵，它让我在忧郁中感到了一种无上的欢畅感。

当我行云流水般地写下此时此刻我对人生的感悟与随想后，蓦然意识到其实我是在无意中撕开了一个长篇小说的序幕——小说《六六年》。

那是我在小说领域中的一次探险。我事前没有结构性的构思，大脑尚没有形成确定的人物形象，只是一种感觉，似乎我要向人倾诉我内心的忧伤与感怀，让过往的岁月重返我的心灵，以此来检测我的人生。

接下来，我开始写我的《六六年》。写作过程中我承受了太多的痛苦，其中除了命运的一次打击之外，还有就是记忆唤醒后对“文革”岁月的痛苦追忆。为此，我感到了一种责任、一种使命感，我想我要写出一部与他人不一样的以“文革”为背景的小说，它不再仅仅是伤痕、是控诉，而是对命运与人生的拷问与探寻。

由于过于沉重，我在此期间还穿插完成了一部爱情小说《味道》，它属于那种时尚的、轻浅的、略带着忧伤与幽默的小说，它只是我暂且摆脱沉重的一次心情转换。

当《六六年》终于脱稿，当我写下最后的几个字——“残阳如血”时，我流下了抑制已久的热泪；而在此之前，我每当感到内心的激情激荡，热泪在心中积聚并要喷涌而出时，我都会搁下笔，转向看书与思索，因为我不想将《六六年》写得那么的滥情、那么的挥霍无度，我要写下的是一部克制的、内敛的、激情深埋于心的作品。我知道，《六六年》没有辜负我自许的一片期待，它忠诚地实现了我的所思所想——我无憾了！

在我完成《六六年》后的第三天，仿佛是天意，我忽然想起了我在“文革”中曾生活过的一个小镇。我遇见过一位神秘的老人，他在一个漆黑的夜晚坠入了锦江之水而命归西天。对于他的“故事”我一无所知，可奇怪的是他的形象一直存留在我的脑海中，我一直想探知他的“故事”——为什么他总是瞪着一双痴狂的眼睛，为什么他总是在亢奋地向人诉说他的“光荣历史”（他是一位老红军，而我从没有停下脚步倾听一下他的故事，因为那时的我，讨厌他的疯狂和醉意蒙眬的神态），直到获悉他意外身亡之后，我才在内心深处蓦然涌出一种犯罪般的歉疚之感——因为他在醉意中曾多次想拽住我，向我讲诉他的故事，而我只是匆匆地拔腿逃离——我讨厌从他身上散发出的那股子难闻的酒气。

关于“他”的故事我了解得并不费力，些后如同灵感乍现，我的语感也在那一瞬间形成了。叙事者是“少年”。我只花了三个多月的时间就完成了这部二十五万字的小说，其中的叙事语调是那么地让我舒适与惬意。那个如长河般的悲伤把我带到了黑暗压抑的“文革”年代，我终于用我的想象探知了“他”的秘密，索解了多少年来一直盘桓在心中的那个不解之“谜”，为此我感到欣慰。

而现在，我又踏上了军旅生涯小说的创作之途，可我遇到了巨大的写作障碍，因为我“失忆”了。我一直感到纳闷，按说军旅生涯是我人生中最重要的一段岁月，但我为什么一旦在追忆中捕捉它时竟是那么的遥远而模糊，甚至完全没有了记忆？这让我感到困惑。以前的小说亦属虚构，但起码我心中有一个起跳的命运之点，我倚仗这个“点”而出发，由此可以诞生许多我不曾认识的人与事。这一次异乎寻常，我居然找不到这个起跳之“点”了，我感到茫然。

这次的写作始终是凝滞的、迟缓的，甚至步履维艰，在此过程中我曾停下另一部写了七万字的话剧——那是我的一次突然的心血来潮。在这部话剧里，我完成了自己的夙愿：戏剧是一个作家的梦想。他一生中必须完成一部话剧，因为它属于一种高难度的创作实践：在一个封闭的时空中，一个被限制的舞台上，完成一个惊心动魄的故事，并且要震撼人心。我想，我又一次没有辜负自己，实现了自己的梦想，完成了我预定的目标。

但我的军旅小说的创作仍在艰难地行进中，到处都是障碍，我只能小心谨慎地迈过它，坚定地走下去，我祈祷上苍不要辜负我，尽管我的一位画家朋友看过我写下的那一部分后，感慨万千地对我说：这是你写过的最好的一部小说。但我不信，我唯一希望的是，不会让我以后为它而感到汗颜。

在今天这个七夕的日子里，我竟然莫名地心有悲戚，有了这么多的感叹。我写下的这些文字权当是对自己的一个勉励、一个鼓舞、一次缅怀和追忆。我珍惜自己走过的路，我也珍惜在我成长的道路上那些校正我人生的人。我面对的时代是一个彻底不属于我的时代，我的思想与精神飘荡在另一个高远世界的时空中，这是我的命运，亦是我的选择，我无从抗拒，只能听从命运的召唤而义无反顾。

无法回避的担当

案前的搁笔，终止在一个“死亡”上，这让我心情十分沉重。

我是一个在写作上尽量躲避死亡的人，尽管它仅仅只在我的笔端出现，或者说只在我的想象中再现，可一旦想象之图景真的展现在眼前时，一切又都变得不一样了。

我居然深入其间，甚至能感受到死亡者的最后叹息及垂暮时的表情。

我仿佛听到了来自我内心最深处的声音：终止！

我说的是我正在进行中的一部小说，而死亡，是我必须面对的一个问题，它是经由我的小说中的一个人物来讲述的。即便如此，仍然是那么让人凄婉。那是一名红军战士，一位为了共和国的诞生而献出了自己宝贵生命的勇士。或许有人不解，为什么我，竟然写起了一部主旋律小说。

非也，我一生中恐怕都与所谓的“主旋律”无缘（我指的是我的小说），因为我缺乏这种“觉悟”。于我，一旦进入写作状态，只与以下概念发生关系——命运、人生与人性，非此，恐难进入我的视野。这并非是我刻意为之，而同样是“命运”把我悄然地领到了这一领域，让我在此驻足，且为之悲叹。

我常对友人说，我一直纳闷自己的小说主题，为何仅仅是关乎社会、政治乃至民生的。虽然我在现实中经常会对社会问题痛发议论，亦有一种极为强烈的参与意识，但一进入小说创作，这一切“激情”便悄然退隐了，随之浮现出的只是在那苍茫的人生中的人的命运，以及在命运的逼视下所展露出的人性。

我相信这才是文学所要秉持的“声音”，它来自生活却又超越于生活，在那里，它与哲学、人类学握手言合了，只不过它是以“形象”的名义。

死亡的追述已在我近两部作品中出现了，而我固执地相信它不仅仅是为了出现而出现，而是为了警世，为了发人深省，以至让我们牢记生的意义。

写作是上苍予以我的恩赐，它不但赋予了我写作的激情和灵感，亦赋予了我一种奇异的思维能力——我能在写作的过程中重现我要书写的情景：那些人，那些物，那些环境，以及特别的关于人的心境与复杂的心灵世界，它们就这样鲜明地伫立在我的面前，生动地展示着它们的面容。我只需将展现出的情景用我的笔小心翼翼地描摹勾勒下就行了，它会在不经意间跃然纸上。我有一种能力，可以在如影像般的形象中，发现其隐藏的意义，因此我的“形象”就不单纯是形象，而是染上了属于文学的思想色泽的形象，这是值得我庆幸的。

死亡的情景亦如是，它如此真实，让我心惊，这是我所畏惧的。人的内心都有抵抗死亡的本能，都有在死亡面前的怜悯与恻隐，那种场面会让我陷入深切的哀恸，有时甚至欲哭无泪。有一天我的一位朋友告诉我，你小心，不要将小说写得过于沉重，现代人不爱读沉重的文字。我回答他说：我是一个跟随心灵之声行走的人，我不会去刻意制造沉重；但当文字的感觉不由自主地引导我步入沉重时，我亦将义无反顾，因为唯有真诚与真挚才是文学的领主，以及文学的最高道德，这由不得我。

当然，死亡是一种沉重，但我要将它写得慷慨悲壮，我要让它超越死亡而获得一种壮怀激烈的人生意义。

虽然在今天，我终止在了“死亡”这一阶段性的结点上，但我知道，我是为了让它在我的胸中激荡，为了让我的文字能更加激荡出一股淋漓之热血，去抒写伟大的人生之情怀。

寻访写作心境

写作者是需要有一份心境的，这心境携带一份悠然、一份感怀、一份澄澈，亦带着一份暗夜中才能体味到的寂寥与清静，才能安然地潜入心底深处，宛若潜水队员般，在幽黯却依稀可辨的海底之下去探寻隐藏着的奥秘。

这心境有时会变得格外脆弱，稍有风吹草动便会荡然无存，有时我会想，当年的曹雪芹是在什么样的心境之下从事他的写作的呢？他当时生活那么困窘，两袖清风，可记忆中的家世又如此高贵辉煌，是什么样的心境竟能让他沉下心来，十年如一日地潜心写作，以至诞生了一部惊天动地的《红楼梦》？

他当然不知道自己写下的竟是一部流芳百世的不朽之作，否则他不可能脱稿后顺手交予友人，却不给自己留底稿，这样一种洒脱的飘逸之风骨是来自他祖上的血缘遗传吗？

我不知道！

我只知道写作是一种难得的心境。

20 世纪 80 年代发生的事如烟如梦般萦绕在我的记忆中，遥想中，又有了一份淡泊与感怀，甚至有一种追忆中的忧伤。那是我们曾有过的纯真年代，或许，亦是中华民族空前绝后的一个纯真年代！好在我们经历过那个年代，并在那个激情燃烧的岁月成长为一名思想的探求者。

也就是在那个年代，我坚定了当作家的理想。

一个人是无须粉饰自己的。回首自己走过的路，虽无大愧，但终究是无悔的吗？有时真会在静夜中扪心自问。那种穷追猛打式的自问有时竟是残酷而又有如锥心般痛的，于是我理解了屈原的《天问》。尽管屈原是为自己在天地之间鸣响不平之声，可那个发出肺腑的声音竟是那么地荡气回肠，令人浮想联翩。我甚至觉得其中亦暗藏着对自己的心灵之拷问，乃至鞭笞——他不痛吗？我相信会痛的。没有比拷问自己更加令人痛彻心扉的。但屈原终究宽恕了自己，在路漫漫其修远兮中，在上下求索中，他寻觅到了命运的归宿。滔滔的江河流水默默地承受了这位古中国文化巨人赠予的精神宝藏，并将它四处传扬，启迪着今天的人们去坚守一份道义和信念。

无论是曹雪芹还是屈原，我发现在他们的写作精神的内核里，都深埋着一份难以解脱的痛苦与挣扎，于是文字便成了他们得以拯救自己的一剂良药，或曰救赎之道。从此意义上说，写作是在担负一项使命，它从来不是因娱乐人生而降临于世的；相反，它是为了永生的荣耀，一如曹雪芹与屈原的文字。

阳光下的遐思

人，确实是一种习惯性的动物。自从我习惯上午时间写作后，便一如既往地延续着，从未改变。我想经过一晚上的深度睡眠后，我的大脑会变得活跃而有力量；而近午时，它又将趋于疲惫，所以午后是我必须放弃的写作时间了。

我发现自己每天的写作时间总是停留在两个半小时左右，很少逾越。不管我的思路是否仍在行进中，我都会准时离开电脑，只把戛然而止时的余韵驻留在意识中，让它在我的潜意识中继续发酵、膨胀。

自从我开始写作，猛然惊见自己对季节与温度变化的高度敏感。而在以往，我对自然界现象的变化总是反应迟钝的，以致我至今仍不记得在我生长的南方，冬天的树上是否仍能见到绿叶。记不清了，记忆于我是一片模糊，尽管我上学时一年四季都要经过一座城市公园。

这使得我相信，写作真的会改变一个人，包括这个人的性情、心情与心灵。这种改变首先表现在他成了一个神经异常敏感的人，有时也会变得格外脆弱和忧伤。

上午的写作忽然变得异常顺利，顺利得让我自己都感到惊讶。正在写的这部小说有些难度，我会经常性地写写停停，好在我一点也不急。我从来就是一个急性子的人，但奇怪的是在写作上却总是表现得从容和淡定，即便有时思路受阻而寸步难行，我也总相信潜意识终究会赶来拯救我。而事实也是如此，写不动了就搁下不写，看看书，听听音乐，第二天重新来到案前，那被抑制的思路就会开始跃跃欲出了，如有神助。

我写了一会儿，感觉有点累了，于是望向窗外，整个城市被浸染在一片耀眼的阳光下，而我向西的屋子却没有丝毫的阳光；但我感到了愉悦，就手写了一篇微博：

又是一个晴朗的好天。而我却在没有阳光的屋子里写着我的文字。写作者的孤独与寂寞是一般人难以体会的，他一直在与自己的心灵对话，一直在试图让他感悟的世界与人性在他的笔下得以真实地呈现。他拒绝了所有的世俗诱惑，只遵守心灵的规约与引领，但他有时需要一丝阳光的烛照而感到世间的温暖。

写完了这行字，忽然想去室外享受一下阳光的抚慰，让大脑休息休息。

我下楼，来到公寓的园林小院。我喜欢坐的那张木椅上已经有一位老人坐着了，她仰着头眯缝着眼晒着太阳，一副陶醉的样子。还有许多小阿姨领着的孩子在阳光下玩耍嬉戏、荡着秋千，不时地传来他们的欢声笑语。

这时听到有人喊我。我回头，见是我同楼层的一个邻居，他正笑眯眯地望向我。他是一位地产商，我们以前偶尔会在电梯里遇上，我总能从他的脸上看出地产业的行情。好时他会眉飞色舞，不好时他则会唉声叹气，并且话会变得很多。最近我时常能在院子里见到他无所事事地转悠着，显然，房产的行情已让他无事可做了。

你们有个作家叫莫言吧，过去从来没听说过，一得诺奖大家都知道了，嘿嘿，他的小说好吗？

我告诉他，莫言八十年代的小说真好，横空出世、惊世骇俗，很值得一读，比如《红高粱》。

是吗？他笑笑，唯唯诺诺地点头，然后就溜之乎也了，可脸上的表情却写明了是不会买莫言的书来看看的，只不过是因了好奇而向我打听一下罢了。此类人在我的印象中挺多的，我也就见怪不怪了。

我沿着石砌的小道缓步走着，想着最近几天在我身上发生的事。

我一直想找一位能长期合作的出版人，他必须是个爱书的人，而且不是那么注重商业；他信任我，而我也不会在写作上辜负他，这是彼此间的一种默契与信任。因为我深知自己的小说是需要出版者静下心来阅读的，否则我的文字背后隐藏着的深层意义会被视而不见，快速的职业性阅读必然无法发现我的“隐藏含义”，现代人太过于急功近利地阅读与寻找所谓的曲折情节了，而我亦重视情节，只是我的情节必须与人生的境遇相关联。前不久，热心的朋友为我介绍了一位年轻的出版人，我们因此而见了一面，让我惊喜的是，感觉中他正是我要寻找的出版人——他爱书如命，虽然出版了许多市场畅销书，但自己爱的仍然是值得一读的好书。

那天相谈甚欢。更让我意外的是他告诉我，他爱人是上戏导演系的研究生，已毕业，酷爱话剧艺术。而此时的我，正好想找一位懂话剧的专业助手，来协助我自导自创一台话剧。我发出了邀请，他说他爱人会希望与我合作的。

分手时我说，我把我《六六年》之后的小说交你一阅吧，你一定要静下心来读。他答应了。

隔了几天，他来电告诉我，他看完了我的小说。并像我说的，放下了所有的事情专门抽出时间来认真读了我的小说。他说他非常喜欢，又一次让我意外的是，他居然看出了我小说题旨的幽微之处，而且表示他愿意出版。

“王老师，你是想早点出版呢，还是缓一段时间？”他问。

“不急，”我说，“最好明年五月左右。”

“太好了，”他兴奋地说，“正好与我的计划吻合。”他还告诉我，他出一本自己喜欢的书会认真地筹划前期的准备工作，比如如何宣传，如何包装。这都需要时间。

他同时还告诉我，他和他的爱人都看了我的话剧本，都很喜欢。

“现在几乎没什么人能再写出你这样的话剧了，”他说，“它很打动我，我爱人也看了，她愿意跟你合作。”他还告诉我他爱人现在不在北京，等周末回来后我们约着具体聊聊。

我的随笔编辑也在同一天来电告诉我，我的两本随笔散文集几天后就可以拿到样书了，也就是说，问世之日指日可待。

再就是我一直惦记着的话剧，投资方也已开始分头行动了，联系剧场与演员，一切仿佛都在一个短暂的瞬间凝结成了两个字：顺利。而我，反而有了一份担忧。以往的经验教训总是会及时地提醒我，每当一件事情看起来太顺利时，总是会隐伏着隐患。

我不能太高兴了，我从来就不是一个幸运的人，我告诫自己，凡事抱着平常心，淡然面对。

回到家，我重新伏在电脑前，继续我的写作，写着写着突然间感到了一种奇异的亢奋。这也太巧合了，我居然在写我小说中的主人公在观赏晨曦中的日出，这让我对这一段的描述变得有了一种特别的感触——是因为刚才出门享受了舒适的阳光吗？我不禁自问。没再多想，只是信“笔”顺流直下地写着，键盘在我的手中有一股一泻千里的劲头，而且语感亦让我满意。我忽然觉得这一段描述与人物心理我能一鼓作气地写下很多，感觉太棒了，这时我提醒自己必须停下我的键盘敲击了，留着，留着明天再来。我向来喜欢留下一点回味，第二天再接着写，这种感觉会让我兴奋。

我仍沉浸在仿佛见到了日出景观的情绪中，于是我将这种心情写成一条微博，算是对今天写作的一个小小的自我陶醉的告别仪式：

今日之阳光令我心存感恩，我恰巧在我的小说中描述日出时的壮美与绚烂，此情此景犹在眼前让我激动，我在追悔为什么当年在孤寂的海岛上没有观赏日出。而此刻只能用我的笔，带着悔恨的我，去重返我的当年，让那份悔恨化为我的亲历——虽然那只是我此时描述的“亲历”，但我无悔了，毕竟我见证了那一时刻。

雨果的《九三年》

我至今仍记得20世纪70年代，当“思想解放”的浪潮开始席卷中华大地时，我们开始对知识如饥似渴。“解放”的标记之一，是“世界名著”的解禁。自“文革”后，几乎所有的西方名著均被视为宣扬腐朽的思想而被查禁，我们由此进入文化荒漠，犹如流离失所的孤儿，精神上无所依傍。

因此，当“禁书”被宣布公开出版发行时，我们激动不已跃跃欲试了。我是事后才知道，当时每座城市都发生了我所经历过的故事：从晚上8点开始排队，直至第二天上午9点书店开门，我们通宵达旦，为的是抢先购买到分批示人的“世界名著”（因为据说是数量有限），那种盛况是空前的，长长的队伍一眼望不到头。我常常排在队伍中的前三名，为此我自豪。在那些日子里，我度过了一段不平凡的岁月。

也就是在那时，我看到了《九三年》。

当时陆续出版的世界名著中，雨果的书是最全面的。我买到了他全部的重要著作：《悲惨世界》《巴黎圣母院》《九三年》及《笑面人》。我按照一般读书人传播的知识，先读了《悲惨世界》及《巴黎圣母院》，就当时的我来说，并没有读得那么津津有味，相反，还有些艰涩，有些腾云驾雾。雨果更像是一位善于演讲的演说家，他的激扬文字更多的不是塑造人物，而是用来阐述他的政治及人道的理想。他的语言是热辣的，如雷电般从天空中掠过，留下响亮的回音。但作为一个小说家的雨果，是有缺陷的，他的浪漫主义激情显然“伤害”了作为文学的纯粹性，他的人物与其说是刻画的，不如说是由雨果本人“宣讲”出来的，如果他能讲究点“内敛”，以他的才华，他笔下的故事将会更加出色。

我是抱着极大的耐心将雨果的上述小说看完的，说真的，它们并没有给我带来震撼。当时我还痛恨自己，为什么不能如醉如痴？我听说，好书应当让人一醉方休。

有一天，我拿起了《九三年》。

与《巴黎圣母院》及《悲惨世界》相比，它是轻薄了些，在我的印象中，它似乎在雨果的小说系列中，名气逊于以上两部，于是我有点漫不经心。雨果最好的小说都读过了，《九三年》又能如何？

可是看完之后却震撼。那时我才真正地理解了什么叫热血男儿。雨果在小说中浓墨重彩地描写了三个人物：郎特纳克、郭文和西穆尔登。

雨果将他的故事背景放置在了 1793 年法国大革命时期——这是一个腥风血雨的历史阶段，也是法兰西民族对自己的国家命运进行生死抉择的时期。

阅读小说的过程更像是穿行在雷电交加的雨夜，空气中弥漫着浓烈的血腥味和火药味，到处是燃烧的烈火和横七竖八的死尸——他们未曾瞑目的目光中，依然可以看到仇恨。一场贵族阶层的复辟运动，就像一场骤然而起的风暴，席卷了法国的旺代地区，他们要夺回失去的家园，重建已然坍塌的贵族秩序。

雨果以他诗人般的人道主义激情，将目光投射到了这里——血与火的战场。显然，他要写出他的共和理想，他要写出他心目中的英雄——郭文。这是雨果的选择，也是时代的选择，因为郭文代表了一个正在崛起的新型阶层，这个阶层正在以革命的名义，宣告旧世界的死亡和新时代的狂飙突起。

毋庸置疑，雨果必将是一位革命者，他的《悲惨世界》和《巴黎圣母院》已鲜明地确立了自己的立场：他要为人民立言，抨击所有的强权势力。他的博大和善良在作品中随处可见，《九三年》亦然。

我们确实在《九三年》中看到了贵族的代言人郎特纳克的残暴和血腥，看到了郭文对革命的理想和坚贞，这也是雨果要着力塑造的两个人物关系。

而这一组关系的塑造又是那么地富有戏剧性：郭文是朗特纳克的侄儿，不但如此，朗特纳克甚至是郭文恩重如山的养父及启蒙人生的教父。可在小说中，由于他们分别隶属于不同的阶级阵营，最终成了不共戴天的仇人。郭文无疑属于贵族阶层的“叛逆者”，现在，他的使命便是带领着共和国的军队，强力镇压朗特纳克所代表的反动势力的东山再起。旺代的天空顿时布满了阴霾和硝烟。

《九三年》是雨果将激情“讲演”和冷静“刻画”结合得最为完美的作品，气势磅礴、一气呵成，看得人不忍放下。它是那么地惊心动魄而又荡气回肠，以至今日，只要回想起《九三年》，胸中自有一股热血上涌。这就是文学的力量，它无形中塑造了我的人生，以及我的意志和血性。

就题材而论，《九三年》属革命历史题材（以中国关于题材划分的标准看），因此，它很容易沦为政治性极强的小说，如果再加上创作者的立场，它更容易成为过眼云烟的代表。

可雨果的《九三年》却成为不朽。它超越了时代，超越了地域，超越了关于人性的阶级定论，甚至，它超越了雨果本人。

在我看来，《九三年》甚至可以看作是文学的启蒙读物，因为文学的标准不是基于你所持的政治立场和情感态度，而是基于你对人性的判定和选择。

众所周知，雨果持革命者的共和立场，以此而言，他当然是坚定地站在郭文一边的。在《九三年》中，雨果对郭文的偏爱和敬意亦时时溢于言表，他几乎可以看作是雨果本人的化身，雨果对郭文的热爱甚至到了极致的程度。

可是，我必须强调的是，作为一名痴迷的阅读者，我在人性的选择上，却开始游移不定，因为在人物的塑造上，郭文的叔叔兼死敌朗特纳克，更胜郭文一筹，他充满了更加狂野的、与生命本体更接近的性格。他对于自己复辟信念的坚守及献身精神居然时时感动着阅读者，而且从审美意义上说，他比郭文要更为真实可靠。因为郭文的理想目标是高远的，因此也是飘渺的；朗特纳克的信念是坚实的，因而也是明确的。

任何一个纯正的写作者都清楚，写作的过程常常会不自觉地开始背离创作者原始的初衷，而走上一条不受创作者控制和驾驭的“歧路”，这或许是一种“被迫”的选择，因为不由自主。虽然理智在告诫你已经偏离，但潜意识却在固执地引领着你继续走下去，因为这才是最真实的感知；而在过去，它一直瞒过你的理智，悄然地潜伏在了你的潜意识深处。只有写作，才会无意中将它从梦中唤醒。

雨果是否如此呢？许多年之后，我一直在想这个问题。

前一阶段，我开始重新阅读经典名著，《九三年》便成了我的首选。为了阅读的舒适感，我甚至买来了人文社的最新版本。看后，我依然陷入困惑和茫然，因为我发现，事经多年之后，打动我的依然不是郭文，而是他的叔叔——“反动派”朗特纳克。

朗特纳克在小说中虽败犹荣，他用“义举”创造了一个生命的辉煌；最终郭文被感动，在信念和良知面前，他选择了良知，放走了他的敌人朗特纳克，却为此把自己送上了革命法庭。

这个奇峰突起的结局，雨果究竟想告诉我们什么？他想说他最认同的英雄郭文是一位革命的“叛徒”？还是想说，深植在人心深处的人性让他摒弃了狭隘的阶级论，而服从了审美的选择？

如果说，二十多年前，我因被朗特纳克征服，还会暗自遣责自己为什么会同情“敌人”，那么今天，我却在思考，一位艺术家面对所要描绘的对象时，他应当如何持有纯粹的审美立场？

我们今天的创作依然会被道德的政治的乃至市场的非艺术因素所蒙蔽、所牵引，《九三年》给予的启示，依然是我们思考的原始基点。

第三部分

我与我的电影圈

当我说到电影和电影人的时候，我说的不是他们的物质存在，我更多的是描绘他们的精神存在。

探班

王老师，你明天下午有空吗？我带你去剧组。电话中，小庞说。

下午 2 点多钟，小庞的车出现了，我拉开车门时，见小庞正忙着打一个工作电话，神情从容，他向我示意了一下。我们上路了，电话一撂下，小庞快乐地拍了我一下：王老师，太长时间没见您了。我笑着点点头。是的，我们太长时间没见了。

小庞现在被大家戏称为张办主任了，但她的确是承担着这一重任，里里外外四下忙乎着，真真的独当一面。

我仍记得小庞刚来剧组时的模样，还是一个小女生，有些稚嫩，有些张皇，对来到一个陌生的环境且接手一个陌生的工作显然还不太能适应。但她聪明至极，很快对自己的业务驾轻就熟了起来，而且办事沉稳，踏实，麻利，一丝不苟。那个时候只要剧组尚未成立，一切仍处在剧本创作阶段时，很多时候就我们三人（我们甚至一起度过了几个春节）在一起没日没夜地工作——我和艺谋聊剧本，小庞负责打字，经常工作完了迈出楼门时，天色已见破晓，晨光初露，我还时常会感叹一声：艺谋，你瞧，我们又度过了一个通宵！

王老师，我们现在招了好多人在工作室呢，现在可不是过去了，小庞说。

我说，那时我们多艰苦呵，就我们几个人。

彼时，我们扎营在居民楼里。再之前，工作室临时设在一座小学校里，租了几间屋，连空调都没有。大夏天的，暑气逼人，我和艺谋光着膀子，淌着大汗在电脑上改剧本。那时我们的工作条件太艰苦了，但这些记忆于今想来却那么地令人怀念。这是多么奇怪的一种心理呵。

我们的车一路飞奔，驰进了近郊的一个大厂区，大门敞开着，有人把守，但一见是我们的车就放行了。进院亦是一种空旷的感觉，没见人。又驰进了一个林荫道，没开一会儿就在一个大厂房外停下了。

我跟着小庞，进入一个巨大的厂房。房顶极高，也是空落落的，只能见到从房顶的一扇扇小窗户上透出一道道惨白的天光。可以想见当年这里曾代表着一个工业时代，但它终于迎来了一个后工业时代，它不再有昔日的辉煌了，一切都成为历史的记忆。

趋近一座小帐篷时，我见到了艺谋匆匆行走的侧影，小庞喊了一声：导演，王老师来了。艺谋闻声一扭头，见我正笑着望着他，他也乐了，哟，你来了，他快乐地说。

再见，我们好像也无需握手。

我们太长时间没见了，我高兴地说。

他认真地盯了我一眼。你胖了，他笑说，脸上长了点肉。

是吗？我微惊。凡有人说我胖，我就会立马有种幸福感，我就盼着自己能胖点。

艺谋让我进入帐篷，又张罗着让人给我让出一个椅子来。帐篷里的工作人员挺多，一个案台上支着两个监视器——一旦开机，它们将分别显示两台机位的影像，我知道，凡导演所在的地点，就是剧组的指挥部了。

王斌，我们好久没见了吧？艺谋坐着问。

是呀，我说，上次见面还是去年除夕前一天呢。

他凝神想了下，点了点头。

一个工作人员给我递来一瓶矿泉水，王老师，给你水，她说。艺谋听见了，偏过头来叮嘱了一声，给王斌一瓶咖啡。工作人员又给我换上了一听咖啡。我乐了，心想，艺谋真心细，一如从前。

一个镜头拍完后，艺谋起身找道明说戏去了。我也站起身，钻出帐篷，向外张望。这时有一人见了我，呀了一声，王老师，你来了，她大叫着，飞快地蹿了过来，和我热情拥抱，我在恍惚的一瞬间，认出了她，是刘天池。在我们当年拍的电影《活着》中饰演大凤霞的女演员，她还是那副样子，只是眼睛上多了副眼镜，让我恍惚了一下。她激动地给我絮叨了一箩筐的话。

你怎么会在这儿，我问。

巩俐来了，我也来了呗，天池乐呵呵地说。

你见了巩俐了吗？她忽然问。

没呢，我说。

她开始扭头寻找巩俐，只见巩俐正在空场上独自散着步。她又大叫一声，巩俐，快来，你看谁来了。巩俐循声向我这边看来，先是稍微一愣，很快认出了我，也大喊一声，快步地向我这边跑来。必须拥抱一下，巩俐快活地说。我们彼此热情拥抱着，使劲地拍着对方的背，我感到了久别重逢后的激动。

我说，巩俐，又有多少年没见了？我们这些《活着》的同志，见一次多么不容易了。

是啊，巩俐高兴地说，我们现在在一起时，还时常会说起《活着》。

我现在经常会在文章中说到一个词：岁月。我说。岁月让我对过去有了一种沉重和缅怀。

这时艺谋也过来了，瞥了我们一眼，大概听到我在说岁月，笑了。巩俐接着调皮地说，王斌在，我要好好演，演给你们看。说这话时，她做出了一个怪模样，那模样太滑稽了，我忍俊不禁。当年拍《活着》时，她和刘天池就爱给我们制造各种“节目”，让我们在那个枯燥寂寞的日子里有了许多令人难忘的欢乐。这么多年过去了，巩俐还真是一丁点也没变，还是那么开朗，落落大方，乐观而幽默，保持着一颗平常心，并没有因境遇的变化而改变，她仍是当年的那个我熟悉的巩俐。艺谋听了也咧嘴乐了，又一头扎进了帐篷里。

又要开拍下一条了，我也回到了帐篷的座位上。

镜头里出现的是道明与巩俐。这是一场静态的过场戏，没有对手戏的表演，只是巩俐进入一间简陋小屋探望躺在床上的道明，戏中正在熟睡的道明显然没有意识到巩俐的到来。

我的目光迅速被巩俐的眼神吸引了——她呆呆地甚至有些走神地望着侧蜷在

被窝里的道明，目光流露的是沉重与沧桑，那里面，似乎盛满了岁月苦难的痕迹，欲说还休。这就是那个我熟悉的巩俐。就在刚才，她还有说有笑，一脸的幽默与俏皮，一转脸就能迅速地进入角色，转换成了“另一个人”，一个我陌生而又熟悉的人。虽然我不了解剧情，但从她此时此刻的眼神中，我分明感受到了岁月流经“她”身上所遗留下的沉重痕迹。

镜头一完，我对艺谋说，哦，巩俐的眼神真好！

艺谋瞥了我一眼说，巩俐，她的表演没问题。他又钻出了帐篷，给演员说戏去了。过了没一会儿，巩俐、道明也出现在了空场上。

道明，我喊了他一声。

哟，你来了，他说。

我见他手头拿着点燃的烟：咦，这里能抽烟？我问，我也想抽了。

能呀，能抽，你抽吧，道明说。

我点上了一支，贪婪地抽着。

艺谋这时过来和道明、巩俐说起戏来了。艺谋显然情绪极好，总是乐呵呵的，他比画着手势说着戏。

你进屋后，眼神不要一直看着道明，你可以看一下别处。艺谋对巩俐说。

我不，我就要看着他。巩俐又是一脸的调皮，像一个故意不听话的孩子，指着道明说。道明在一边乐着。巩俐接着说，我就看着他，眼神不动，死死地看着，我这辈子跟他跟定了。巩俐生动的脸上出现了各种活灵活现的滑稽表情，然后一步迈了过来，挽着道明的胳膊说，我就跟这人跟定了，一辈子交给他了，她以滑稽模仿的方式完成了一个“跟定了”的动作。我大笑了起来。艺谋也嘿嘿地乐了，有点儿无可奈何的样子。

巩俐又快乐地拥抱了我一下，王斌，看见你来我真高兴。她又瞅了我一眼，说：你比过去胖了，脸上有肉了，脸绷紧了连皱纹都没有了，你真的一点没变。

见你们，这些《活着》的人，也让我高兴。我说。

说出这话时我心中掠过一丝悠远的苍茫感，我想起了《活着》时的日日夜夜，想起了我们在 20 世纪 90 年代初度过的艰难岁月，有炎夏，也有冰天雪地，还有巩俐予以我的难忘印象，那时我们在工作之余，就如同一家人。

而现在，此时此刻，我又一次感受到了“一家人”的气氛，一切都没变，这个我曾经待过的集体，真好！我想，大家又重新聚在了一起，有历史记忆的友情才是弥足珍贵的，我想。

这时的天池，总在一旁傍着巩俐插科打诨，《活着》时她俩就这样，经常地出点鬼招，“惹是生非”，那些制造的“节目”弄得艺谋和我们都倍感狼狈，但因此剧组亦有了许多的生气与快乐，许多美好的记忆也是这样留存下来的。

我对天池说，嗨，你还记得你当年《活着》演凤霞是我选上你的吗？

当然记得，天池一脸认真地回答。

是吗？巩俐显然第一次知道这事儿。这两人只要凑一块，一准是台好戏，如果我再待两天，估计她俩会琢磨出点什么鬼花招给我制造节目呢。我对巩俐说，我还记得《活着》时你模仿我晚上通知大家谈剧本的样子。巩俐脸一绷，又滑稽地模仿了我一把：运动喽——这是我通知各主创谈剧本的话语。那时我们拿她与天池一点办法都没有，她们的鬼点子多到你只剩瞠目结舌的份儿了，她们聪明绝顶。

我问巩俐，你看了我写的关于《活着》的书吗？

没有哇，她瞪大眼睛说。

我笑说，你们当年那些节目我可都记录在案了。

那你可要送我一本。

我答应了。

巩俐，你还是那么快乐。我说。

有时候，也不常是，她说，现在重场戏都拍完了，感觉轻松了，压力大时也会情绪不好。巩俐笑说。接着她说，艺谋最好的电影是《活着》，陈凯歌最好的是《霸王别姬》。

是的，我说，可你还记得吗？当年我们在洗印厂首映《活着》后，我听到的意见是，几乎百分之百的人都说《活着》不是一部好电影。

是吗？巩俐瞪大了眼睛纳闷地看着我。

是这样，我那天请来了在京的几乎所有的文学评论家和作家，可反馈的消息都不好，以至有一位艺谋同届的当导演的同学还在电话中告诉我，《活着》是一部烂片，如参加戛纳没戏。我当时没好气地回应说，你等着，三年之后再看，你会改变你的看法的。那人把电话摔了，从此我们没再联系，直至今天。可后来，有一些当年没看好《活着》的人，几年后又看了影碟，惊讶地告诉我，为什么再看《活着》觉得这么好呢。我说，一部好电影是要经过时间淬炼的。

又开拍了另一场戏，仍是过场戏：巩俐来送饺子，道明津津有味地吃着。

开拍前，艺谋坐在监视器前还专门交代，饺子别给多了，道明不能多吃。这就是艺谋，一个特别懂得体贴演员的导演，从我认识他时起就知道他这个“毛病”了，对演员体贴入微。我记得当年姜文有一次告诉我，跟艺谋拍电影，演员是最幸福的。艺谋对演员的体贴可以说是无微不至，他自己的观点是，演员的表演情绪必须受到保护。

休息间隙，我又与道明聊了一下别的事。艺谋说，你来得正好，道明今天就结束了。

你的戏完了，我惊讶地问，我感觉他们还没拍多长时间呢。

完了，今天最后一场，道明抽着烟说。艺谋还笑说道明在剧组人称陈监制，首先是一美工，他会对美工的活儿提出各种意见；其次是监制，大小问题都过问。

你不就是想说，我最后才是演员吗？道明逗趣地说。

艺谋嘿嘿地乐上了。

那我呢？巩俐调皮地问艺谋，我的戏什么时候完？

你还要有十几天才能完，艺谋笑说。

巩俐故意做出一副不高兴的样子。我们又乐了。

今天的饺子很好吃。道明说。

你吃了多少，艺谋关切地问。

吃了……道明凝神算了一下说，12 个，他说。

没吃多吧，艺谋担心地问。

我就等着这顿饺子呢，所以上午没吃饭。道明愉快地说。

艺谋听了乐不可支，说：我还专门交代别人让你别多吃呢。

饺子好吃，道明幽默地说。

我想起镜头前道明吃饺子入戏的样子，结果当艺谋刚一宣布“停”时，道明立马从镜头前病恹恹的模样转换了一个表情，体贴地用筷子将碗中的一个饺子夹送到巩俐的嘴里，巩俐伸长了脖子美滋滋地吃了起来。我看见道明的嘴唇在嚅动，听不见其声，但从表情上看，他一准在说，你尝尝，好吃极了。

道明和巩俐都身着戏服，脸上化着老年妆，看着很有些年代感，真实的模样稍显模糊了。

道明，你是为了这个戏瘦的？我问。

没呀，我就是这样儿，他回答说。

艺谋说，现在找一个道明这么瘦的演员还真难。

还真是这样，道明、巩俐的这一身装扮，恍然是六七十年代的人的打扮，现代人已然不是这副样子了；而道明的清瘦感正好符合那个年代的人，像他这样的瘦型的人确实难找了，巩俐亦如是，比我在《满城尽带黄金甲》时见过的她瘦多了，瞅着，就是活生生一旧时代的人。

又开拍了，我盯着显示器看，觉得道明、巩俐演起戏来游刃有余，不愧为久经沙场的老戏骨。很难想象就在几分钟前，他俩还乐呵地谈天说地呢，一眨眼成另一人了。

吃饭的时间到了，艺谋叫上我去了他的“房间”吃饭——其实是辆宽敞的休息车，我们又聊了一些闲话，艺谋的状态轻松自如，谈笑风生。

饭后他又匆匆地奔往现场，我觉得我此行也该到此结束了。

在回家的路上，小庞告诉我，晚上的戏一完，剧组当夜就要赶往天津，继续拍余下的戏份。

来之前，我对来剧组探班还有着一种莫名的陌生感，可能是离开剧组太久了，感觉上生疏了许多，结果一见到这些老朋友，那种陌生之感顿时烟消云散。我对小庞说，谢谢你带我来，见了这么多久违的朋友，我今天太高兴了。

王老师，我们下次再来，小庞说。

她们都是“80后”

小霖要拍电影，我却一直觉得她是柔弱的女孩儿，于电影，她会有些艰难，我曾为她担心。

有时说起，小霖只是不好意思地抿嘴一笑，笑中含着意思，兀自地又在笑意中淡淡地隐去，不再说什么。我知道她固执，每个人都会有自己的理想，她的理想是电影，于是我就不再说什么了，只是在一旁看着。与其说看，倒不如说是从她偶尔的信息中略知一二。她在坚持着，这种坚定让我吃惊。

直到有一天，她说她要拍了。虽然只是一个极小的制作，可毕竟是一部电影，这就意味着各个部门都要一一俱全，摄影、美术、录音，她要寻找到这些人才，还要将他们集合在她的麾下，步调一致，谈何容易？只有经历过这些的人才会知道它的艰辛、它的步履维艰。我是会望而却步的，而小霖却开始了她的跋涉。

那天她来信息说她在找女演员，问我有什么人可以推荐吗？我想了想，这真是一个难题。这套班子，包括演员，几乎都是义务“出演”，因为没钱，仅有的那点钱都要投到影片中，还得精打细算，稍有不慎，预算必将超出。她要面对的问题就是，榜上有名的演员是不敢去触碰的，因为请不起，只能找业余的。

我想起了一位远在上海的朋友小S，不太熟，但印象中是一个有待开发的人才，我向小霖说了，我说你先看看她的照片吧。

晚上，小霖来电说，看了照片觉得不错，可以试试戏。事也凑巧，小S正好本周六来北京游玩，我就让她们自己联系了。小霖是导演，事关艺术是没有情面好讲的，这也是我的原则，所以由她自己定，我只是负责介绍。

周末那天，我参加水岸俱乐部的活动，下午小霖又来电话说及小S。她说见了，感觉不错，本人比照片好，但要试试戏。我说那好哇，你自己定吧。

晚上小霖的信息又来了：我的女主角定了。我回：定谁了？她答：小 S。

我答应过请小 S 吃饭，所以星期天下午约了她到三里屯酒吧街见面。小 S 没来过酒吧街，而这里在外地人心中乃为京城一景，虽然我个人对酒吧一条街已心生厌恶，但毕竟小 S 是客人，我要尽地主之谊。

我们顺着这条街走着，我说你先跟着我转一圈，算是了解一下传说中的三里屯酒吧街，然后再找一处有感觉的“吧”坐下。小 S 扬着一张朝气蓬勃的脸说，你来定吧。

顺着并不宽敞的人行便道，我们漫步着，从南边走到酒吧街的北头，没感觉，又返身往回走，找了一个外面有小桌座椅的地方坐下了。

北京今天的天气是阴沉的，似乎预示着一场暴雨即将来临，但只是乌云压顶，空气中却飘着些许的清爽，不像前几天，闷热得让人透不过气来。这种天气坐在酒吧挺好，让人平添了一种难得的闲情逸趣。

小 S 穿一条蓝色的牛仔裤，上身套了件黑色的背心，她的肩略宽，一看就是位热爱运动的女孩，显得格外的健康，洋溢着无法掩饰的朝气。她的脸是明媚的，完全没沾染乡间的气息，都市的感觉很逼人。她眼睛大，透着秀气，闪动着单纯的光泽，表情中带着些微的孩子气，不是淘气的那类，而是一种个性中的倔强，她是个有主意的人。

一聊，才知小 S 当了好几年的兵，只不过这个大兵是在部队学院度过的。她的专业是计算机，后来离开军队，来到上海，她先是在一家大公司做公关。她后来发现自己那张漂亮的脸蛋成了公关的标志，她愤怒了，于是辞职，开始打算经营花店，当要进入实质性操作时，合作者又提出了“含蓄”的要求，她再一次愤然，又放弃了。她说她是这样一类人：绝不想违背自己的感觉。我明白她指的是什么。

她说小霖正好要找她，我说好哇，我们可以将她呼过来。小 S 高兴，开始熟练地发起了信息。小霖答应了，说一会儿就到。

小 S 说，昨天小霖导演一见我就盯着我看，起码看了我几十分钟，都不好意思了。我笑了。我知道小霖为什么看，她现在的身份是导演，又是编剧，她需要用自己的眼睛看看眼前的这个女孩儿是不是她理想中的人选。但我没说，只是笑笑，我觉得小霖真是进入导演的状态了。

我问起她昨天试戏的情况，她说按要求做了，说她过去没做过这行，但她的特点是认真，会去努力做好的。又说那个男演员后来一直跟导演聊，聊得很晚，她也插不上话了。我听了也没在意，就忽略了过去。

一会儿小霖来了，穿一身带格子的连衣裙，手中挽着一个黑白相间的小包，不像她这个年龄的女孩儿该有的打扮，有些老成。后一想，她要当导演了，或许是为了让人看她更成熟一些吧。其实她亦是“80 后”。我开了一个玩笑：哟，怎么像个韩国人。小霖腼腆地笑笑，甩甩头。她听我说话总是这么笑，可能觉得我的话里带着小小的讥诮，其实我不是，只是一个纯粹的玩笑而已。

我问她，电影准备得怎样了？她说小 S 不错，本人比照片好，而且也显得比同龄人成熟。我说小 S 身上有一种健康的美，小霖点头。接着我又问起那个男演员，她沉吟了一下，说也挺好，就是有点麻烦。我说怎么了，是不是他觉得戏少了？她又想了想说，有点，我在听他的意见。说这话时她的表情有些特别，我注意到了，但我居然以为她是为太多的烦心事发愁。

正聊着，天空飘起了雨点，我建议撤。我说你们都是要减肥的人，我带你们去一家日料，叫“晴海”，它的烤鱼好吃之极。

我们打上车去了好运街的“晴海日料”，我熟门熟路，又是常客。坐下就为每人要了一条青花鱼，还要了几道蔬菜。

她们果然吃得香，夸这里好，让我很有点成就感。又说到电影了，聊了一些闲话。我对小霖说，我觉得这次见她有了点变化，比原来成熟多了，而且能看出已有了做导演的感觉，为她高兴。小霖听着脸上有了喜色，抿嘴乐着。那就好，那就好，她说。

又说到剧中的角色，小霖说，现在麻烦的只是男演员，他老是要找我讨论，没完没了。她的表情是无奈的，我这时才真正注意小霖说这话时的表情，她是那样的无助。我突然明白了什么？抬脸望着她。她没看我，垂着眼睑，低头没再说话，气氛开始有些压抑了。

我想打破这个气氛，我不想让这个气氛污染了我们的食欲，我就用调笑的口吻说，我明白了，这位男士是功夫在诗外，另有企图。其实这时我还是在试探。小霖抬起头看了我一眼，不置可否，又低头吃鱼，我接着嬉皮笑脸地说，这很简单，此君一者认为是你请他，因此他尊贵，他有心理优势；二者他认为你年轻，又是初次执导筒，他是“老演员”，在圈里多少也混出个小模样来了，因此又有优势；

三者借着谈剧本可以投石问路，步步深入，因为作为角色他又是有经验的，这还是心理优势，借着三大优势，他就想为所欲为了，是这样吗？

小霖一直低头不语，我盯着她，她的神情告诉我她其实是非常认真地在听我述说，只是不想表态。我说完了，还是盯着她，这是在逼她说话，我感觉到她心里很苦，只能自己扛着，其实我想让她能释放出来，多说几句，她的性格偏内向，有事又爱在心里翻江倒海，这会严重地影响她的情绪。

她终于抬起头来了，看着我，脸上还是挂着微笑：没什么，没什么，我来解决。她还是没说。我一直以为她有话是会对我说的，我一直是她最信任的人，也许是因为小 S 的在场？

她的话开始见少，显得有些心事重重，而我想也许不会有太大的问题，只是有人走火入魔，他还能怎样？毕竟还是一个男人嘛，不至于把一个小姑娘逼到死胡同里。但我也为这样的男人感到了一丝悲哀。

吃完，我们分手了，我回家有事，小 S 要去见她的一位“姐姐”，至于小霖，我没问，我相信有一大堆事情等着她去处理，但这次见面，我确实觉出她骨子里生出一丝坚强，这让我惊讶。在我的印象中，小霖是柔弱的，她本质上是位文人，感情丰富，文字极好，但多愁善感。

今天一早我起得晚，打开手机时，发现有她发来的信息，让我到 e-mail 上看看她新改出的剧本。我因电脑上有事要处理，就耽搁了一下，直到下午，才看了她的剧本，发现随剧本之后，还发来了一封信，口气是哀伤的，含蓄地说到了那个演员的“无理”要求，“纠缠”成了她的烦恼，为了电影她耐心地陪着他聊，可是他约见的要求变得愈加猖獗，她开始“恶心”了，而对方也以不演相要挟，她以自己的一片诚意尽了最后的努力，只能放弃了。

我沉默了。那个人已经不是令我悲哀，而是愤怒了。他怎么能无耻到要欺负一个无辜的女孩！小霖是为了她的电影，一片纯真之心却被如此玷污，人心叵测，在此已昭然若揭。我只想说，这类人简直就是社会的垃圾！

我给小霖回了信息，我说，我会做你的后盾，如果需要我做任何事的话。最后我说，学会坚强。

《色戒》：逻辑性的断裂

《色戒》上映未几，我便专门去了影院观赏。李安拍《色戒》时便已先声夺人，其中消息虽然屡被封锁，但偶尔也能透露一二。我向来对八卦了无兴致，倒是《色戒》当如何成为影像颇为好奇。

张爱玲的晚期作品《色戒》可谓独树一帜，在她系列作品中傲然兀立。冷静矜持是它的风格，无意中亦泄露出渐入晚境的张爱玲的洒脱，不再阴冷和旖旎，却多了自持；情节线条亦不再枝蔓横逸，而是步步凝沉，一如对世事人心幽暗的探寻，所以它是神秘的，亦有了份沉重和叹息。

李安将如何拍呢？我一直心中暗问。

上映前渲染得沸沸扬扬的“床戏”并非我的兴趣所在，更知国内版毋庸置疑的将为“洁版”。我想弄清楚的是这样一类题材，这样一位奇女子的“经历”，将如何通过影像而得到合理演绎?

电影院里人满为患，似乎更多的是奔“色”而来，“色”作为一面高高飘扬的商业大旗果然鼓舞人心。

看下来毫无感觉，这让我自己都深感惊愕，奇怪为什么竟会如此这般。此前，从各方的消息传来均为“杰作”呀！而且众家谈论的劲头仿佛为百年难遇的天才之作，我纳闷了。

我有个习惯，看电影前先将自己彻底放松，只当是好哄的稚气未脱的孩童，这样容易进入“状况”，可如果始终未能进入，大脑自始至终处在麻木状态，我会在事后理性地梳理其原因何在。我不在乎别人的评价，我只在乎自己探究出的来龙去脉。

前面谈及原著时有一句话未曾道及，因为我的工作与电影结缘，偶尔也会在小说创作上描上几笔，故而多少知道些电影与小说间的差异。我深知在《色戒》中王佳芝所肩负的使命以及原著为其事先设定的结局——其中的情节乃至人物心理与这一结局近乎有着一条不可逾越的障碍——一位怀有爱国热情的“业余特工”，最后竟成了敌人的“救命恩人”，即最后一刻，主动给了易先生一条逃生之路，结果反被易追杀。

电影和小说在创作的读解上有一种奇怪的区别，小说在情节不合理或进行不下去时，可以用语言叙述瞒天过海，读者一般不会太在意或者追究。所以小说可以东拉西扯，漫无边际，这可能缘于人们对小说阅读的一种不成文的“潜规则”——它是虚构的，因此也就无需过于认真，况且小说语言亦对所描述的人与物有潜在的掩护作用，它不会使“瑕疵”过分暴露，反而会居于高处向读者发出暗自的窃笑，因为它借助语言，成功地逃脱了“逻辑”。

电影则不然，它的原理便来自所谓的“物质的还原”。它在映射出人与物时就有了一个鲜明的现实真实感的印证，它被放大了，所有的细节纤毫毕现，而且是可视性的放大，这是无法逃遁的“劫难”，它无法真正逃离真实性的“物质本源”的逻辑法则，没有了语言的闪烁其词的掩护，它与真实性的生活逻辑一览无遗了。一旦逻辑链条出现断裂，敏感的观众便会迅速“出戏”，并开始实施对其必要的质疑。

那么，《色戒》的逻辑断裂又在何处呢？这是我要对其进行追问的，因为我要搞清我始终不在“状态”的原因所在。

我没有马上诉诸文字，原因有二：一是影片刚上映，无论如何李安是认真的，《色戒》亦不可谓不是一部上好的电影，虽然各种关于《色戒》的言说已甚嚣尘上，我不愿凑此热闹；二是看的是洁版，对于一个删节版而言，在意义缺席的前提下就评头论足似不够合适。于是我选择沉默。直到此时，我想一切都即将成为“历史”，喧嚣已过，任何发言都无损于它的尊严，唯有在这样一个时刻，是可以平心静气谈论《色戒》的好时机。

我要声明，迄今为止，我仍未能有幸看过足版，但好像并不妨碍我的评判，因为我很清楚那几个“色点”会出现在什么段落，我关心的是这几个“色点”承前启后的作用。

李安显然是在张爱玲小说的一句叙述之语中找到了他所要表达的主题：“到

女人心里的路通过阴道。”可以说这句张爱玲略带点反讽的话语，被李安高度地认真看待了，他在电影中所要实践的是，通过王、易之性，来“实证”以及启悟人们阴道与心的女性辩证法。尽管阴道与女性之爱并非就是爱情的唯一真理，但它落实在某类女子身上恐怕还颇有些道理。但无须否认的是，这一说法多半缘自男性的一种梦想，或说期盼，以为一旦与阴道取得了点隐秘的联系，那么距离女性之心就不太遥远了。所以这类男人的遐想也被法国哲学家萨特的情人西蒙·波娃鄙夷地视为一种男权意识。孰是孰非暂且按下不表，在此只说电影中王佳芝心理的合理性。

一如张爱玲所述，王佳芝的爱国热情启蒙于香港。在那里，抗日之声此起彼伏，对于一个涉世未深，又被父亲“遗弃”的单纯女学生而言，民族热情被唤醒，并投身于抗日的浪潮中是合情合理的，更何况战争的硝烟在彼岸（大陆）弥漫，她尚未真正地目睹惨烈和恐怖。一个人置身在安全的环境下，正义的热火是可以尽兴燃烧的，无所畏惧是因为危险于她过于遥远。

问题在于下一步，王佳芝接受了任务（我们可以视之为她还不知深浅），接下来任务的“残酷性”便被显露出来了。为了“抗日”，她必须献身，而且是先与他人体验性。李安在此犯了一个小小的失误，他让这个“传、帮、带”的男人是一位“嫖娼”者。当然，李安的原意是想借机反讽一下他们行为的幼稚和荒诞，可他却忽略了对另一个主要人物的心理合理性地刻画——以王佳芝的单纯，这一以抗日的名义所进行的“正义试身”，它本身蕴含的神圣性是否已在心理上开始被扭曲？李安好像视而不见。

李安的逻辑是，她好不容易献身了，结果又被告知“敌人”撤离了香港，她付出了无谓的代价，为她以后再次“应命”做了一个有效的心理铺垫，因为她自感太窝囊了，她要为自己再赢回一局。可问题在于，双方所处的格局是个什么样的情势呢？她将要面对的是一个老奸巨猾的汉奸，王佳芝再幼稚，也不至于感觉不到她身边的危险，因为事先毕竟已近身地接触过了，而一个根本没有受过特殊训练的幼稚的小女子，她的第二次毫不犹豫的“应命”是否可能？更别说她能如电影中一般将太太的身份演绎得游刃有余不露痕迹——能让人信服吗？何况那时她已身在上海，战争已不再是一个遥远的残酷，而是近在眼前，不管她在现实中多么失意——父亲的抛弃和亲戚的冷漠，都无法抗拒恐惧及迫在眉睫的威胁，她毅然决然地接受任务，心理逻辑合理吗？可在电影中，却有意地回避了这一切。

往前追问，在她做出无意义的“献身”不久，那位无耻的小人以告密相要挟，被同胞们当着她的面一通暴打致死，血淋淋的现实第一次裸露在一个单纯的王佳芝面前。尽管这是一个卑鄙小人，可也毕竟是一条生命，以她的年龄和经历，当她亲眼目睹了一个生命的消失，第一次目睹了死亡，那个关于抗日的浪漫的信念（我相信，那时的抗日在她的眼中，一如她演出的戏剧，只具有浪漫的色彩）是否还能一如既往？她没有犹豫和彷徨吗？我这里一再强调性格、年龄和心理，这是文学创作的一条基本法则，一旦设定了人物的身份和性格，创作者就要遵循它的逻辑（性格与心理上的），否则就会出现逻辑“断裂”。

在这里，“断裂”是显而易见的。

李安清楚地知道，从一种仇恨转化为“心动”，这之间情节障碍将是巨大的，甚至不可超越（从这个意义上说，《色戒》根本就是一个不可能完成的任务，因为双方从智力到谋略都过于悬殊，况且又处在敌我对立，要通过阴道而完成“心动”，恐怕不是这个故事所能承担的），因为在心理上，王佳芝要完成这一被设定的任务谈何容易，除非出现奇迹，否则便是无稽之谈。它近乎是一座高高在上的不可攀越的大山，翻过它又是《色戒》必须完成的使命，他别无选择，只有一条路了，一条张爱玲所提示的，经过阴道而曲折通往女人之“心”的路，这就有了被讨论得如火如荼的“色”。但奇怪的是，李安既然在“色”上无所不用其极，为什么每一次“淋漓尽致”后，不在两人关系的“微妙”上做足文章？

“色”后的文戏只作为情节不得已而为之的联结，没有癫狂后王佳芝的意犹未尽以及欲言又止，李安可能觉得难以左右逢源，因为一个为汉奸，一个为杀手，他不知该如何地进入他们彼此的心理深处，或者根本就是功力所致，他无法找到适当的表现方式，那些不厌其烦地予以展现的“麻将”，究竟对剧情和双人关系的进展有何作用？显然没有，王佳芝身上应当存在的情感的“缱绻”和挣扎被李安屏蔽了。

可这一至关重要的情感因素的缺席，导致另一个更大的问题随之出现——最后的“解救”就必然显得突兀，因为这是事先由小说设定的终极目标，仅仅是因了“色”，便会使这位单纯幼稚的王佳芝突然为她的刺杀目标网开一面，而置自己与同胞的生死于不顾？我想说，这是很可疑的，起码我不信。

至于关于张爱玲的那句似真非真的调侃之言——有关阴道与心的辩证之关系是否真实可信，颠扑不破，那又是另一个需要讨论的话题，在此不再多言了。

我的这群年轻的朋友

几天来，剧组的主创们陆续前来报到，他们只要一推门，探出一小脑袋，我就会忍不住笑，并戏言，哟，一看就是干电影的！

入这行的人大多都会沾染点行业的习性，穿着打扮均有点刻意修饰过的“邋遢”，有点糙，有点随意，亦捎带着不修边幅的“扮酷”，仿佛不如此这般就不似一做影视的，这倒见出了这行的“风格”，或许要誓与流行的精细时尚划分出一条鲜明的界线，以此来标榜自己的特立独行——我是不是也沾染了一点？

艺术在久远的过去其实是以反叛的形象昭示于人的，而影视，在一般人看来毋庸置疑地隶属于艺术——虽然它在如今这个世道还算不算是一门纯正的艺术，亦可加上一个大大的问号。但毕竟普通百姓已然将其视为艺术了，这就让“艺术家”们由此而找到了一份感觉——离经叛道的感觉。于是粗糙与扮酷就成了圈内的时尚。

他们摇摇晃晃地很有几分派头地走进来，让我心生几分敬畏。哦，干电影的！这就是我当时的感叹。

干电影的主创们今天聚集在了一起，为的是统一创作思想，并对我们的剧本提出一些建议。

在这一拨人里只有两位显得不够“圈内风度”。

一位是摄影师，他长得白白净净的，且架了一副斯文的近视眼镜，镜片后的目光亦纯净，很难看到眼睛里藏着什么杂质。这让我惊讶，这类风格的摄影师似乎还真不多见，一般而言，略论“糙”风，摄影师定然被划分为头牌。

可这位摄影师则不是，一不留神你甚至会以为这是一位中学的语文老师。我特别注意观察了这位年轻的摄影师，他给予我的印象极好，是属于一旦将活儿交付他，会让你非常放心的那类人。

那天这位斯文的摄影师进入了我的视线，我知道他在这行里做过一些年头了，但身上依然不沾行业之风，这让我好奇。

还有一位凤凰台的年轻朋友，这次他被请来负责现场的采访部分，看上去就像一位干练且头脑灵敏的好记者，身上亦不带着干电视的风气（这个行业亦别具风格，感觉自己真成了无冕之王），说起事来一本正经，而且有一股较劲的做派，他对事物条分缕析的能力让我暗暗吃惊。显然，他属于每谈一事都会事先做好案头工作的那种人，所以在他的嘴里少见废话，他总能一针见血。

我必须承认在我新认识的剧组成员中，这两人是让我格外赞赏的，一旦谈论起戏来，我亦能感觉出他们两人没有将这次的拍摄只当作一个拿钱的“活儿”，而是当作一份责任来做的。

我对大家说，这次的风格是要有写实性的，因为我们可能是要杜绝通常影视爱玩的那种花拳绣腿式的炫技，这次我们不玩，我们尽量让镜头藏起来，甚至让人感觉不到，只是让它悄悄地藏在人群中，有时就像是一次偷窥，观众能感觉到的只是事件本身，以及裹挟在事件中的人物，让观众觉得这就是我们熟悉的生活，其中充满了真实的生活氛围。

那位年轻的摄影师事先就赞同这一方案。只有内行人才知道，任何一个摄影师都希望在一部片子中能够玩上点小花活儿，这样一来，方显出作为一名摄影师的“风采”与技能。一旦摄影机被要求“藏起”，这就意味着他的工作会在不经意间被悄然抹去，摄影师便会有委屈感，因为镜头的“突出”是他们的职业荣誉。这我理解。可这位年轻的摄影师，当他看完剧本与我们聊天时，就坚决同意风格是纪实的，质朴而不花哨，他甚至为此而激动。

那位凤凰台的年轻朋友则对剧本本身及他所担负的职责提出了许多建议。

他们的认真让我感动，我告诉大家，我知道如今接一个戏只是来完成一个挣钱的活儿，尽管如此，我仍然希望这一次我们除了来挣钱外，还是来做一件有意义的事。

与这群“70 后”“80 后”的年轻人坐在一起让我感到了快乐，我不知道一旦拍摄进入了实战阶段还会发生什么。毕竟世事均难料，我只是希望他们能够团结一心。

《黑球》与我的表演

《黑球》在凤凰卫视的播出时间终于不再变更了。我迄今没有看过成片，原本与导演小张说好去观看剪辑也未能兑现。我想，他是担心我的这张嘴太尖苛，以致会让他沮丧。其实我是不会这么做的，毕竟是大家共同的劳动，导演又年轻，第一次执导，凡遇这类事，我一般会三缄其口，尽量不多说。虽然在编织这一剧情的过程中，我心里是有一个影像风格和人物的表演形态的，但人与人不同，经验与感受亦迥异，不可能完全一致，所以我以为或许《黑球》的成片会让我意外呢。

不知道，我也在等着成片出来后再看。

我是一直担心正面角色的塑造，本来设计时是有点小意思的，可是临时的调整可能会让戏一时走偏，以致人物变得单薄（原本就不够丰满），所以我寄希望于反面人物的戏来撑场，他们起码还是颇为鲜活的。

有网友在网上看了部分宣传片后，惊异于我的表演，觉得似乎与我日常的性格与习性大异其趣。我看了留言后亦琢磨了一会儿，他的这种感觉其实我是高兴的，因为我显然按照自己塑造出的一个迥异于我的人物，将他演绎了出来，这亦是我人生中头一回扎扎实实地去塑造一个人物，所以我说过“他”非我亦是“我”。

表演性的体验是一件挺神奇的事，在此之前我是没有这份感悟的，我只是客串过一两个谈不上个性的小角色，镜头一划而过，不会予人以深刻印象，我仅仅只是大致做到人物“在场”而已，除此，在我的感受中没有留下什么值得我回味的痕迹了。

而这一次《黑球》的出演则大不同。一共七集戏，我自第三集出场后，好像集集均有亮相，而且显得阴险毒辣、老谋深算、运筹帷幄，连我自己都暗自惊异。以我的人生价值观，如何就能演绎出这样一个平时让我讨厌甚至憎恶的人物来了呢?

真是不明白。前几天与友人聊天时，我笑言倘若他在电视中见到我所饰演的人物，可能会吃惊我说话的语气与行为状态都与日常生活中的我判若两人，说着说着我便想照着这个人物的形态再演绎一番。结果失败了，我完全没法恢复那个人物的感觉，这让我顿生纳闷——这是怎么啦?

这让我瞬时发现了演戏的奥秘。它是神奇的，因为一个相对不错的剧本会无形中为人物的亮相，即当众表演设置一个情境，这个情境会在无形中规定一个人物的行为逻辑和心理逻辑，前提是编者必须为这个人物刻画出鲜明的个性色彩，让他在举手投足中显示出“这一个”而非千人一面的概念。

于是受到情景的规定与暗示，一个表演者的形态便会发生变化，它是自然而然地发生的，尽管此前我根本没有去细致地琢磨这究竟是一个怎么样的人，他会呈现给未来的观众什么样的人物性格与行为举止。一切都是自然而然发生的，甚至降临得让我猝不及防，于是我说话的语气鬼使神差地放慢了，包括我说话的语速和行为动作，我完全融入了这个人，它灵魂附体般地让我成了“他”。这太有意思了，我是如何完成这一转变的呢?这真的是一个难解的疑问。

面对镜头的兴奋与淡定是必要的。过去我听人说从旧时代走过来的老演员，只有当摄影机开机发出的嗡嗡声才能调动和激发出他们的表演热情，后来摄影机的技术改进了，消除了机器发出的噪声，因为电影进入了一个同期录音的时代，而这些从旧时代走过来的演员突然不会演戏了，一问，原来是他们听不见机器的噪声了，以致丧失了表演的感觉。我当时听了只是笑，觉得这一描述太好玩了，根本没有想过一种表演经验是与以往的经验与习惯相关联的，直到轮到我自己，这才了然他们为什么会如此。

好的演员是善于与镜头“做爱”的，此亦为我过去曾听说过的一句话，现在想来还真是如此这般。我是在以往的电视采访中学会与镜头“交流”的。

记得很多年前，我刚开始接受电视采访时完全手足无措，镜头让我浑身不自在。记得头一回在一部电影中出演一个角色（《有话好好说》），有一场戏副导演一时找不到群众演员就拉我临时上阵，艺谋皱着眉心一脸的不情愿，觉得我表演的心理素质不行，上镜头一准慌乱，后实在找不到人就勉强应允了。据说他还附在摄影师的耳边嘀咕了一句：王斌在镜头前不自信，你的镜头要从他的脸上匆匆划过。这是事后副导演告诉我的，他说完哈哈大笑。

艺谋说得没错，他了解我，我那一“匆匆划过”的镜头还拍上了好几条才过关，我甚至能感受到我那一句“训斥”李保田的台词声音都在颤抖。

电影拍完后，有一天我去剪辑室，艺谋笑言我在镜头前的紧张，告诉我说，你知道吗，我用你的那一条，声音却用的是另外一条，你的声音太紧张了。我大窘，无言以对。这使我明白了，为什么在拍摄《活着》时，美术来请示艺谋，那个剧中的反动学术权威的胸前挂的大牌子应当起个什么名？我当时在场，艺谋严肃地瞅了我一眼，随口来上一句，就叫王斌吧。我赶紧抗议，他亦不言声，美术抚掌叫好，远远地跑了，去做准备了。我知道当时艺谋为什么会让那“反动学术权威”用我的名字，在攒剧本时，主创们就拿这个人物跟我开玩笑，说是照着王斌的样子编的，还撺掇艺谋说这个人物非我王斌莫属，艺谋当时只是微笑，一语不发。后来他终究没有让我来演，显然，他知道我是一个怯场的人，他是了解我的。

从那以后，我开始在镜头前有意地锻炼自己，在心里找一份在镜头前从容淡定的感觉。这次出演《黑球》我主动请缨是因为我心中有数，我知道这次还真是非我莫属了，我能演出我想象中的“这一个”，而且定然会让“这一个”个性独具。在现场拍摄时我的表演几乎都是一条过，少有多上几条的，除非是要换另一种表演方案或忘词了——我有时有大段大段的台词，我是一个背功极差的人。

鲜明生动地演活一个人物，在我看来，不是仅仅在大脑里琢磨出来，理性的把握只是涉及对人物的理解，而与感性的演绎无关，进入角色是感性使然，是感性地将这一人物装在心里，时时地酝酿与浸泡着“他”，让“他”逐渐地在心里面鲜活起来，然后“他”诞生了。一个演员体内隐伏着的“这一个”就是这样经过感性的捕捉与融入而成型的，然后再用理性去确立“他”之所以为“这一个”的价值立场，也就是一个人之所以成为“这一个”，多少是与他的人生价值观相联结的，否则他靠什么立足于世？靠什么成为“这一个”？

由此，举手投足间的“这一个”便自然而然地屹立于世了。

《死神来了》：一部惊悚片的奥秘

很长时间以来，看碟已不再是我业余生活中的一项重要事项了。原因很简单，自 21 世纪伊始好电影实在太少了，中外皆然。偶尔有几部尚可的，亦属凑合，印象中德国的《窃听风暴》是我近年来看过的最好的一部电影。无奈之下，只好看看老片子，它会让我缅怀人类历史上曾有过的纯粹的电影——当然，我指的是艺术电影；至于商业片，亦以为过去老片子为好，比如《勇敢的心》《角斗士》等。

但我还是会去买碟，虽然数量见少。几天前去了碟店，埋头选了许久也未见值得拣的碟片，便有些沮丧。碟店的服务生这时在我耳边唠叨，竭力推荐美国电影《死神来了》。我瞅了一眼封面，觉得像恐怖片，便告诉她我向来不看恐怖片。她问为什么？我说看了害怕，而且不喜欢那种一惊一乍的感觉，还有其中魔鬼的造型。可她仍在卖力地劝说我买下，并一再说肯定好看。

很多人都说太好看啦，她说。是吗？我怀疑地看着她。她笑说：不信你看看就知道了，一共有四集。经过一番犹豫，我信了她，买了一、二、三集，说：我信你一次，如不好你可在我这失去了信誉。她笑得更欢了。行，她自信地说。

前天晚上，我看完了第一集，果然不错，虽属恐怖一族，但真能让我看进去。再看二、三集，依然吸引着我，其实故事的模式完全一样：一位年轻人突然在出行中预感到了不祥，接踵而来的是完整的死亡影像在头脑中纷然而至，于是在惊叫声中下了飞机（第一集）、下了汽车（第二集）、下了过山车（第三集），但死神并没有因此而放弃对他们的追逐，依然按照他们出行时所处的位置次序发生“意外”。

确实，由于情节模式的完全雷同，看第三集时便有些视觉疲劳了，但还是有惊心动魄之感。这时我就在想，是什么让我津津有味地看下去？明明是一部虚构的故事，为什么让我如此为剧中人物的命运牵肠挂肚？

商业片自然有商业片的基本规则，或者说，它不在人生的主题和现世的生活困境中将人性的真相予以揭示，让人在欣赏之后，顿悟人生的某些真谛，从中受到启示与启蒙；商业电影走的是另一路径——走的是制梦，让观者在影像营造出的梦幻中暂且忘却人世的苦恼与烦闷，另一路便是紧扣人性中的某些“隐藏”的心理，以一个足以唤醒此一心理的故事将这一“隐藏”诱导出来，使你无从躲藏，只能在它一再地逼视下产生惊悚的效果。恐怖片便属此例。

《死神来了》在片种上属于恐怖惊悚片，它要激发的是人对死亡的恐惧，虽然这一恐惧寻常看不见，并被躲避死亡的观者将其“冰冻”且“隐藏”在了潜意识的深处，但正是因了这份被冰冻的“隐藏”，让片商看到了其中“隐藏”的商机，和有可能使观者在一个被封闭的“黑匣子”（黑匣子般的影院又让观者在集体性的观影中获得了安全感，所以被惊吓成了一种体验性的满足）里让这一隐藏之心理获得最大的刺激性。所谓观者如云正是因此而来。

《死神来了》在结构上是讲究的，虽然模式一成不变，都是先有一位先知先觉者，都是这位“先知”的及时逃离避免了一场死亡的劫难，但随后是死亡笼罩下的惊悚，以及因他（或她）的“先知”幻觉而侥幸逃脱的同伴的一连串的死亡惨剧。它在极大地唤起了我们的惊恐之后——寻求心理刺激是现代人的一个典型特征，虽然谈不上是“变态”，但亦属一种奇怪的现代症候——又让主人公在一种“顿悟”的帮忙下避免了死神的追杀，这又让在惊恐中惶惶然的观者吁出了一口气，犹如他本人逃避了一次死神的纠缠。这便是商业电影的一大“阴谋”，它刺激了你，又让你在强度的刺激下获得一次身心的解脱，由此而让现代人缓解了来自现世的压力。

宋丹丹之争

宋丹丹对编剧的剧本发了几句“牢骚”，竟引发了一场热议，多方各抒己见倒是真见了热闹，甚至不乏有人爆了粗口，使得这场争论捎带上了一点火药味，这也算是一种“荒腔走板”吧。其实如需就一问题展开争论，就应当在一个最基本的摆事实、讲道理的层面上予以叙说，而非出现这类有辱人格的言辞。

其实问题的关键在于，宋丹丹的言论是否有一定的道理？

从我所看到的各方意见显示，编剧阵线上的同仁几近众口一词，一边倒地振臂支持编剧，倒是宋丹丹显得孤单了。但我们忽略了这样一个事实：宋丹丹所言的那个具体的剧本，我们有几人看过了？我相信加入争论的人大多数是没读过的，而在一个事实未明的前提下就投入“战斗”，这算正常吗？

自从人类历史进入互联网时代后，有一个显著的现象值得人警惕，这就是人们更习惯于只读关键词，习惯于匆匆地读一下信息，从中得到些一知半解的“领会”之后，就开始抽象地发议论了。其实你认真想一下，你谈的那个问题，与眼下所要争论的“事实”是一个问题吗？

而在此一“现象”之下的那个原初的言说者之初衷，以及事实之原委，就被这种以偏概全的“现象”给悄然地遮蔽了。由是，我们在很大程度上不是跟一个具体的问题发生“纠缠”，我们其实在谈另一个想当然的问题，这次发生的“宋丹丹之争”在我看来亦如是。

按说，丹丹的言论指涉的是一个非常具体的剧本，而这个剧本除少数与此相关的参与者之外，一般人是难以见到的，而丹丹本人就这个具体的单一之剧本发表个人的看法，这本是正常的。在一个多元并举的时代，任何人都有权利言说自己的看法。但丹丹的一番言辞又确实为她惹来了众怒，这种现象以我之见有点反常。

但凡了解一点丹丹的人，都知道她是一个典型的性情中人，率真、坦荡，甚至还有些永远长不大的天真。这得力于她成长在一个有教养的家庭环境里，家教让她身上留存了许多在这个时代难得一见的坦诚。她有点直肠子且快人快语，这难道有什么不好吗？这个时代充斥了太多的谎言与虚伪，倒见出了丹丹这种直言不讳的难能可贵了。

作为一名职业演员，宋丹丹在我眼中亦是出类拔萃的。记得在很早的时候，我就在电视上见到过她演的一个失足少女，予我以至深印象。那时我还是一个工人，还没踏上我的文学之旅。后来我到了北京，在一个偶然机会下，又看了一场由她主演的话剧《芭芭拉少校》（剧名大概如此），她演得出神入化，掷地有声，让人看后印象深刻；再后来，因了谈剧本的缘故我们相识了，一次是与李少红，一次是与张艺谋。与丹丹聊剧本时我才发现，她在真性情上有时竟像一个孩子，大大咧咧率真得委实可爱，可一旦聊起剧本来，她的许多奇思妙想会让你时常惊异。

丹丹的确是一个太聪明太有艺术天赋之人。我的印象是，你只需给予她一个规定情景，她会在瞬息之间做出反应，接踵而至的便是她的滔滔不绝，在这不绝的滔滔中，她会形象而又惟妙惟肖地将那个言说中的人物，通过妙不可言的自创的台词，泉水一般地流淌出来，她仿佛在那一瞬间，已然就是那个人物了。

在这里，我提及了一个词，一个事关剧本与剧情的专业词汇——“规定情景”，我之所以要说到规定情景，就在于我们不要忽略了宋丹丹所引发争议的那个微博之言背后的潜在情境：她所言之的改戏，在很大程度上指的是改台词与人物关系在具体场景中的设置；而我相信，这一切之改动，乃是基于由编剧执笔完成的、在故事中所构置的规定情景之下的改动，也就是说，她显然没有大幅度地变动故事框架，而只是在具体而微的“规定情景”之下做出合情合理的改动。

接下来要追问的是，作为一个有经验的对自己又有要求的职业演员，是否有权利改戏呢？

在这里，我不得不说到我个人从影的一些所见所闻，以此作为一个案例，仅供大家参考。

比如我们的电影《活着》，剧本的筹备时间长达一年多，而主创进入剧本讨论亦有多次，编剧进入时是带着录音机来的，同时还没忘了手写记录讨论的内容。我们聊剧本是这样一个过程：由张艺谋率先“发难”，提供各种不同的故事发展的可能性，最初仅限于形而上的探讨；一旦形而上的思想梳理清楚了，大家有了共识之后，紧接而来的便是聊非常具体的情节与细节了，甚至包括台词的大意，也就是说，剧本在编剧进入书写前，故事、人物、环境乃至大概的情节与细节已然先期完成了；在此过程中，《活着》的编剧用录音机全程录下，他的创作是将由张艺谋编剧的、大家集体讨论下的“成果”，经加工润色后具体落实在纸面上。如若一稿拿出来仍然不尽如人意，接着又会进入下一轮的讨论，有可能故事的走向以及人物的设置又会发生较大的变化。

即便如此，当《活着》进入现场后，在即将投入到实质性的拍摄时，仍然出现了问题。因为演员直到此时才拿到剧本，而张艺谋本人又非常重视演员的意见，照他的说法，演员的看法至关重要，因为他们要具体地完成剧本中设定的角色，而我们这些人在设计剧本时，只注意了全盘的结构性的考量，不会一如演员那般，须对自己要演的那个具体角色那么深入地了解。所以与演员谈剧本有一个特别有意思的现象，他们常常会忽略故事结构，甚至其他人物，而只谈自己将要饰演的那个具体角色，甚至会提出许多我们在编写剧本时会忽略的一些问题，比如，他们常会提出：我这个人物为什么要这样做，理由呢？他的心理动机是什么？作为一个好演员，如果行为动机不明朗，或者说不合理，演员演起来会非常别扭，找不着感觉，因此也就不可能演好。所以演员对剧本提出的意见也常对我构成了巨大的启示意义。

继续说《活着》。

当时葛优、巩俐对剧本提出了严厉的质疑，他们都认为这个剧本中的许多设计根本不能成立，尤其是人物，显得太水，不知该怎么演。艺谋当时非常认真地听着，虽然也做出一些必要的辩解，但显然演员的意见他是听进去了。

拍《活着》时，主创（包括演员）工作得非常辛苦。白天要拍戏，晚上一吃完晚饭，匆匆洗个澡，我就要通知大家奔向艺谋的房间去报到了，然后坐下来讨论第二天要拍的戏。

第二天的戏讨论得非常具体，从镜头怎么起幅、怎么落幅，人物是一个什么样的状态（以及服装、道具），那种情景之下的人物关系、人物心理又是怎样的，台词该怎么说才是准确而符合人物身份的。这种具体入微的讨论的确非常累人，以致常常出现的状况是，大部分人最终都扛不住睡着了，可艺谋仍然斗志昂扬地逮着没睡的人在滔滔不绝，而这个所谓剩下没睡的人，一般总是我与美术师曹久平。

第二天一大早，艺谋到达现场时，摄影师们正在忙乎着架设摄影器材，艺谋就找个地儿，默默地坐下来，拿出昨天的讨论记录，一边看一边沉思，旁边坐着的是电影的场记。当艺谋思考完了之后，便会逐字逐句地将镜头分类以及人物台词具体地说出来，场记详细记下。一俟完成，艺谋就找来演员，再一起讨论台词如何说才是最合适和准确的。

在这里，我还要专门提一下葛优。葛优对演戏的认真就不用多说了，他在表演上还有一个习惯，那就是台词一旦到手，他必须按照自己的语言习惯来改动，而他又自有一套自己熟悉且入心的语言表达方式，他的台词如果念着不顺，会直接影响到他对这个人物在表演上的把握，所以台词一旦最后变成了他所习惯的口中之物时，必然富有了他个性化的比较特别的语言节奏。

所以涉及具体的演员表演，最后要落实的是台词，而台词又不仅仅像字面上我们所理解的那么简单，因为它需要非常的生活化，（古装戏另说）而一旦进入生活化的台词氛围，便会出现因人而异的现象。因为个性化的表现必然会体现在语言的表达方式上，台词只有演员念得顺了，言语环境合理了，演员的表演才能进入仿真的生活状态。这也是为什么一般好演员都会习惯于改动台词，让它变成自己的言说方式的道理所在。

葛优和巩俐还有一常规之举，一旦情景与人物关系不合理了，他们会立刻表示反对，并严重质疑，因为人物心理（通过台词反映出来）如若不对，演员就一时找不到方向；找不到方向，自然也就演不好，这时，就要与艺谋商量着再换一种设置方案，以此找到一个共识点。

即便是一个好剧本，这种改戏、改台词的现象，在艺谋那里依然会出现。例如《有话好好说》，编剧经过一年多的调整，最后拿出来的剧本大家一致公认很好，姜文亦表示了高度赞赏。可进入实际拍摄时，艺谋、姜文、保田还是要每天一道商量着具体台词的调整与改动，甚至常常出现演员在现场即兴发挥的情况。

哪怕是我们自己写的剧本，比如《千里走单骑》，最后的定稿本是我和艺谋一道完成的，台词亦经反复推敲。到了现场后，尤其是选了当地的一个非职业演员来饰演其中一个重要角色后，所有的台词就弃置一边了，那个非职业演员在演戏时，艺谋只是告诉他某场戏所需要的规定情景，以及大致的台词内容，演出时就由着他自己去“胡说”了，只要不出规定情景即可（这由艺谋来判断）。

我之所以要举以上之例，无非是想说明一个问题，对于一个好演员来说，在现场改戏、改台词是一个常规动作，因为具体的角色要由他个人来承担，而且他在深度进入这一角色时，又比任何人都更知道该如何去把握这个人物，更好地让这个人物在台词表达上的心理层次是准确的，这样他才能将角色刻画出来，不至于出现“荒腔走板”。我们又知道，当下的剧本的确存在太多的问题，首先是人物不立体不生动，也远谈不上准确到位，太多的水词、字话，不像生活中百姓平常使用的市井语言，而演员的职业习惯（这是我在许多优秀演员身上发现的一大特点）常常会让他们平时在生活中就特别注意每一个不同的人，例如在遇见具体事时特有的语言表达方式，以及生活中常会出现的市井俚语，这种接地气的语言会有助于一个好演员更好地进入他的规定角色。

同时我们还需知晓，任何一个导演与演员是真的不愿意自己亲自动手来改剧本的，没人会傻到在不加钱的前提下还要费脑筋改剧本，拍戏就已然非常累了，他何必呢？之所以如此，就是因为这个剧本存在问题，不得不改，否则没法演，勉强演了也会辜负了观众和自己。也就是说，只有认真对待这个职业的人，才会出现这样一种状况：现场改剧本，这与所谓的戏霸无关，只与职业道德与认真有关。

孤独的背影

我被困在了广州机场，看了看起飞的时间，只能暗自叹口气，又要晚点了。由原来的 17 点改为 18 点 10 分了，我们从北京来时就晚点了一个半小时，回去亦然。

7 月 6 日的上午，接到小庞的电话，说，明天要吃关机饭，王老师，一定要来喽。我告诉她，我在广州，晚些才能回京，可能赶不上了。小庞下“命令”了：你怎么能不来呢？你就早点飞北京不就赶上了吗？她说，关机饭的时间是晚上 7 点半。末了，再叮嘱一声：你一定要来，我们等着你。我答应了。

如果飞机不晚点，我是可以赶上关机仪式的，虽然未必赶上吃饭，但起码和同胞们见上一面还是有可能的；而现在，都让晚点的飞机给耽误了。

于是给小庞发信息，告之无奈。庞回：下飞机后电联吧。我应着。也只能如此了。

建勋是要飞往南宁的，所以与我们同行，他本应 16 点 40 分起飞，结果也被告知晚点，我们只好拖着行李找了一家机场内的餐厅，坐下，每人要了一份快餐。

中午就没吃饭，为了赶着把剧本谈完，两天来的匆匆讨论。建勋质疑了剧本中的许多情节和细节，他的目光是敏锐的，而且一针见血，显示了一位久经沙场的老将对电影的专业程度，我深为钦佩。建勋不仅是提出问题，而且还尽可能地找到解决问题的途径，对于我而言，不啻为一次学习。

我们系列电影计划中的另一位编剧刘放，也从深圳赶来了。刘放是西安人，他新婚的妻子在深圳工作，因此暂时栖居深圳，知道我要来广州，赶了过来。

刘放年轻，戴了副黑边眼镜，目光却是清澈明亮的，说话的声音总是轻声慢语的，像是生怕声音一大了会惊动了别人。他爱看书，不喜欢复杂的人际关系，这一点与我相像。他写的那个剧本我已经通过了，只是在判断上和建勋有一些分歧。

刘放的剧本一如他本人，干净、单纯，充满着理想未曾实现的忧伤，有点日本和韩国电影的风格，隐伏着对美好生活的向往，虽然略显幼稚，但我认为，中国电影就缺少这样一类风格，清新淡雅，但有理想。

我们的讨论进行得很艰难，每走一步都费尽心思，因为要重新设计，我相信如此谈下来对王倩是会有所启发的，她仍然拘泥于电视剧的构架中，而这么详尽的讨论会让她逐渐地了解到何为电影。她是幸运的，因为遇见了建勋这样一位有经验有情怀的电影人，能从中学到许多东西。

建勋要了一碗面，我和王倩则一人要了一份快餐米饭。时间尚早，就闲聊了起来，中途建勋焦虑地打了几个电话，都是关于他正在组建的电影院线的事。现在他的第一批数字院线已初显规模，但在国家的政策上又遇上了预想不到的障碍，他心急如焚，此次的南宁之行，也是关于院线之事。

我其实很不开心的。放下电话，建勋说。他说只想着要做一些有益于民族电影的事情。他在香港电影界是一位举足轻重的人物，现在香港电影衰落了，他认为中国电影的希望在大陆，而民族电影的兴旺又是和院线的普及紧密相关的，因此他就将目光放在了地市级的电影院，那些地方几乎没有真正的有品质的电影院，而这些地方的人口又是惊人的。他义无反顾地走了下去，其间的艰辛可谓是甘苦寸心知了。

他说他并不怕吃苦，他怕的是层层叠叠的官僚体制和人际关系，其中复杂的程度远超出了他的想象，使得他每一步都步履维艰，身心俱疲：最初他们事不关己，高高挂起，而一旦看到利益了，便开始有了贪婪。

不管做什么，我是有底线的，建勋愤愤地说，我实在是看不懂为什么要这样？这样搞怎么能行？他发出了质问。

我看着建勋，无言以对。这是中国方式，我们都无回天之力，我也只能感叹了。建勋说，一旦架构建好了，他就要告老还乡了。

我不能再这样做了，我做事是有底线的，我在问自己，为什么还要做这些事？我有什么理由再做？他有些激动地说。

起飞时间到了，我们开始告别，建勋在此期间曾按照晚点的时间去登了一次机，结果继续延迟，又回来了，只是摇头；现在，他的时间又到了，比我们稍早些，我们可以一起去登机口了。我们送了他，可他去看了一眼又转了回来，一脸的无奈——又推迟了，还要再晚。他挥了挥手，让我们先出发，兀自转进了另一家咖啡厅。我看着他孤独的背影，心中突然涌起一阵难受。建勋是可以享受生活安逸的，仅仅是为了电影的理想，从香港来到大陆，而现在他又不得不面对残酷的现实考验。作为一名纯正的知识分子，他的眼睛揉不得沙子，道德良知也因此而备受折磨。这是一种精神上的痛苦，所以他处在生命中难以承受之轻的境况中。

下了飞机看了看表，已近10点了，我想，关机饭定然是结束了。坐上接我们的车，给小庞拨了个电话，小庞的声音清晰地传来：你才到哇王老师？我们都结束了。

我放下电话，望着窗外的北京，心里有股说不来的滋味。

记录的，都是生活态度

但凡心里有事，一大早就会自动醒来，然后想想这一天接下来的工作。

我在等礼平的到来，我们的剧本仍在延续中。可昨日，我因为要参加一个会议被耽搁了一天。

那个会议取名为“文学与剧作研讨会”。会上，见到了许多好多年未见的朋友，陆天明、毛时安、牟森、张德祥、黄式宪等，挺让人高兴的。现在见朋友，好像只能在类似的会议上才能见到了，大家都忙，平时也就少有来往了。

没想到来了这么多人，天明开玩笑说，原以为就是一个小型的同仁会议，未料到来了呼啦啦这么一大帮人，让人吓一跳。天明还是那么豪爽、直率、热情，发言时慷慨激昂，他认为这个会上的有些观点是扯淡，比如文学就要比影视高吗？眼下的电影不好是因为没有了文学支撑吗？他说有人跟他开玩笑说：文学与影视的关系是父与子的关系，就像是文学的父亲有一个影视的儿子——陆川，他不以为然。

天明的观点我是同意的，影视自有影视创作的文学，它不能与我们平常所说的文学中的小说相提并论，而在会议上，许多人认为电影不好是因为没有好好地与文学联姻，没有改编文学小说，这当然是扯淡。

综观大多数电影经典作品，伯格曼、安东尼奥尼、奇斯洛夫斯基的电影作品，他们都是拍自自创的剧本，并没有所谓的“小说家”或原著的支持，不是依然可以彪炳于世界影坛而成为不朽之经典作品吗？也就是说，在我看来，好的电影导演本身就是毋庸置疑的作家，只是彼此称谓不同而已。

所以好电影未必就要一定来自小说原著，或顶着一个所谓作家光环的人的鼎力相助，好的电影人自身就是一个好作家，以上三位大师足以说明这一点。

当下的作家作品又有几部能称为上品乃至中品？小说的沦落几乎与电影的沦落可以等量齐观，更何况剧本创作与影视作品的创作绝非是同一类型的思维，差异之大只能置身于其中的人才能感受真切。

其实我们电影的沦落与衰颓是与精神与心灵的沦落相伴随的，而电影中所谓文学的缺失仅为表象。文学是事关精神与心灵的，有责任感的作家会在自己的心灵深处筑造一个臆想中的精神家园，由此而建立起他的价值系统，用以评判与权衡是与非。当一个时代的心灵与精神走向迷失，当我们不再有能力对抗道德的沦丧、灵魂的迷失、精神的无所归依，甚至不再秉持正义之剑来讨伐与荡涤人间的污垢与垃圾，那么艺术的全面沦落就势所难免——不仅仅是电影，亦包括小说。

所以我对礼平一再说，我们虽然人微言轻，但责任感是我们应当承担的，我们必须创作出一部有精神价值的电影作品，当然，还一定是一个引人入胜的故事。

就在前天，礼平一路堵车来晚了，到我这已然 10 点多了，我略有些不悦，我可是一大早就起来等着他了。礼平散漫惯了，这我是理解的。他拿出了笔记本，我们开始说戏了。

一口气聊出了两场大戏。前一场戏出来后，礼平说好，但好像还少些细节，我略一沉吟，觉得他质疑得对，稍一停顿后我明白应当出现什么场面了。我说出后，礼平大喜，太好了，他说，他激动地记录了下来。接下来是一场关键的戏，这是一次重大的人物心理的历史转折，我前面铺垫的所有情节都是为了这一转折的来临。其实心里一直牵挂着它是否能完成，它要让人信服，还要让人震撼，我为自己树立了一个难以逾越的高度。

我沉默了，礼平一直看着我。我脑子里飞快地闪过各种可能的情景，但又一一排除了。并非不对，而是不能达到我心中所要激荡出的豪情与精神的高远，我要设法让它此时无声胜有声，电影是这么一门艺术，有时台词是多余的，电影镜头本身就是一种表述语言，重要的是你能否发现它的表现力，以及能否恰当地使用这种特殊的语言，它一旦达成，就会产生奇异的张力。

就在这时，一道灵感闪电般地骤然降临了，我突然感到自己走近了这位遥远的伫立在高山之巅的先人，感受到了他此时此刻的大情怀。于是我让这一瞬间闪现的灵感在胸中澎湃了一下，然后缓缓说来，礼平匆忙记着，记着，刚一停笔就从沙发上跳了起来，多么激动人心的想象啊！他兴奋地说，太妙了，我找到感觉了。

礼平在我的屋里来回踱着方步，不停地走，嘴里亦在赞美不止。我看着他，从他的目光中感受了到我所要抵达的那种古人的神采，他也像一团燃烧的火，那火亦在炙烤着我。

今天我们就谈到这吧，不能再往下谈了，我现在太激动了，这种状态会影响下面的讨论，有时候过于兴奋时要停下来，礼平说。

我笑了。礼平，我说，我写小说时亦如此，一旦过于兴奋、激动，我会强迫自己停下，等第二天冷静了再写，看来我们的写作习惯一样。

我们走了出去。

中午了，我们该填肚子了。我们去的是大包子店。自从在山上闹肚子后，我的肠胃一直不太好，不敢贪吃。

我们分别要了两碗粥，一个包子，再点了两样咸菜，津津有味地嘬了起来。礼平说，王斌，这次聊剧本我对你更了解了，我佩服你，你的才华是很多人不了解的，一般人可能有大气磅礴，可没有小桥流水，或有小桥流水没有大气磅礴，而你两样都有；一般人可能写些东西要准备大量的素材，可我发现我只要给你提供一点史料你就能无限发挥。我笑问，你是在说我的想象力吗？

不，礼平正色说，是你的才华，这戏谈了都一半多了，没有出现一场弱戏，场场好，你编戏的能力太强了。

而且我会让场场戏都合乎逻辑，我笑说，国人编的故事大多太拧巴了，我不愿我们的戏是这样的。只要抓住了人物的性格逻辑、情节逻辑，只要对人性有一个深刻的把握，就不会让它拧巴，就会让故事合理。

对，礼平激动地说，我还告诉你，即便是出现了意外，就拍出我们谈出的这些戏，还会是一部好电影，简直太棒了！

礼平，我说，现在我只是聊出了每场戏里的层次，以及人物的性格与戏中的主要台词，到时你写第一稿时我不希望走偏，如偏了我会太累，我们的合作要一加一，你在写第一稿时再添砖加瓦，更上一层楼才对，然后我再写上一稿。

礼平沉吟了。这我不敢说，我试试吧，他说，你还是要详细谈谈戏。我说，你回家后将笔记本上的内容打入电脑吧，我怕这东西不慎丢了，那就太惨了，再有，打字也是清理自己思路的一种方式。

礼平兴冲冲地开车走了，我在脑子里梳理着我们聊过的情节与人物，自感没有太大的失误，我不能像礼平似的陷入一种陶醉，我得保持自省与清醒。有时，创作者会在一种情绪的激动之下掩盖严重的失误，这是我需要警觉的。

我算了一下我们实际谈戏的时间，吓了一跳，其实我俩真正坐下来谈戏的时间不过四天左右，甚至不到，这速度也太快了，怎么可能？

我真得警觉了！

《情诫》：一个关于爱情的追问

当代导演中，基斯洛夫斯基的哲思是令人仰慕的，虽然他已驾鹤西去，但他通过影像留下的“命题”，依然是当代人必须面对的生存境遇。

在基斯洛夫斯基电影系列中，我最为心仪的乃《十诫》了。并非说他的《红》《蓝》《白》不好（这其中我又最喜欢《白》），而是在哲学思考上，《十诫》最为有趣和深刻。

自伯格曼之后，可以在影像中进行纯粹哲学思考的导演非基斯洛夫斯基莫属，在《十诫》中，他借用了先知摩西的受戒之条律——十诫，延伸出十部电影，由此隐喻人类被忽略的人性思考，其中，《情诫》和《杀诫》亦为最华彩的乐章。

我这里要谈及的是《情诫》。

基斯洛夫斯基的视角是独特的，他总能找到巧妙的观照角度，稳稳地栖息其间，静静地打量着人性的弱点，以及我们未曾俯视过的隐秘角落。他深邃的目光便在此时悄然地掠过表象，穿越笼罩在上空的乌云，一步步地抵达人性深处。

《十诫》的伟大就在于，基氏并未给我们厘清一个确定性的答案，他是困惑和迷惘的。人生、社会及人性在他的面前混沌不明，但自人类诞生以来就久已存在的存在之谜，正是基奇氏要去叩问和探究的。

《情诫》中探究的命题是何为“爱情”。

故事是从一位少年的视角开始的。他是一名“偷窥者”，他的那张呆滞和迷惘的脸正预示着内心一个“声音”的甦醒，悄然而又无声。甦醒的明证就是影像中反复出现的重要道具：望远镜。

被望远镜锁定的目标是一位女人——一位成熟而又极具风尘感的女人。而我们知道，那位“偷窥”少年显然还停留在朦胧的青葱阶段。

我们最初以为这只是一名无知少年的好奇，他情窦初开后的一个可爱“劣迹”。我们也确实看到了他俏皮地作弄那位女人——当时她正准备与男友进入“状况”，没有想到楼对面已然有一双眼睛将她的行为摄入眼底，并以她的名义谎称家里的煤气漏了，结果一场原本美妙的“快乐”被扼杀在“萌芽”中。她由此而驱走了“求欢”的男人。她的恼羞成怒可想而知。

随着镜头的缓慢移动，我们大致了解了那个女人的“日常生活”（似乎无需再了解更多了，这正是基氏的聪明之处，他总是远距离地通过少年的眼睛来释放一些必要的有关这个女人的信息），她是放荡的，以随意的约会和发泄来排遣内心的苦闷及失意，一次次地用性爱的快感来获得满足，但我们看到的，依然是她难掩的更深处的痛苦。

少年终于开始行动，他要当面见到这个女人，而不再像镜头中“偷窥”那般只能保持远距离的观望，这不能让他满足。他的行动虽然幼稚但却行之有效，他利用了他的身份，一位邮递员，送去了一份假的取款单。

女人如期出现在了邮局。少年呆滞的目光中终于微显欣喜，目不转睛、呆呆地凝视着她。可女人却因此遭到了羞辱，因为她手持的是一张做假的取款单。女人愤然而去，少年追上了她，他嗫嚅而又不无恐惧地向她道出了真相，他还告诉她，他一直在偷偷地窥视她，甚至知道她昨晚哭了，他只是想能见到她。

女人震惊了。就这样，他被邀请到了她家。现在，他和她终于可以面对面了。她沉静地看着他，而他却瑟缩着，紧张地望着她。她说，她把性看作是不受约束的东西。他反对，但还是用受惊的眼神看着她，胆怯地说：他爱她。她笑了，笑得很放荡。

然后她问他：你知道女人在做爱的时候下面什么也没穿吗？他说知道。她又说：当一个女人想一个男人的时候下面会湿，你想感觉感觉吗？

少年的身子开始颤抖。女人拿住了他的手，一点点地，甚至是强行地放在了她的大腿上，并往下部蠕动。他抖得更厉害了，像一片风中的树叶。

女人的目光是淫荡的，还夹杂着些许报复的快感。

少年崩溃了。他发出一声低沉的呻吟，接着，几乎是哭嚎般地喊叫了一声——他身体激射了。女人的脸开始冷了下来，兴灾乐祸地看着少年，不屑地说，现在你知道什么是爱情啦？去浴室洗洗吧。

直到这时，基斯洛夫斯基的思考才开始初显端倪：我们已然在此之前通过少年的眼睛，通过他和女人的对话，知道了女人对爱情的绝望和鄙视，她一如行尸走肉般地行走在世上，用无数次肉体的狂欢来掩饰空虚和迷惘。她没有爱情，爱情之于她只有性，只有肉体的运动，于是，她在少年身上实施了她的报复——她不相信爱情，并要将她的这一信念通过这种自得的方式传达给少年。

可少年却自杀了，那是一次未遂的自杀，他被家人救了，送进了医院。楼下救护车的警笛声引起了女人的注意，她预感到是少年出事了，她开始关注这位曾被她鄙视的少年。

情节的逆转就是在这一刻发生的。此前，我们可以通过细节清晰地感觉到女人的爱情观（如果可以称为爱情观的话）——她对爱情的不屑、麻木乃至冷漠，显然基于一次她所遭受过的爱情的背叛（但在《情诫》中，这一笔被虚写了）。从此她不再相信所谓的爱情。她走火入魔似的性爱之“旅”，与其说是寻找刺激，莫如说是在与男人的相互捉弄中完成情感宣泄。因为所有的“实践”告诉她，男人的爱情始于性，也止于性，这才会使得她面对一位纯真少年的“爱”之表达后，以“性”的回报来“启蒙”他何谓爱情。于是在她的意识中，性即爱成了她的“信仰”、她奉行的行为法则、她游戏人生的哲学。

可她现在进入了焦虑状态。影片的视点也从这一刻开始转向了女人，她那张“风尘”的脸，开始呈现出变化——一个女人为一个男人牵挂和焦虑的变化。她开始打听少年的消息，直至到了少年的家，她看到了那个曾被用来窥视她的望远镜，略略地知道了这个少年的“信息”，但她仍然没有见到少年——他还在医院。

她开始了等待，一个在她看来漫长的等待。当时的她，自认为亦因少年的自杀负有责任。这位从电影的一开始就缺乏责任感的女人，陡然间获得了巨大的、不可思议的责任感：为少年担忧，甚至愿意为他做任何事情。

等待的焦虑有了结果，她看见少年的楼房里亮出了一缕灯光，她是那样欣喜若狂地向窗口招手，甚至一反常态地亮出了字体大大的标语：我在想你。她拿着电话听筒向窗外摇晃着——她了解少年熟知她的电话号码，因为出事前给她拨过多次电话但从不开口，只是为了能听到她的声音，那时的她尚在“风尘”中，不解爱情。

现在，我们在她的脸上看到了爱情，它像奇迹一般地悄然潜伏在了她的体内，或许她当时并不自知，正是这焦虑，这等待，她由此而获得了爱情的新生。

努力是徒劳的，少年的身影再也没有出现。但镜头一转，我们看到了他，他确实就在家里，他被抢救了过来，现在伤愈出院了。

他的脸依然是落寞的，但少了他以往固有的那份痴迷。

电影结束在女人再次来到邮局，那样惊喜交集地看着隔窗而望的少年。低头工作的少年似乎也预感到了什么，侧脸向窗外看去，他没有表情，那张脸显然已成熟了许多。女人激动地敲打着玻璃，用手猛烈地比画着。

少年看着，还是没有表情，但他开口了：我以后不会再用望远镜看你了！

《情诫》戛然而止，就像是一个急促的停顿，而把悠长的回响留给了我们，留给了与他一道步入思考的观众。

基斯洛夫斯基的《十诫》最伟大之处是它的不确定性，区别于基氏的《红》《白》《蓝》——因为这三色代表了自由、平等、博爱，这三大概念是人类普世的终极价值，它代表了颠扑不破的真理，自然也就毋庸置疑，基氏要做的，无非是在这一价值前提下，发现新的可能及真理，提出新的问题。

《十诫》则不然，基氏从摩西的戒律中发现了人性中植于根基的弱点，或者说与生俱来的天性，而它的存在，又是与人类社会的至高宗旨相冲突的，由此而衍生出了基氏的困惑，他并没有用任何“至高”的观念和思想去鞭挞所谓“人性的弱点”，而是将它小心翼翼地剔除出来，放在显微镜下予以放大，基氏不给结论，他只是在追问，一个近乎形而上的追问，例如《情诫》，基斯洛夫斯基要追问的是：

人，缘何而爱？

爱情，究竟是什么？

任它“千古绝唱”，我自逍遥游

这两天向阳的电话消停了许多，让我好生担忧，去电话询问：你生我气了吗，不至于这么小心眼吧？他笑出了声说，哪有，我在考虑如何与你战斗，没有比把王斌斗倒更让我开心的事了，哈哈！

原来是这样！那还真是挺有趣。与人奋斗其乐无穷嘛，看来在我和向阳身上得到了形象的验证。但我只能在思想的竞技场上与人一搏，一旦落入人事的纠葛或世俗的纷争，那我可真是死定了。向阳很不幸，他居然不去那个我很容易死定的“场域”，而来到了我极擅长战斗的竞技场，那就该轮到他倒霉了——我有那么容易让他开心吗？看来，他只能等着当思想的“烈士”了——我当然希望他在我这能成为一个思想斗士而非烈士。

如果向阳还有足够的耐心，那他可以像“等待戈多”一般候着，至于猴年马月开心还真说不准。

说到让他兴奋的关于我对《一个都不能少》的“主题”解释，那是他的一个误会。首先申明这不是我的话，是张艺谋编这部作品时的阐述，但它不是主题，是情节上的一个“圈套”，就像美国大片中常有的，一个不是警察的人做了警察的工作，一个“笨蛋”做了一个惊天动地的伟业，这是常规的剧作原理——向阳同学兴奋什么呢？

这一话题的由来，是我对他为意大利人写的剧本所要谈论的看法，我说我明白你的问题出在哪了，你没有一个自己很明确的主题。他说有，我问是什么？他答：个人的自由选择是不可阻挡的。这让我哭笑不得。我说你在说一个高中生都知道的常识，存在主义者早就说过了，同时这也不是一个艺术作品的真正主题，且囿于理论之套，且概念过于宽泛，一部艺术作品的主题在论述上应当是质朴的，它一定源于生活的朴素的真理。我举了《一个都不能少》的例子，又说了《秋菊打官司》中的“没完没了”——这倒是主题，是张艺谋确定的主题，它不仅成为主题，也成为主人公秋菊的性格和动作线（情节）；我还告诉他，《活着》的主题是“好死不如赖活”（国人的生存状态），《红高粱》的主题是“玩牛逼”——这也是艺谋对主题的阐释。

向阳的那个电影故事是写同性恋的，它戴上一顶“个人的自由选择是不可阻挡的”帽子是不是太大了点？甚至有些滑稽，更何况人生的主题与理论中所要阐述的概念不可同日而语。我告诫他，当你将此当作主题时，你的作品定然概念化且干巴巴，这也是欧洲电影为什么一落千丈的原因——他们失却了对生活的敏感和发现，只剩下书本的概念了。这是不是有些可怜？

我是批评家出身，当我有一天进入了创作领域之后，我才知道理论的阐述与作品本身所要表达的思想根本就是两码事，这也是为什么一般小说家瞧不上批评家的原因，因为在他们看来你们说的虽然头头是道但全是扯淡，根本不是我要说的意思，作家们会躲在某个角落里暗自窃笑批评家的愚蠢与自以为是。但这并不妨碍批评家们继续从事他们的“批评”。比如弗洛伊德对古希腊悲剧“俄狄浦斯”的论述，肯定不是当时的那位古希腊剧作家想要表达的思想，但作为理论家的弗氏就这么解读了，还从中发现了人性中的“恋母情结”——俄狄浦斯情结，引申出一个人类的终极悖论，且发人深省，以至引发了一场轰轰烈烈的思想革命。

我和向阳最大的区别是，我对任何所谓别人称道的大师是有警觉的，我不信奉权威，我只信我的感受和来自心灵的启蒙——我对向阳看作品常无动于衷、只是当作品印证了他脑子里学到的某个理论“方程式”时才认为好与不好很是不以为然。我现在很难受到别人思想（包括作品）的左右。我承认，我有时会很偏执，甚至固执。

也就是说，我不太容易像向阳那般动不动就“病”了。从这个意义上说，我比他更有思想的免疫力，没有那么虚弱——虽然向阳身形比我要肥硕许多，平时比我更加注意身体的锻炼——比如打个太极、游个泳什么的。

向阳提到的那些名人名言录，即所谓的“道德箴言”，我并没有如他所预料的那样“深恶痛绝”。有必要吗？那不过是一家之言，我并不认为谁比谁站得更高，看得更远，除非这人的人格境界高于我；除非他触动了我的心灵，震撼了我的思想。我认为，倘若你觉得别人比你高，那是因为你还在跪着。

所以如果向阳愿意将这些（不仅仅是这些）“箴言”奉为人生的“千古绝唱”，与我何干？

我自逍遥一游。

颓败的《欲望庄园》

当选择了这张名曰《欲望庄园》的碟时，我并没有意识到此片乃根据我刚买下的一部英国小说《旧地重游》改编的。那么，究竟什么在吸引着我，让我在稍一犹豫后便决意拿下？

坦率地说，在很长的一段时间以来，我对所谓的艺术电影是警觉的，在一个被金钱与物质所制造出的精神动荡中，艺术失去了它的方向和立场，我们很难再发现振聋发聩的作品了，我们只能忧伤地怀念那往昔的岁月。在那个岁月中，似乎凛冽的空气中都会飘荡着浓烈的艺术气息：西方的一战、二战前后，以及当代中国的 80 年代——在这里，我们姑且不论辉煌的中外古代艺术。

吸引我的是这部电影的封面，在一堆色泽鲜亮但不乏庸俗的碟片封面中，它静静地散发出一种独特的宁谧的气息，或者说一种淡淡的艺术的味道。它很英式，让人一目了然，英国人的贵族派头很容易让人一眼就能看出——那种优雅的眼神，雍容的气度，以及不事雕琢但又透出精心修饰的衣着。当然，我只是在碰运气，如今买碟也像是撞大运了，因为，难得见到让人刮目相看的电影。

几天前，我终于有了看碟的心情，我漫不经心地将《欲望庄园》放进了碟机，直到这时，我仍没有意识到它是经由我书柜上的那本计划阅读的小说改编的。

电影的基调与节奏迅速让我进入了它所营造出的氛围，一种英式的情调，或者说淡淡的小资情调，但它并不是矫饰的，一如我们当下那些自谓“小资”的时尚男女那般，它的小资情调是无须去刻意炫耀的，因为它已然点点滴滴地渗透在了他们的体内。那是他们所浸淫的文化，这种天长日久的文化熏陶出了他们的英式性格和风度。

这一故事的模式亦适合它去渲染这一英式风度，因为它的几个主要人物就是来自一个古老家族的贵族后代，我看到了一种旧式生活的颓败，那个昔日的金碧辉煌已然日暮途穷，就是在这一颓败的氛围中，《欲望庄园》抒写了一个哀婉的爱情故事。

但它的爱情是畸形的，甚至会让人不可理喻。一个未来的画家认识了他的校友——一个贵族的后代，然后受邀去了他家的庄园做客，一切都让他恍如隔世，因为它竟是如此的宏大庄严，到处充满了古老的艺术雕塑。在那里，他与庄园的一个女孩——亦即校友的个性独具的妹妹一见钟情了。但故事的蹊跷在于，它在影像中隐然暗示了这位准画家与贵族校友是一对相亲相爱的同性恋者，而准画家与女孩的“一见钟情”便在那一瞬间变得怪异了起来。

这一故事就是在这种相对复杂而又难以索解的情境中展开的，其中，还夹杂着一位笃信天主教的贵族母亲的强权干预。宗教的权威性在这里显然是受到批判的，它对人性的泯灭及扼杀是作为一个符号附加在了母亲的身上，她于是成了一个独断专行的符号。

在这里，我很难详尽复述《欲望庄园》的故事，它的人物和情感关系过于复杂，但我又必须说，或许是由于篇幅，或者是由于创作者的功力所致，这个扑朔迷离的故事其实是没能叙述清楚的。我只能说创作者的野心过大了，用两个小时的时间去讲述一个这么回环曲折的故事显然是不可能的，于是它在人物的情感逻辑上留下了太多的“空白”和“裂痕”，而这一切又需要我们根据自身的素养与经验而予以弥补。但其实这是枉然的，毕竟多数观众来电影院未必是为了接受想象力的考验，观者总是被动的，或者说是懒惰的，他们需要的是在不知不觉中被影像所蒙骗——就像他们经常被“爱情”的花言巧语所蒙骗那般。

但我却从中看到了一个巨大的情感空间，虽然它是一片“空白”，它的点点碎裂的断片已然隐约藏身于情节的幽暗处，向我们昭示着那可能在小说中将会出现的情景。于是我骤然想起了它的原著，那部叫作《旧地重游》的小说。我将它从书架上拿下。这本重版时装帧厚重漂亮的小说让我突然对它有了一种特别的珍爱。我匆匆地扫了一眼它的译文，甚好，是那类不事张扬的端庄文字，亦有气质。

第四部分

我的伪古典音乐发烧友身份

每当我看见这一批色彩绚丽而个性独具的古典音乐唱片封面时，就有一种别人很难理解的幸福感，它让我彼时处在一种莫名的激荡中。而平时的我，其实是一个落落寡欢的人，一个忧郁而喜欢孤独的人。

我为什么欣赏古典音乐

从书架上取出那本我一直准备阅读的雪枫的著作《交响乐十八讲欣赏》，边看边琢磨着我近一段时间聆听古典音乐的感受。这种感受的追溯于我是一种享受，亦是心灵洗礼的一个仪式。

我似乎久违了这种感受，在太长的一段时间里（有三年了吗？），我发疯一般地陶醉在对古典音乐的欣赏之后，蓦然地沉寂下来。我记得当时是我的CD机出现了问题，总是发生莫名的故障，不读盘，或是中途突然休止。由此，我的心情大大地受到了影响，随后我托人从广州又买来了一台二手货，声音质量明显下降，但凑合着还能听，但兴奋感大大降低——这是我事后才领悟到的，那时我只是觉得那些奇妙的音乐不再那么动听了。

那时我已然进入了小说创作，需要宁静，需要在无声的沉寂中进入一种思的追溯，那时我对任何迥异于我的无声之“思”都极为敏感，我时古典音乐的发烧阶段因此而戛然而止。

但在写作中常会出现一些令我不解的颇带一份神秘气息的思维现象——在很多情况下，我笔下的句式如有天助，会忽然像音乐中的音符在我耳畔奏响。在舒缓的情节中，它有如平滑如镜的湖泊，只是平静的湖面之下有潜流在涌动，而在我激情骤然荡起时，又如雄浑的交响乐在我的胸中高亢地激荡，那种澎湃一如大海般波涛汹涌，而且势不可当，一泻千里。

每日的午后，是我读书与思索的时间，我会一边看书，一边在内心考量我上午写下的文字，反复琢磨那些仿佛不由我控制的字词语句是否妥帖。我需要准确，而这一准确的标准乃在于我的心灵感受是否得以真切地传达，这几乎成了我的例行“公务”，检测的结果又无一例外的是：那都是我必须写下的，我无需再做修改。

当然，每当此时那个仿佛来自天外的音乐亦会在我心中无声地响起，悠然而至。它宛若我沉思中的背景音乐，天衣无缝地伴随着我的思考节奏波浪般地起伏着，它的神奇和神秘让我有一种难以言喻的幸福与欢悦之感。而我在最初爱上古典音乐时并没有想到它会与我的写作发生这样一种神秘的关联，在那时的我看来，音乐是非表达性“语言”，它只是由音符组合而成，我所迷恋的只是由这些音符组成的美丽的声音；这些声音在我欣赏的过程中会让我产生一种异于常情的感受——它极特别，但难以言明，仅此而已。我万万未曾料到，这个被我错误地看作非表达性语言的音乐，经由一个人心灵的整合与重建之后，会自动转化为可以表达的语言，这个意外的收获让我欣喜若狂。

但我还是没有重新返回我的发烧阶段，我甚至觉得在我写作的那个时期，一旦再响起古典音乐的旋律会破坏了我心中的宁静。我的音乐积累足够了，那时我是这么想的，我心里已然储存的乐符与旋律足以让我在文字中纵横四海了。

当有一天，我与真正的音乐专业的朋友聚集在一起，时常聆听他们陶醉地谈论起古典音乐时，才想掉过头来，重新回到对古典音乐的欣赏中。但我沮丧地发现，我的ＣＤ机彻底坏了，一点声都发不出来了，这使我决定购置一台上档次的机器。音乐不能凑合，我有了一个巨大个的好音箱，有了欧阳彦研制的好功放，我当再配一个好的ＣＤ转盘，因为我的其他配件虽好，但如在信号源上出现问题，照样会影响音响效果，而正好欧阳彦的产品类中又增加了这项业务。

但很贵。我经过一段时间的犹豫之后还是决定买下。结果机器拿来后，我首次听时就大大地吃了一惊——我的这套音响设备从未有过如此动人而且音场与动态十足的声音，无论小提琴、钢琴、圆号还是雄浑的交响乐，均能在我的这台机器里发出惊人的极富魅力且清晰的声音，而且细节几乎纤毫毕现、惟妙惟肖了，从此，我陶然欲醉地再度进入了古典音乐的美妙世界，流连忘返。

这么多年过去了，我发现我最喜欢的作曲家仍是我最初迷恋的那几位，而且我还不无意外地发现，我所迷恋的这几位伟大的音乐家拥有一个共同的特征——他们创作的音乐均有强大的人生感。CD 机把由亨德尔、巴赫、莫扎特这些天才的古典音乐家飘在天界之上的声音请到了尘世间，与我们人类共同遭际的命运风雨同舟了，那些神奇灵动的音符不再仅仅是为了华丽动人，取媚王公贵族，而是为了诠释他们的人生感悟。我甚至发现，这些作曲家的作品还具有一个显而易见的特性，那就是曲调中的文学性。我终于明白了，我偏执的个性让我在最初爱上古典乐时，就已然冥冥中帮我选定了欣赏的方向——贝多芬、肖斯塔科维奇、马勒、布鲁克纳、柴可夫斯基、德沃夏克、西贝柳斯，还有一个在我自然选定的人物类型中隶属特类，他并不以人生感取胜，而以其尖锐刺耳且离经叛道而特立独行，并让我对他情有独钟，他就是斯特拉文斯基。在这些人中，以我个人喜好排位，我当以以下名次来安排他们：肖斯塔科维奇、贝多芬、马勒、斯特拉文斯基、柴可夫斯基、布鲁克纳、普罗克菲耶夫、西贝柳斯、德沃夏克。

我聆听他们的音乐，与其说在欣赏优美或怪异的旋律，不如说我在读一本充满神秘字符的天书，我必须按照我个人的领悟，一边听一边去释译在这些神秘字符中所隐藏的灵异般的内容，我承认，我非常享受这一过程，甚至颇有些成就感，这一过程会让我麻木乃至被时代污染的心灵有如被从天而降的清泉洗礼了一般，心中只有感恩。

古典音乐：我的痴迷

坐上了范竞马的座驾，一路狂奔，目标是亦庄经济开发区欧阳彦工作室。路上我还一直在问：能找到吗？那里路容易让人糊涂。他自信地说，没问题，顺手设置了导航仪。

结果还是迷路了。开发区就像一个巨大的迷宫，马路宽敞人烟稀少，我们盲目地转了几圈，仍未找到目标，只好电话询问欧阳，可仍然无法说清，这一带也没什么醒目的标志性建筑。我有些沮丧，于是发了一篇微博，自我调侃地说：找啊找啊，找不到我们的好朋友。

但意志坚定的竞马最终还是找着了，我心想可真不容易，结果我一高兴将俄罗斯的欢呼语“乌拉”改“呼拉”了。

欧阳与我结识近十年了，认识他是因了我们一位共同的朋友——那人好像还是他的中学同学。有一天他对我说，你喜欢古典音乐，你的器材肯定不行，我介绍我一朋友让你认识吧，他做的音响设备会让你吃惊的。

我当然不信。我那时的那套音响设备还算可以，音箱是著名的英国品牌“天朗”，而功放则是美国的“麦景图”，据说都属于著名的家伙。在那个年代我并没有加入发烧友的行列，我只是一个独往独来的古典音乐爱好者，以那时我的耳朵，我已然认为我的这套家伙什足以称雄于天下了。

我是在千禧年后的一天突然迷上古典音乐的，虽然说起来像是一个纯粹的偶然，但于今想来，仿佛是冥冥之中注定了我与古典音乐的缘分。在迷上之前，我一直是听摇滚乐的，那种从喇叭里传来的躁动与疯狂正好应和了内心的反叛的激情。直到有一天，有一人对我说他的一个朋友要出售一对音箱：那箱子好极了，北京就几对，价格也便宜，我不想让它落在别人手里，你拿下吧。我回说，那不是听古典音乐的吗？我又不听。

结果此兄连哄带骗地把我诓到了他所谓的朋友处，说是让我听一耳朵。或许你会喜欢呢，他说。

就在那一天，我听到了肖斯塔科维奇，我由漫不经心到心灵受到强烈的震撼，这个转换过程几乎是在瞬息之间完成的。在此之前我根本不可能想到我会喜欢上交响乐——一种大我的意识中已然落伍而被时代所无情抛弃的古典类音乐（当然，我是事后才知肖氏属于现代音乐，但一旦加上“现代”二字又太容易与摇滚、爵士，与流行画上等号，所以我宁愿将肖氏的音乐称为古典音乐）。那种蓦然袭来的振奋想起来都是幸福的，我恍惚中觉得肖氏的音乐正是我在寻找的一种神秘的旋律，于是当即咬牙掏了二万二将箱子拿下了，又置上了一个“麦景图”的美国功放，从此，我可以优哉游哉地听古典音乐了。

我先是奔往音乐书店买了一套海汀克指挥的肖氏交响全集，价格不菲，但我太爱肖氏的交响乐了，当时一点没犹豫。事隔多年，我与刘雪枫、范竞马言及此事，他们微怔，雪枫当即说：你跟别人正好是反过来的，别人是先巴赫、贝多芬，然后才慢慢转入肖氏。范竞马说，这就是王斌的个性。

或许，我回过头来想，倘若那天听的不是肖斯塔科维奇，而是巴赫或贝多芬呢？我还会从此踏上古典音乐的欣赏行列吗？如是，很可能我会与古典音乐失之交臂，这里面似乎暗含着一种宿命，我偏偏那天听的是肖氏，而之所以放他的曲子乃是因了卖家觉得那张ＣＤ录音甚佳，想勾引我当即拿下，但确实成功了。

千禧年的一天，我没事逛女人街，沿着狭长的小道踯跶着，无意中瞥见一不起眼的小店里，居然放着一对硕大的音箱，威武雄壮，气势逼人，我一下子被吸引住了。我有一个极度令人讨厌的毛病，一旦见到什么款式、造型别具匠心的好东西就会迅速被征服，这一次亦然。我问那年轻的店主，这音箱叫什么？当时只是一问，并没想到要拿下，我估摸着这玩意儿虽晃了我的眼，但价格肯定不便宜，所以没想着扛回家。

BN801，他站起身，微笑地说。我一怔。这个型号曾多次听人说起过，说是卡拉扬晚年听的就是这个音箱，而且他有一句名言：听了一辈子声音，就这个牌子的音箱好听。我这下彻底走不动路了，然后亦笑眯眯地与店主套磁，心里盘算着即使拿下这对箱子，起码得先处理了家里的那一对天朗呀，那对箱子跟这一对一比，形象上就有了天壤之别，“模样”很重要，我这人虚荣。

后来那店主慢悠悠地说，那行，这箱子是三万二，你的那对我看一下，如好，我算二万一，折到这对箱子里。

于是我们成交，可想而知，那一天我是多么的幸福，心中狂喜。

可问题随之而来，我的功放根本推不动这对大箱子，出的声成了“绵羊音”，软绵绵，肖氏亦像是得了肺炎哮喘有气无力。

欧阳拿来了他自创的功放，当肖氏的声音再次响起时，我着实吓了一大跳，神了，这是我听过的肖氏的声音吗？太牛了。我基本疯了，刚才还一副清高严肃的面孔，立马一变，换上了一张笑脸，谦逊地问：你这些家伙价格几何？他说出的价格的确有些贵，我们讨价还价了一番，终于成交。

从此，我沉迷在了交响乐中，尤其是肖斯塔科维奇与贝多芬，流连忘返。几年下来让我受益无穷，以致觉得自己写下的文字居然有了一点乐感，因为写作时我的脑海里时常会响起雄浑的交响乐，它像潜流一般激荡着我。

后来我的ＣＤ机坏了，为了省钱，我托人从广州带了一个二手货，音乐质量显著下降，我也没多上心，只是觉得听音乐的兴趣锐减，当时没意识到这都是声音不佳惹的祸，只是以为自己要写作，想寻求一点寂然无声的安静。

直到有一天，欧阳又拿来了他试验成功的ＣＤ转盘，放在我的屋里一试才让我恍然大悟。那声音骤然变得锋锐、圆润、层次舒展、表情生动，我这才知道，所谓发烧音响，所有的设备都不能凑合，少了谁声音质量都会大衰。我又花了万元买下了欧阳的转盘，于是我音响的声音质量腾空而上，再听，让我无限陶醉。

我与竞马坐在欧阳的工作室，他打开了他的音响。这么多年来，欧阳将自己的设计又扩展到了大小不一的音箱，材料从国外进口，而且必须是最好的，然后他按照自己的设计组装，这样一来，发烧级别的音响在他那形成了一个自我圆满的系统，他真可以笑傲江湖了。我无法形容从他的喇叭里传来的声音之精美、之绝妙，天籁，只能如此说了。竞马亦赞叹不已，他告诉我前几天他还去听了一朋友一百多万的设备，声音质量还赶不上欧阳设计的家伙什，让他大为吃惊的是，欧阳设计的功放居然没有前后级，只是一台机器，但放出的声音震天动地，而且通透丰润，有如亲临现场。

回家的路上，我对竞马说，我觉得古典音乐热会回来的，因为人们终究会听腻了流行的单调，只有古典是触及人灵魂的音乐。竞马沉默了一会儿，说，那只是你个人的爱好与美好愿望，现代人不听这个了，他们只会更加远离古典。

我也沉默了。夜幕正在悄然降临，路灯渐起，我已经远远看到京城的灯火了。

悲剧的咏叹

闻听瓦格纳这个名字，是在八十年代通过尼采的著作，他对瓦格纳戏剧由爱生恨的过程让我惊异。我不清楚这是来自一种什么样的力量，让这位孤独的特立独行的思想家为此而痛苦、而呐喊，而在当时的我看来这更像一则传奇。

但伫立在思想的孤峰之上的尼采确实爱过瓦格纳，并为他而痴迷。从尼采的思想轨迹里不难看出，瓦格纳对他最初思想的诞生有着至关重要的位置，或许正因为如此，渴望获得思想的升华、获得救赎（这亦是瓦格纳《漂泊的荷兰人》的思想主题）的尼采终于明白他只有让心灵、精神与思想超离了瓦格纳才能形成自身和寻找到思想的制高点。为此他绝望而痛苦，因为那个让他曾经梦萦魂牵的瓦格纳正是他思想的来源，哺育了他思想的成长，但那只是一个《偶像的黄昏》；虽然产生了《悲剧的诞生》，他必须击碎这一偶像，才能重新回复自我，回到他执念的思想本身。

那时我依然没有看过瓦格纳的戏剧，虽然从尼采的痛苦中，我似乎感受到了一个戏剧思想家的身影，但我不敢触摸，不敢走近，他距离我太遥远了，一如当时的尼采与我的距离——遥不可及。

后来我观看了科波拉的著名电影《现代启示录》：当美军的直升机突然出现在海平面上，如同一排排骇人恐怖的黑鹰，从天而降，巨大的轰鸣般的音乐之声骤然响起了，那么威武雄壮，但又杀气腾腾。那个高亢的旋律响彻云空，携带着一股不可阻挡的飓风，向着地面上越南的平民百姓暴风骤雨般的一通扫射，只见血花四溅，一排排无辜的百姓倒下了，伴随着倒下的还有那个嘹亮的旋律与刽子手们因杀人而发出的狂浪的笑声。

后来我知道了，这个著名的旋律来源于瓦格纳的歌剧序曲，它委实好听，亦委实让人毛骨悚然——因为它与血腥与死亡的影像连接在了一起。

这就是我对瓦格纳的最初印象——死亡意象。

在很长的一段时间里，我一直避开瓦格纳的歌剧，虽然我的确收集了他歌剧的 DVD，但我始终没看，我怕我欣赏不了，亦担心它还会唤起那个可怕的死亡意象。有一年在保利剧院上演瓦格纳的《尼伯龙根的指环》系列歌剧，连演三个晚上，朋友给了我一个套票，而我只是去看了头一场，而且只看了二十分钟就因昏昏欲睡而逃离了。

再见瓦格纳就是这部《漂泊的荷兰人》了，但它让我震惊了，由此我发现我是那么地热爱这位伟大的戏剧家、作家、音乐家和思想家的——不仅仅能以歌剧来概括他的艺术了，他为自己的作品独创的那个词语是正确的：音乐戏剧，因为在他的作品中，音乐、戏剧与文学文本是密不可分的，它们紧密地连接着并通往瓦格纳所要表述的哲思，我还从来没有见过一部所谓的歌剧是用来表达哲学的。

由此我发现瓦格纳的确是一位无可争议的天才，令我高山仰止，它震撼我的不仅仅是太好听的旋律和歌曲（最重要的是歌曲中所包裹的歌词，那是通达他思想的必经之路）以及如同钟表般精确的文学节奏（惊人的文学直觉与才华），还有他在剧中所反映出的哲学思想。但在观剧时，我又惊异于结局的庸俗与浅薄，就像是那个喧嚣一时的电影“《泰坦尼克号》二世”。我原以为这仅仅是瓦格纳早期的作品，他隐约感悟到了人生的虚无，但因为年轻而无法将这一“发现”提升到一个哲学的高度。我在为他惋惜，虽然这部戏的确震撼了我，我只是意犹未尽——那个太令人感到失望的结局让我困惑不解。

后来我才知道，在瓦格纳的原剧中，那位女主人公命运的归宿是投海自尽。知晓后，不知为何我松了一口气，心想，哦，这才是真正的瓦格纳，他终究没让我失望。

实事求是地说，在国家大剧院上演的这台《漂泊的荷兰人》基本上是成功的，如论不足是它麾下的乐队（我不想说太过分的话），还有舞台美术过于炫目地喧宾夺主——它的“辉煌”多少遮掩了瓦格纳的戏剧思想。最致命甚至是不可原谅之罪，乃是导演对尾声的无知篡改。但凡读懂了瓦格纳虚无主义哲学观的人，都会为此表达愤慨，这位导演的行为是不可原谅的，我甚至视其为对瓦格纳思想与艺术的亵渎。

瓦格纳的《漂泊的荷兰人》讲述的是关于此岸与彼岸，貌似救赎的主题抒发的却是人生之虚无。波涛汹涌的大海只是命运的转喻（所以反复出现“海上漂泊”的主题意象）。而剧中人物则象征着人生在世的困境（瓦格纳使用了被诅咒这一可怕的名词），爱情在这部剧中只是瓦格纳招摇的一个诱人的幌子，他本意是让漂泊者（漂泊的荷兰人）寻找永恒的忠诚的爱情（坚实的可以依傍的大地，由女性予以象征），而结局却是徒劳与失败，由此而弥漫出巨大的人生之虚无感。

所以我无法容忍《漂泊的荷兰人》导演白痴般的愚蠢与无知，他好大喜功，逼真的舞台设计本身就是低智的哗众取宠行为。瓦格纳整部戏其实都在象征和隐喻，故而背景的虚化与抽象才是对瓦格纳思想的追随。当然，我们无需与一个思想白痴谈论追随，否则他不会把瓦格纳《漂泊的荷兰人》阉割成廉价的“《泰坦尼克号》二世”，从此意义上说，这个人是一个不可饶恕的艺术罪人！

我之所以一再地表达自己对《漂泊的荷兰人》导演的愤怒，就在于他对结局的篡改，改掉的是瓦格纳思想或曰整部戏剧的思想精魂，而将《漂泊的荷兰人》置于庸俗的《泰坦尼克号》之列。这个自以为是的白痴满以为这最后一分钟的改动无伤大雅，可是将悲剧变为皆大欢喜的尾声，仅此一动，他就谋杀了瓦格纳的戏剧，因为艺术作品的魂魄常发生在结局，而这部《漂泊的荷兰人》从戏剧第一幕开始就在酝酿与铺垫这最后的足以振聋发聩的尾声。我甚至可以说，结局是这部戏的灵魂，甚至是瓦格纳思想的原则。

有人说，《漂泊的荷兰人》其实不是悲剧，此一说法让我震惊：一个被诅咒永世只能漂泊在海上的荷兰人，他不想屈服于命运的诅咒，而渴望脱离此岸去彼岸寻找能够忠诚于他的爱情，唯有寻找的获得，他才能脱离那个可怕的诅咒，从而逃离苦海，甚至避开死亡的诱惑。而在陆地上，一个美丽的姑娘心中一直响彻着一个关于传奇般的漂泊的荷兰人的歌曲，那歌曲中的漂泊者渴望获得救赎，救赎者来自可以停泊的岸上的一个姑娘的爱情。姑娘久久地迷恋着那个挂在墙上的漂泊者，（为什么这台戏中没出现这幅寓言般的画像？这又是导演的愚蠢）她渐渐地爱上了那个漂泊的荷兰人，坚信唯有她一人可以拯救那个漂泊的灵魂。命运终于将那个漂泊的荷兰人送入了她的怀抱，让她欣喜若狂——或许在她看来，那就是一次命运的恩赐。他们彼此有了神圣的承诺：荷兰人找到他一直寻找的忠诚的爱情，而那位女人则找到了她梦寐以求的爱情。他们定然以为，彼此因有了对方而得到了命运的拯救，从此那个可怕的诅咒将远离他们而去。

可命运对人的捉弄常常是始料不及且阴错阳差的。有一天荷兰人发现这位能够救赎他灵魂的女子被另一个男人所纠缠，（那其实是一位可怜的求爱者，女子始终在拒绝和摆脱他无休止的纠缠）误以为他心爱的女人、他的拯救者，背叛了忠诚，背叛了他们彼此间曾经的誓言，于是他再度认定他的宿命在海上，在那个被诅咒的命运之苦海中，唯能让他永恒的安生之所是死亡。巨大的海涛声淹没了那位可怜女子的呼唤和解释，漂泊的荷兰人又一次扬帆出海了，女子在万般无奈的绝望之下投身于波涛汹涌的大海之中，以殉情的方式来表达她对漂泊者至死不渝的坚贞爱情，而启航的漂泊者亦在巨浪的袭击下随船沉没。

这就是《漂泊的荷兰人》的故事，我们不难发现这一故事的结局之于这部伟大戏剧的思想所在——它清晰地指向了瓦格纳的虚无观，指向了瓦格纳关于人生的存在哲学，那时的他显然是一位带有强烈宿命感的悲观论者。

请问一旦改动了结局，还是瓦格纳吗？再请问，《漂泊的荷兰人》如不是悲剧那又是一部什么样的戏剧？

阿巴多：大师永恒

阿巴多大师真的走了吗？

携带着伴随他一生的艺术辉煌，驾鹤西去啦？

我难以相信。在我的心中——他属于永恒，无论是他那泰然自若的形象，还是他棒下的那些无与伦比的美妙旋律。

去年的一天，我的一位乐友转了一个音乐视频给我。他说，王老师，这个视频值得一看。

我是一位典型的音乐发烧友。了解我的朋友都知道，我还是一个从来不在电脑上聆听古典音乐的人，因为我对古典音乐发出的“声音”有一种近乎偏执的苛刻要求，必须在我自己的发烧级的音响系统上听才过瘾。而且，我一般亦不看古典音乐视频，因为怕影响了我的听力和注意力。

可我注意到了，在这个视频上标注的是阿巴多指挥的马勒第五交响曲。

我竟鬼使神差般地看了，如同一次使命的召唤。

也就在那一天，我第一次亲见了阿巴多在指挥台上指挥马勒第五交响曲的形象——这亦是我最喜欢的一首曲子。马勒之五交，整个作品似乎都在宣告有关人类命运的真相，告诉我们所遭遇和面临的世界性的精神危机。马勒的旋律是悲剧性的。我目不转睛地看着，听着，没过一会儿竟热泪盈眶了。

此前，马勒第五交响曲我聆听过无数次了，且听过不同指挥的各种版本，因为马勒是我的至爱。一般听下来我只会高度激动、亢奋，但从没流下热泪，但在那一天，在阿巴多指挥的视频版中，我竟然会潸然泪下！

当时我只被阿巴多及他指挥的旋律所吸引，还没来得及认真回味和追问我为什么竟会不自觉地流下眼泪，我只知道每当镜头转向指挥台上站立着的阿巴多时——他枯槁的形象及沧桑的表情，热血就会呼啦一下涌上心头。他明显是大病初愈，明显的体力不支了。

但我看到了什么——这位病弱体衰的老人，这位坚强的以艺术为生命的老人，在不停地有力地挥舞着他细长的手臂，目光炯炯有神，如同射出的一道道电光石火。在他的强大的精神感召下，管弦乐追随着他的手臂在波澜壮阔地回响着，蔓延着，激扬着，向着我们命运的深渊，发出了一声声的探问。我分明感受到了，从他的体内发出的，在音符中燃烧着的耀眼的火焰，竟是如此的壮怀激烈，血热衷肠；可我又分明知道这位令人景仰的老人，刚从癌症的死亡线上挣扎着走了出来，顽强地站在了他生命的艺术巅峰之上，用一首悲怆激昂的交响乐曲，向世人昭告着人的精神与生命的坚不可摧。

很难想象，电脑中发出的“声音”，是从一位苍老瘦弱的老人体内，传达出的精神能量；也很难想象，通过一个小小的电脑喇叭，竟也能将马勒之五交，如地火般熊熊地燃烧了起来。

在我看来这只能是一个奇迹，是一个人的精神所焕发出的不可思议的奇迹，否则根本无法作出解释——为什么我竟会听得热泪盈眶。

当音乐声戛然而止后，我沉默了很久，努力让自己从一种难抑的悲情状态中走出来。随后，我匆匆地写下我的感慨，并将此一视频做了一个微博的转发。过了一段时间，我收到了许多回帖，网友们纷纷说：王老师，我听着流泪了。

我知道阿巴多出身于意大利的艺术世家，而他的远祖曾是西班牙的一名非常著名的建筑大师。他八岁时跟随母亲学钢琴，后来一步步地走向了指挥的道路，而当指挥的这份理想，来自他十岁时偶然聆听了现代作曲家德彪西的三首夜曲，也是在那一刻，他为自己立下了誓言，有朝一日要站在指挥台上，亲自指挥这三首让他心仪的夜曲。

但阿巴多最初成名于钢琴，由此出发，他才能最终地成就了他心中的那个更远大的抱负：当上一名誉满全球的指挥家。

在他辉煌的指挥生涯中，成就竟如此傲人。他在世界顶级的一流剧院与乐团：米兰斯卡拉歌剧院、维也纳国家歌剧院、伦敦交响乐团、维也纳爱乐乐团、芝加哥交响乐团，或担任过音乐指导，或被聘为首席客座指挥，由此，亦不难见出他在世界乐坛上的至高地位。

1989 年，举世公认的“指挥皇帝”卡拉扬辞别人世，作为继任的候选者之一的阿巴多，被推举到了柏林爱乐音乐指导的至尊位置上。从此，这个在欧洲乃至世界上最负盛名的乐团，进入了阿巴多的时代；而这位见识渊博、温文尔雅的学者型指挥，继卡拉扬之后，亦不负众望地让柏林爱乐依然保持了世界一流水准。虽然在指挥风格上，他不似卡拉扬般有力拔山兮、整齐划一、一泻千里且锐不可当之凛然威仪；他显得更加雅致、纤细，但亦激情高昂，威风凛凛。柏林爱乐在他的掌控之下似多了一些过去我们所未曾见识过的歌唱性，那从管弦乐中流淌出的节奏，亦由此而有了行云流水、大河奔涌般的风采，他棒下的旋律充满了丰富的表情和呼吸感，听着会在不知不觉中被吸引，并由此而热血沸腾。

今天，这位我所高山仰止的老人，一位纯粹的艺术大师，就这么默然无声地离开了我们，我以此文来为他送别。

此刻，我心生悲恸，他的那个我记忆中的最后形象，仍不时地在我脑海中浮现。我怀念他。

又一位大师走了。如同我所见到的，他所指挥的马勒之五交所预言的那般，世界将陷入一片荒芜，因为它本身就是一个存在着的莽苍的荒原。

没有大师的日子，我们是孤独的。

人性悲剧：《乡村骑士》与《丑角》

“图里杜被杀死了！”

随着一声撕心裂肺的嘶喊，歌剧《乡村骑士》戛然而止了——它终止在了一个充满了悲剧感的死亡意象上。

无独有偶，歌剧《丑角》，仿若接踵而至般地让剧情终结在了死亡句点上。

中国大剧院从成立到现在，历经了多年的经验累积之后，他们从有步骤地引进人们耳熟能详的、极富商业元素的普契尼歌剧开始，引领着北京的观众，开始稳健地走向了瓦格纳与威尔第歌剧——我们依然可以说，这两位空前绝后的大师，对热爱歌剧的观众而言依然是如雷贯耳的；当我又看到了他们制作的意大利《乡村骑士》与《丑角》时，我不得不佩服他们眼界之高远了。

因为它们属于小众歌剧，但昨晚的国家大剧院歌剧场却人满为患，由此可见出北京的观众层次之高了。

无论《乡村骑士》还是《丑角》，主人公们不约而同地死于非命，均因了一个畸形的不伦之恋。或许，我们可以拿掉这个带有浓重的道德色彩的贬义词“不伦”与“畸形”，而用一个中性的词汇而论——他们均死于爱情，一种逸出常规伦理的特别的爱情。

很难想象它们竟会出自一台型制与规模颇小的歌剧，它们直接挑衅和颠覆了人们习以为常的道德观与爱情观，更让人惊叹的乃是，它们不仅仅是在述说一个奇异的爱情故事，而是以此作为一个必要的情节契机，向观者述说：究竟是因了什么缘由，让人性不可避免地步入了这样一种悲剧的命运？

因此，它们已然不再是一个普通的爱情故事了，它们成了事关人性的——人性中的隐秘、黑暗、暧昧以及不可索解的蛰伏在我们深处的谜语。

就此两剧而言，我认为若论音乐的造诣，马斯卡尼的《乡村骑士》显然完胜莱翁卡瓦洛的《丑角》；而就其文学性或曰剧作的巧思与深刻性，《丑角》又比《乡村骑士》高出一筹。

但它们堪称杰作，令人叹为观止的杰作。

故而，由它们所发出的关于人性的质疑与探问，在穿越了一个多世纪之后，今日观之，依然是那么地振聋发聩，发人深省。

倘若说，电影中有艺术电影与商业电影之别，文学有纯文学与通俗小说之区分，那么我们所看到的歌剧《乡村骑士》与《丑角》，毋庸置疑地隶属于小众化的纯艺术性的歌剧了，因为它们具备了一种主题导向上的纯粹性，即我所言的人性的思考与探索。

它们没有瓦格纳乐剧中极富传奇性与思想性的“妖魔鬼怪”，没有威尔第式的帝王将相与家国情怀，更没有普契尼式的缠绵悱恻的浪漫爱情；这一切被市场证明成功的戏剧元素，均被它们彻底地漠视与摒弃了，它们所要做的是“直面人生”或曰直面暧昧的隐晦的人性。

或许，这就是在它们诞生之后，西方的批评家们为什么要予以这类歌剧以这样的命名：真实主义。这一命名是恰如其分的，因为它们不粉饰，不矫情，不哗众取宠，而是将歌剧这一舞台剧种当作了人生启示的一个残酷的镜像，由此，观者从中看到了自己，看到了潜伏在我们每个人、人性幽暗处的趋向于本质的一面。

人性就其本性而言，无所谓善恶，就如同一个呱呱坠地后的婴儿，无论他如何地胡作非为，均是其人性之本质的裸露与展示，唯当一个人，与社会伦理发生关系时，人性的善恶才会接踵而至，由此才有了社会性的善恶评判。

我们看看这两部歌剧都向我们说了些什么?

《乡村骑士》叙述了一个叫作图里杜的男人，因早年外出，其深爱的情人洛拉早嫁给了一个令人羡慕的乡村马车夫，而彼时的图里杜，又与一位乡村姑娘有了性的关系，并承诺有朝一日娶她为妻——这仅为人物关系的背景，而此剧是带戏入场，上述关系已成既定事实。歌剧一开场，便是图里杜的现任情人桑图扎苦苦哀求图里杜继续爱她，因为她已为他丧失了贞操，而无颜再去教堂祈祷（她自认有罪，染有不洁之身）；图里杜最初否认，但私情被揭穿后，他执意要爱其旧日情人，桑图扎在苦劝无效后，万般无奈地将图里杜的偷情之举向洛拉早的丈夫告发了，由此而引来了一场决斗。马车夫手刃了图里杜，他就此一命呜呼，与此同时，目睹了这一幕的桑图扎嘶声惨叫了一声：图里杜被杀死了。

灯暗，幕终。

《丑角》表现的是几个走街串巷巡回剧团的丑角演员，来到了一个小镇，准备在当天晚上演出一场例行性的喜剧。他们的扮相是丑角式的，以这样一种表演方式为当地的镇民带来了祥和与欢乐。而就在这一天，剧团的掌门人之妻内达，趁着丈夫去酒馆喝酒，与情人幽会，相约着当晚演出后私奔；而在此前，她厌恶地拒绝了剧团另一丑角同事对她的放肆挑逗。

但她与情人的幽会被那个丑角同事发现了，他密告给了女人的丈夫——偷情的一幕就此而被窥破；但当晚的演出在即，女人的丈夫卡尼奥不得不隐忍着泪水与痛苦上演了他们预定中的喜剧，而这一剧又恰巧是一出女人出轨的喜剧。

在演出的过程中，他们很快各自入戏，现实与虚构开始混淆，真伪难辨了，以至看热闹的镇民们陶醉在了“真实”的情景中，误以为这亦是剧情的一部分。

在内达向丈夫表达了她对恋人坚贞不渝的爱情之后，悲痛欲绝的丈夫——那个化装成丑角的男人，终于忍无可忍地亲手杀死了他深爱的妻子。在他看来，这个女人是他从贫困交加沿街乞讨的路上领来的女人，他无法容忍她对他的背叛。

两部歌剧，就它们的剧情而论，几乎如出一辙，它们均将故事限定在一天的时间内，他们均设置了人物的“戏剧背景”（未曾在舞台上予以呈现，例如，那一对情人的前史）。显然，这一“前史”的未出场，人们均可以基于自己的人生经验与观察，而做出及时的必要的补充。

而这两出戏，只给出了由于不伦之恋所导致的悲剧性的结果。

假如它们仅向我们讲述一个故事，那么它们无非是在用一个极富戏剧性的剧情，满足观众的猎奇而已，但此剧真正的意图并非仅止于此。

一如我所言，创作者是意欲借助这一颇具“传奇”性的故事，向我们揭示人性的晦暗与无奈。

这其中存在着一个我们现实生活中不愿意或者没有意识到的人性悖谬：他们间的爱情是与非？这一切，在观剧之后似乎变得模糊不清了，甚至难下判断。

剧中的每个人，当他们处在我们人性探究的层面时，他们的行为选择似乎都存在着无可质疑性（情人间存在着足以可用生命相抵的热烈的爱情）——在这里，我们先不要忙着引入社会性的道德评判，因为这一意识的介入，容易遮蔽了我们人性中其实时时存在着的不可索解之谜，你可以无视它的存在，但你无法否定它始终在人的潜意识中蛰伏着，从人性角度看，它又是一种合乎人性欲望的存在。

艺术的纯正使命恰恰在这里蓦然显现了，它拨开笼罩在我们意识中的存在性的迷雾，从而让我们直面了何谓真实的人和人性，它并不作出是与非的社会性的道德判断。

艺术的真谛在于：呈现，但不要告诉。人性的存在，永远是一个谜，而我们的文学艺术正是因了这个始终未解的谜语之巨大诱惑，义无反顾地踏上了永劫不复的探索之路。

浮现的音符

这一段陆续入手了一堆宝贝——古典音乐唱片。每当我看见这批色彩绚丽而个性独具的唱片封面时，就有一种别人很难理解的幸福感，它让我彼时处在一种莫名的激荡中。

而平时的我，其实是一个落落寡欢的人，一个忧郁而喜欢孤独的人。

一开始不习惯，甚至多少患有了一丝只有我自知的抑郁症——那都是发生在当有一天，我突然从影视圈抽身退出，也就意味着，我从这个世上可能最浮华喧嚣中脱身之后。

毕竟有太长的时间浸淫在这种氛围里，尽管我觉得自己时时会警惕被环境所异化，被虚荣所俘获。我一直想成为一个具有独立人格的人，但环境之于一个人的影响，恐怕亦是在你不知不觉中发生的，只有当我激流勇退的那一刻开始，这种潜在的、不自知的影响，才会倏忽间显露出来，这时你才会发现，哦，原来你还是被改变了，你失去了清晰的自己，但你在此前却一无所知。

这多么可怕。我们需要被这个时代改造吗？或者说，与时俱进是一种值得赞赏的行为吗？

我以为不然。

但这种认知是在以后的岁月中发生的，或者说，是当我写下了我的一系列文学作品，以及聆听了许多与我的精神产生强烈共鸣的古典音乐后发生的，这种发生亦在不知不觉中接踵而至。

环境毁灭一个人，抑或造就一个人，都是在无声无息中发生的。

我们又该怎样去认识，自己在人生境遇中所发生的命运选择呢？

有句古老的训诫：忠言逆耳。小时常会听到老人在耳边的絮叨，由于涉世未深，所以不会凝然入心。唯当人生之苍茫、之复杂、之扑朔迷离的经历促使一个人走向成熟了，再回味这句朴实无华的谆谆教诲时，才会有一种深切的触动。

有时，一种成长，一种自我的认识，一种反省后的自我调整与改造，会发生在表面看来对自己的蓄意攻击中。这些发生中的攻击，有时会包裹在一片污言秽语中而令人难以忍受，唯当我们剥离开了这层侮辱性的语言外衣后，悉心体察其中的内核，会蓦然发现，其中蕴含着直视你人性之缺陷或弱点的真知灼见，这时的你，将会获得一个镜像，一个可以从中映照出自己面相的明镜，就如同一个人倘若没了以物质性而存在的镜子（可以映照一个人形象的水面、古代的铜镜亦可算作此类），你是无法确知自己长成什么“德性”的。有了这一清晰可见的自我形象后，人，一个有心之人，就会去刻意地“乔装打扮”——我指的是自我的形象塑造，这其中当然亦存在着一个人品质上的伪装、克制与自省（优点与缺点在此杂然混淆，但问题的关键在于，一个心智健全的人，面对自我镜像，将如何真实地对待自己的人生；于是一个人的人格在此浮现出它的不同面相）。在此自我识辨的过程中，“镜子”存在与否，将事关一个人会不会陷入无理性的自我放纵（这时的镜子是象征性的，也就是关系到一个人的行为举止是否会受到自我约束，而约束之所以能发生，乃在于他意识到一面镜子的存在性，于是接下来面临的是，你愿意在这面镜子中塑造一个怎样的自我形象。它们之间的关系是辩证而相互依存的）。

一个失去自制而自我放纵的人，在很大程度上失去了镜像参照，这就如同一个无限之权力失去了权力的有效制衡，而必然陷入疯狂，也必然导致权力的堕落，如同一个人无形之中坠入的堕落。

所以清醒的或曰觉醒了的人，总会寻找精神的拯救方式，这一方式的最终目的乃同于古希腊神庙上铭刻的那几个永恒的大字：认识你自己。

这恐怕是一个理想主义者在人生过程中漫长的仪式，他的领受恩典的精神洗礼。

写作于我的精神拯救不言而喻，它治愈了我的浅度抑郁，同时，它亦让我逐渐发现和认识了自己，以及我们置身的这个无限荒诞、荒谬的时代。这一过程于我不无痛苦，但又有一种获取了新生般的快乐。这一快乐别人难以体味——此时的创作者可能更加孤独了，更加与世隔绝（精神上的同盟者将寥若晨星，这是他无法抗拒的宿命）。

但他找到了自己，或者说找到了回家的路。

“家”，在此是一种形而上学意义上的存在体，意指一个人所向往的精神家园，他从此可能义无反顾地踏上了这条不无艰辛的崎岖之路，并不意味着他获得了一种心安理得的归家中的安逸。

不，这将意味着他此生都会处在一种“回家的路上”，即我们概言之的“在路上”。所以人生于他，永远是一个正在进行中的过程，目的地或目标是形而上的，如同柏拉图哲学中的善的理念。

音乐，准确地说古典音乐（“古典”一说不够准确，比如里盖蒂、亨策的作品能算作古典音乐吗？但他们属于从古典音乐这一血脉中延续下来的音乐，虽然反其道而行之，但他们的创作语境又是针对古典音乐的，我们就以此来区别于短命的昙花一现的流行音乐）。对我精神的影响深远而意义重大。它们成了我，一个孤独的理想主义者的精神对话者。它们虽然会以不同的面向呈现于我：巴赫、莫扎特、贝多芬、马勒、肖斯塔科维奇、里盖蒂与亨策，予以我的感受与启示亦大不同，但我愿意与它们进行心灵的对话，我愿意打破音乐教科书上的常规之诠释（比如某一乐章乃小步舞曲，或一乐章是葬礼进行曲等），而让音乐与我聆听时的心灵感受，发生直接的碰撞与共鸣，我将在这一即时发生中的，音乐撞击下的共鸣，进行必要的（或者说是情不自禁的）文字记录，其实这是一种对情感与心灵流向与反应的文字追踪，所有这些我随手发在微博上的关于音乐的感性文字，一般必然是与我正在聆听中的音乐即时性地发生关系的，一旦音乐中止，这些随着乐句、音符自动浮现的文字也就进入了休眠状态。

今天，一位乐侠与我交流，他在我的微博上说出了这么一段话：Symphony 这词源于希腊语，意思是“一起响”。在英语中 sym，是“连、和、共”等含义的前缀，phony 的含义是“声响”，合起来就是“一起响”，也就是交响乐。事实上，这个词最早就曾音译为“辛芳尼”。以后见到这个词儿只要望文生义就行啦。

他是在我向他询问“Symphony”的英语是指什么意思后，说出这番话的，但予我以强烈之震动。

因为我正在研读古希腊哲学思想（通过梯利的《西方哲学史》），激动之余，我回复如下：太有意思了，又是溯源于古希腊。彼地确实是西方文明的发源地，远在交响乐发明之前，词语已然备下，潜在地呼唤着交响乐形式的诞生。希腊文明太神奇了，你再瞧海德格尔的哲学，他的哲学关键词几乎都在追溯其词根——

在古希腊词语中的原始含义，由此推演存在（此在、彼在）的意义。古希腊，我爱你！

这又让我在感觉印象中，将我最喜欢的几位古典音乐作曲家，与我喜欢的哲学家的思想作了一番比较性嫁接，结果则令我诧异。

如果拿音乐与哲学进行逻辑的对应，它们在某些方面几乎趋近于同一，如：巴赫对应柏拉图，贝多芬对应黑格尔，马勒对应海德格尔，尼采与瓦格纳其实是两位一体，肖斯塔科维奇对应克尔凯郭尔或拉康，斯特拉文斯基对应鲍德里亚，里盖蒂、亨策则对应着解构主义者德里达。

很有趣，只是目前我还没找到音乐上的罗兰·巴尔特与福柯。也就是说，在我的感觉中，有些作曲家的音乐与哲学可以彼此呼应或印证，只不过一个是以感性的表达形式，另一个则是以理性的方式予以表述而已。

雷电交加的夜晚与马勒的“千人合唱”

从影院出来，坐上杨诉的车，从车库拐出奔往归途时，蓦见地面竟是阴湿的。正诧异间，又闻天空亦有雷声隆隆滚过，就像一个巨型的铁球在被人随意地摇动。

杨诉微惊：下雨啦？

我这才想起仿佛从哪儿见过说：今日有雷雨。只是一恍神竟给忘了。

我们在影院看的是美国大片《超级战舰》。

我向来不喜欢一人独自去影院看电影，凡看，总喜欢拽上一人。出门逛街亦如是，但凡一人在外，总有一种恍惚中的不安感，且有隐隐的羞涩，怕见生人。一般人是难以见出我的这个心理“症状”的，总以为我属于闲云野鹤般自由而无羁，亦算是江湖上的一号敢闯荡的人物了，殊不知人的心理亦如弗洛伊德所言，自幼而成；而这个所谓幼年的经验又铸造了他后来的人格、心理模式，所以一俟长大成人后，人之所见的行状多半是来自一种自我的掩饰，从此意义上说，成年后在他人看来的所谓“成熟”，并非克服了幼时的“经验”，而是学会了面具式的伪装而已。

是这样吗？是人，皆有伪装；如无伪装，这个貌似繁华清平的世界定然乱了套；而伪装从某种意义上说是为了生存之需要，将依附在身上的一些不适合或不适应现代社会的“本真”巧妙地掩饰起来，以便让自己更好地融入沸腾（亦凶险）的社会中去。

“适者生存”恐亦是此番意思了。

但本真的失却又带来了另一重个性危机，或许亦可称之为“现代性危机”，那就是“真”的丧失而“伪”的盛行，尤其是在一个虚伪狡诈的制度之下，它必然无限度地降低人的道德底线，繁衍并造就“伪人”乃至“滥人”。

真与伪的界标究竟该设于何处？这始终是我所困惑的一个形而上的问题，我亦无解，我所知道的是：“真”一旦遭遇“伪”的阻击，多半会败得惨不忍睹。但对“真”的界定自然也当有一个人性的尺度，即“真”与社会予人的限制之间确然有一个“度”，过“度”即为放纵，放纵过度自然对社会构成了潜在的危害。

但何为社会与人之间适当的“度”？

这事儿一直让我犯迷糊。

那雷电挟带的雨点噼啪落下，路灯下但见稀稀拉拉的路人撑着伞，匆匆而行，而在不远处的汽车站牌下，更多的人簇拥着引颈张望，神色焦急地等待着公交车的到来，他们中的多数人是无遮无挡的，显然事前没有防备这个猝然而来的暴雨，只好任凭雨点的袭扰而无可奈何。

很快就到我家附近了，杨诉的车将我撂下后，继续前行，很快就消失在了暗夜中，而我则在减弱下来的雨点中蹓蹓跶跶地向家中走去，竟觉在雨夜里能漫生出一种奇怪的情绪，而我渴望与这悄然滋生出的情绪产生一种响应式的共鸣。

那是什么？我竟然不知！

我只是觉得这场电影好像短暂地拯救了我心中的那个莫名的情绪，它一直让我郁郁寡欢，像是处在一种无以解脱的困境中。美国大片最让人佩服的是它的不由分说，观者在这个强势的“不由分说”中瞬间被打回到了无忧无虑的童年，“自我意识”瞬间失灵，观影过程中的忧喜哀乐则是随着电影中情节而延展、荡开，现实的烦恼与痛楚则在此一过程中被悄然地隐匿了——它只是暂时性的，而暂时亦属一种解脱。

我在公寓的院子里来回走了几圈，任凭雨点的滴答，一片片嫩绿的树叶在雨夜中沉入了深深的黛色，望去，有一点迷蒙。我竟幻想出它们的苍茫，就像置身在原始森林中，可这是城市，这是一片小小的园林。雨中的空气湿润而清新，闻着都让人感到了神清气爽。北京难得有这样的空气，这样的雨。

一道闪电从暗沉的天际中划过，接着传来几声闷闷的雷声，就像在预示着又一场暴雨的来临，我知道我不能在此久待了，但我还是想与这大自然蓦然显示出的严峻与暴烈有一种心灵默契。

雨点越来越大了，我只能返身向家中走去。回到屋里，我打开了我的音响装置，在肖斯塔科维奇与马勒的碟片中犹豫了一会儿，我该选择谁呢？他们两人的音乐都是我的至爱，是我反复聆听的，听他们的旋律，总会给予我一种神奇的感受。虽然他们迥然有异，一个悲壮激昂——马勒，一个沉郁而挣扎——肖斯塔科维奇，或许肖斯塔维奇更接近于我的内心世界，甚至我偶尔会出现幻觉，总觉得他抒发与表达的正是来自我内心的表白。

但我还是选择了马勒，他的《千人交响乐》。我真是觉得在这个雷电交加的雨夜，当千人的咏唱响起时，自会有一种激荡人心的豪情。马勒显然亦属一个悲观主义者，但与肖斯塔科维奇相较，他并没有那么的绝望，他的乐思更加地形而上，仿佛要像耶稣基督似的心甘情愿地背负起沉重的十字架，为堕落的人类赎罪，那亦是一种精神救赎了，所以他时常激昂，所以他的音乐基调是壮怀激烈的；而肖斯塔科维奇则不然，虽然他也是一个地地道道的悲观论者，但他更加深刻，亦更加绝望。倘然说在马勒的乐思中隐隐地还有一个上帝的存在，他竟以拯救者的面目呈现在自己的旋律中，激励着他发出高声的呐喊；那么肖斯塔科维奇则自觉地宣告“上帝已死”（他看过尼采的著作吗？还是他从自身的境遇出发，与尼采殊途同归了！），他的旋律中没有拯救者，如若要说有一个拯救者的存在，那定然是他为自己而作的音乐了（我从来没觉得他真的渴望与他人交流，对他人，他一定是极度失望的），倘然没了这音乐，他将会怎样度过那可怕的在极权统治下的人生？他太过于敏感了，以至你都能从他的旋律中感受到他那独有的神经质般的紧张与惊恐，或许正是这种紧张与惊恐强烈地吸引了我，并被我引为知己。

当马勒的“千人合唱”在这个特别的夜晚高昂地响起时，我感到了热血的沸腾，我庆幸我的选择，他的音乐在这个晚上伴着隆隆的雷声，伴着我一腔的热血，在我灵魂的上空骤然响起。

雷声、雨声，还有不时划过的电闪，通通湮没在了马勒的旋律中，不，并非湮没，而是那么和谐地融入了他的旋律中，成为他千人合唱的一个声部——一个难以置信的复调。

我享受着这一时刻，内心充满激动。

双峰并峙：贝多芬与肖斯塔科维奇

几天前，一位教电影的女教师在微博上告诉我，说她之所以能迷上肖斯塔科维奇，是因了我去年在网上没完没了地叨叨老肖的音乐。有一天，她的一位朋友送了她一张肖斯塔科维奇第五交响曲，结果一听让她惊为天人，从此与肖斯塔科维奇的音乐结下了不解之缘。

听完这个来自生活的真实的故事，让我太有一种快乐的成就感了。我在无意之中又培养了一个“肖迷”，还是一位女同胞，这可不多见。一般是男人一听老肖的音乐，立马疯癫走人了，他会觉得这种音乐是对他耳朵的冒犯，是一种不能忍受的可怕的噪声。

可是我这位陌生的乐友，女乐友（好像还蛮年轻）却一听即迷，这到底说明了什么？我相信她被迷倒定然与我的“叨叨”无关，我只是一个指路人，造化全在她个人。

我坚定地认为，能听进肖斯塔科维奇的人，才是一个能感悟今天时代的人，一个清醒的人，一个懂得现代音乐并富有现代情感的人。

我预言，在未来的音乐史中，除了巴赫的无可比拟的至高无上，以及莫扎特作为上帝之宠儿的天才之外，贝多芬与肖斯塔科维奇在音乐史的地位上必将双峰并峙。

他们之间的区别只在于：一个总在做梦——贝多芬，一个始终醒着——肖斯塔科维奇。

我相信会有人为此提出质疑：你把肖斯塔科维奇给并列且“双峰”了，那接下来的马勒、瓦格纳、斯特拉文斯基往哪个位置上搁呢?

别急，容我慢慢道来。马勒、瓦格纳、斯特拉文斯基必将紧随贝多芬与肖斯塔科维奇之后，属于二级梯队。这时又有人会问，布鲁克纳呢，他的位置又在何方?

我想，将布鲁克纳往巴赫那供着最为合适，他们都是与上帝对话的音乐家，少了烟火气息，但音乐足够伟大，布鲁克纳在音乐史的地位当然无法跟神一般的巴赫比，但他们属于一路人，都在寻找通往上帝之路，所以布鲁克纳属于排列在巴赫其后的一个人物。

在贝多芬、肖斯塔科维奇之后，再往下走就是西贝柳斯、理查·斯特劳斯、德沃夏克、巴托克一族，属于二梯队人选。由于这一梯队人物驳杂且繁多，这里就恕我不一一列举，但我要补充一句，有三个人物不可忽视，在我感觉中，他们仅排在一流之贝、肖之后，但又在西贝柳斯之流的前头，我命名其为准一流人选，此即：舒伯特、勃拉姆斯与威尔第——这仨人真的蛮伟大的。

在此文中，我对贝多芬与肖斯塔科维奇的双峰并峙之说，属于一个地位并列之评价，同时，我亦说到了他们音乐（也属创作意识、思想）之不同，老贝的音乐属性乃梦幻式的，寄以热情与理想的，所以无论他的音乐多么的“命运”或“英雄”，都是在人类的美梦中。而肖斯塔科维奇的音乐则与之截然相反，他的音乐基质始终是“醒着”的，犹如一个人大睁着双眼，嘴角交替地浮现出恐惧与嘲讽。

我以为，人类最终会从人造的虚幻的迷梦中醒来。那时，人们会蓦然发现，肖斯塔科维奇是多么深邃地先知先觉地洞见了人心的秘密，于是他的伟大将超越贝多芬，因为他更深刻且更接近真理——因为他始终在唤醒沉睡中的我们。

艺术，我在回望中寻找你真实的身影

在万籁俱寂的夜晚，一个身心疲惫的爱乐之人，是容易进入音乐世界中的，并让心灵在那个世界中得到栖息。随着旋律的骤然响起，就像是有一位天使从天而降，引领着处在现实的焦虑与困顿中的你，一步步地踏入音乐的殿堂，你在那一刻与这个纷扰的物质世界有了自然的间离，抽身而出，在精神的时空中随着旋律去遐想你愿意留恋的世界。

我的音乐世界与我暌违多时了，因为我的音响功放随着我的疯狂使用而对我表示“抗议”，停止了工作，于是，我暂且失去了我的另一个世界，这个“失去”让我痛苦难耐。

当恢复了功能的机器重新回到我的身边，那份欣喜油然而生。晚上，趁着夜深人静，我先静听了一会儿贝多芬，接着又听了会儿肖斯塔科维奇，然后——我事先有了一定的思想准备——由古典浪漫的老贝过渡到后浪漫的老肖，再到这位我已预感非常后现代的里盖蒂了。

据说，他是巴托克的“老乡”——巴托克是我喜爱的一位匈牙利作曲家。

可是我听到了什么呢？一段长长的没有丝毫变化的长音，而且这个音调并不是柔和适中的单音调；相反，它是刺激你神经的一个音符，很长，似乎在考验着人的耐受力。

我忍受不了，跳格，再听，还是长音，只是音阶的幅度变了一个声调，更加像是拖长的噪声了，再跳，一如既往……

我换了一张里盖蒂的 CD。终于有了一点小小的音阶变化，幅度不大，像是在故意给你一点小变化，引起你的注意，当你正要为之欣喜时，它又开始打击你的那点可怜的兴奋了，最终还是在它固执的噪声式的“骚扰”中对你发出不怀好意的“嘲笑”——那种揶揄般的表情并不显得善良。

这让我想起了斯特拉文斯基，一个同样有点神经质的反常规的怪异的作曲家。据说，他当年创作的《春之祭》惊世骇俗、石破天惊，故而在剧场首演时引起巨大的骚动，有人高声喊好，有人怒声抗议，于是酿成了音乐史上的一个传奇般的“事件”。

斯特拉文斯基的音乐亦是缺少耳熟能详的所谓“旋律”的，它的音乐亦仿若“噪声”，反常规反传统，充满了一种歇斯底里的怪调调。

但我头一次听到他的音乐时就被强烈吸引，并深感震撼。坦率地说，那时我根本不知此人乃何人，更别说他在音乐史上的至高地位了。我只是感到了一股巨大的电流般的冲击，让我在他音符的裹挟下顺流漂荡。于是我的脑海中产生了奇异的幻觉，像是回归到了原始的洪荒时代，我在苍莽的原始森林中与一群与我一般胼手胝足、赤身裸体的先民们举行图腾仪式，那是我们的种族无意识，这种意识不在世俗意义的时空中，也就是不在历史与时间中，它来自我们文化基因中原始的对神祇的崇拜，故而产生了最早的种族认同与文化认同，它确实是莽荒的，野蛮的，充满了一种野性的生命，但人类就是这么一步步从一无所有的过去走到了现代，但我们却在不经意间“遗忘”了这个“种族记忆”，可它在斯特拉文斯基的音乐中复活了，那激越刺耳的“音符”就像是神幡在召魂——召唤我们失去了富有原始活力与野性的生命之声。

先民们俯身跪拜在地，向苍天伸出无数的森林般的手臂，祈祷着神恩福祉，这就是我们曾有过的“历史”，曾有过的生命感悟与灵魂的悸动连接在一起的神圣体验，它是前宗教文化与意识。这个失落的被遗忘的记忆被斯特拉文斯基再度唤醒了，我真切地聆听到了我体内血液涨汩汩的沸腾声，还有我生命之流海啸般的澎湃。

我还记得在 20 世纪 80 年代的一个夜晚，我在电视机前看到了一台激动人心的晚会，晚会的名称似乎是叫：北京——波恩长城音乐之夜，那是一台中国与西德（当时两德尚未统一）联合制作的晚会。其他的节目我一概记不得了，我清晰地记得的是当晚会进行到一半时，宣布了下一个节目。主持人离去后，没过一会儿，一个牛仔打扮、穿着邋里邋遢、不修边幅、蓄着胡子、拿着一把大提琴的洋人出现了，脸上没有任何表情，他先支了一个巨大的画架，在上面用油彩胡涂乱抹一气，然后又将画好的油画搁在了地上，重新操起大提琴——一个出人意料的举动出现了，只见他一脸怒容地将大提琴高高举起，狠狠地砸在画布上。随着一声巨响，大提琴四分五裂、分崩离析、身首异处了，有的碎屑沾在了画布上。他还是面无表情地向人们展示了一下，转身潇洒地走人了。节目结束。

我当即震惊。身上感到一股热乎乎的血液在快速流淌，激动不已。那个“语境”让我始终难忘。时隔多年，当我自己成为一名文学家后，回想起这一幕，我终于明白我为什么会那么的热血沸腾了。

那台节目的舞美是富丽堂皇的，而且是央视从未见过的豪华阵容，（那台节目中方的女主持人叫李小斌，我相信她是我们这代人所见过的最漂亮、最具味道、最有高贵感的女主持人，至今无人可以取代）在那么一个令人炫目、载歌载舞的舞台上，突然插了这么一个看上去不伦不类、非驴非马的节目究竟意欲何为？（顺带说一句，我们完全可以设想，当年的思想解放是如何的开明，这种节目即使放在当下，央视屏幕上出现这样的节目也是不可思议的，八十年代，那是一个多么可爱的令人缅怀的年代呵。）

当时我并不知道有一种艺术叫“行为艺术”，而那个流浪汉般的砸琴者显然在这个舞台上完成了一次行为艺术。他用一个暴烈激进的行为，在那样一种特殊的“语境”之下对“艺术”概念本身进行了一次质疑般的破坏，而它的完成又必须是在一种富丽堂皇的氛围与语境下完成（粗鄙与堂皇，直率与虚饰构成了两种截然不同的艺术行为的强烈对比），否则它的反叛之举将失去“对象”而意义丧失、无所依归。那位行为艺术家的穿着与行为都是粗俗且不讲理的，他击碎了我们习以为常的关于高雅艺术的概念，而让一个长期被遮蔽的艺术行为通过他的粗暴之举得以显现，于是这种看上去貌似反艺术的行为完成了一次蜕变式的艺术革命——一个新的艺术理念从此横空出世——砸琴就是宣告这种艺术诞生的仪式。

它依然曲折地通往人的生命体验，这才是艺术的根基，缺少了它，艺术将不复存在。

我还想起了八十年代在《外国文艺》上看到的一则小消息，篇幅不大但给我的印象至深，在一个个衣冠楚楚的爱乐者们纷沓而至的音乐厅里，著名的梅西安出场了——事先，他的作品被告知为《四分之X秒》。此人稳稳地端坐在大钢琴前，观者亦屏息静气，等待着梅西安的演奏，可他始终凝然不动，一直到曲子结束的时间到来时，他起身了，他走了，留下的是观众的一片茫然与不解。此事件亦成为媒体热炒的焦点，以至成为音乐史上的另一则传奇。

在我看来，梅西安此举的意义与那位砸琴者如出一辙，同为充满反叛性的行为艺术，亦属对传统艺术“语境”的一种“恶意”的颠覆与破坏。但我那一次发现了所谓行为艺术的一个潜在特征，即，现场的观者是不堪忍受这种非礼之举的，它的意义其实是衍生的，由后续的媒体热炒构成了一个艺术性的解构与重构。因此，领略这种艺术不能仅仅欣赏它的“现场性”——那可能会令人失望地昏昏欲睡，而须在事后通过媒体传导的信息读解来体验与感悟。真真有点奇妙。

我不得不回到里盖蒂，它的音乐说明了什么？意义何在？

我能清楚地知道此人的音乐似乎是属于学院内的，他显然违反了一般意义上的关于音乐的概念，独辟蹊径地开拓了一条实验与探索之路，就其精神而言无可挑剔，但回到音乐本身，除了那些“好事者”唯恐落伍的“先锋批评家”（我在八十年代也曾被文坛冠以此名）之外，他的音乐是不是已然远离了音乐艺术的根本？顺着这个疑问，我写下了一系列的感受：

听了里盖蒂的音乐，让我反思现代派以降的艺术革命的后果——它究竟是在破坏还是在重建一种艺术形式？它激进的艺术颠覆又为艺术自身带来了什么样的影响？当艺术远离它的本源，以实验和探索的名义肆无忌惮时，它摧毁的是不是正是艺术得以千古流传的根基？艺术的反叛似乎走得太远了！

我忽然感到了疲惫和心累，就先写点感想吧。长篇的反思与随想留待来日，但这次对里盖蒂的聆听确实让我想起了许多我个人的艺术人生。八十年代我狂热地追随现代主义，赞同任何对传统的反叛，无论它采用何种形式，凡非传统的一律欢欣鼓舞，并为之激动不已。但现在我突然有了一种深刻的回眸与自省。

随后，我开始了我心灵的追问：

“新”是不是就意味着好？追问的意义存在于我们的潜意识中，我们几乎潜在地以为凡新皆好，于是唯“新”是举，结果艺术也像流行色及新潮时尚似的追逐着新奇，而非纯正的思想和精神。当艺术只知哗众取宠而标新立异时，其实它只属时尚和流行（趋利行为），而非超功利的纯粹艺术。艺术的反叛只能是对人类自身堕落的反叛，同时亦是对原始的先民之声的回归，而非故弄玄虚。

我现在越来越觉得“现实主义”的参天大树的巍峨高耸，牢不可破，而后续诞生的现代主义、后现代主义固然有其产生的土壤与探索的必要，但最终，它们实验式的技巧与方法经过时间筛选后，都会点点滴滴地融入现实主义的洪流中，并被它所消化，到那时，现实主义的概念将被重新修正与改写，但它对心灵的抒写与发现，以及对人性、生命、命运的追踪，刻画，描述，关怀与引领将是亘古不变的使命。

肖斯塔科维奇：癫僧与愤青

聆乐于我，是日常文化生活中的一个重要内容；但我的聆乐习惯乃是盲听，亦即在无需了解作曲家与曲目之历史由来的背景下，仅凭听觉去捕捉音乐旋律中所荡漾的思绪，这种习惯一直贯穿我的聆乐生涯。我知道这样不好，一个纯正的爱乐者除了聆乐之外，理当去了解作曲家的背景资料，这样才能相对全面完整地了解作曲家之音乐缘何而生。但每个人习惯都是独立自主的，就如同我不爱读名人传记一样，我只相信直觉，以直觉抵达作曲家或一部音乐作品乐思的核心，或许它是被曲解、被误读的——那又有什么关系呢？汲取精神营养的方式当因人而异，我的方式便是在一无所知的前提下，仅任直觉与想象自由地感悟和发现被给予的精神启示。

我的古典音乐生涯是受肖斯塔科维奇之第五交响乐的启发而始的，彼时，这个人的名字我依稀有所耳闻，只略知此人乃苏联作曲家，至于他的经历则一无所知。我只记得那天肖五响起时，我像被电击一般震撼了，我完全无法想象所谓的古典音乐竟然如是，一点也不陈腐与传统（那时我还是一反传统的急先锋，鄙视与拒斥所有与传统有关的艺术，我只听摇滚与重金属），充满了来自人生的沉重与压抑，以及尖锐的挣扎与嘶喊。从那天起，我记住了这位作曲家的名字，从那天起，我开始了我的古典音乐之聆听生涯，自此从未中断。我不再聆听流行性的音乐了，一头扎进了古典音乐。十多年来，我几乎听遍了古典音乐中最重要的作品，但最后发现，肖斯塔科维奇之音乐仍是我最爱。即便如此，我还是没有查阅关于老肖这个人的背景资料，但我喜欢听乐友们偶尔津津乐道地谈及他，而我听到的关于这个人的经历，又恰好与我听其音乐的感受如出一辙。

我只是在五年前的一个春节，万般无聊地读了我早就有的，肖斯塔科维奇为世人留下的唯一一部“回忆录”——《见证》。这次阅读，让我一下子更加明了他的音乐思想，以及他在音乐中用如此诡异的旋律曲折表达的心灵“密语”，或者说他隐藏的思想“密码”。这是在血腥的极权统治下迫不得已的一种表达方式，亦可谓之“春秋笔法”，但正是因了此一不得已而为之的表达方式，拯救了一个人的精神生命，亦由此而成就了肖氏独一无二的音乐，让他成为作曲家中的一个异乎寻常的“另类”——因了对极权的恐惧、战栗，以及对这种不由自主的恐惧、战栗的警觉与抗争，让他无形之中触及到了命运与人性的深渊之最底部。正是因为此，他的音乐已然不再仅仅是关于政治话语了，亦即不仅仅是关于那个特殊的年代，它已然抽象为一种具有普遍意义的，形而上的，关于人类必须面对的命运苦难，以及人性之觉醒与挣扎。

在肖斯塔科维奇的十五部交响曲中，我最喜欢的无疑是肖五与肖十，其次肖一、四、六、十一、十三、十四，而他最好听的肖七、肖八、肖九（所谓战争三部曲），我恰恰认为在他的作品系列中是最弱的。若有人问我，它们弱在哪？我会告诉问者，很简单，老肖的作品最具魅力之处，就在他乐思的诡异与隐晦，那种欲说还休，那种曲里拐弯，那种被禁止表达而又必须表达后的隐忍与神经质——也即一种我所谓的精神痉挛，他以他的音乐“复原了”俄罗斯东正教中一个著名的苦行僧之形象——“癫僧”，即“装疯卖傻”，用国人之语便是揣着明白装糊涂，这便使得他的音乐充满了我所言之的“心灵密码”，破解此一密码的唯一方式，便是聆听者与他同命相惜，以一己之感受，去抵达他欲言又止的“隐衷”与“密语”。这一隐衷与密语是来自这个人心灵深处的巨大痛苦，一如黑暗的深渊，密不透风，深不见底，亦不见一丝阳光，这不就是我们每个人必然会遭逢的最真实的人生与命运之真相吗？

这些天，我偶读了《爱乐》杂志，其中谈及了肖斯塔科维奇第七交响乐的诞生始末。

肖七，是老肖在特殊的战争环境下——他的家乡列宁格勒（今圣彼得堡）被德军围困长达一年多之久——写下了这部震撼世界乐坛的交响乐，让他一举成名，在其中，貌似拉威尔《波莱罗》之旋律被反复了十二次，并被人们津津乐道为“纳粹入侵的脚步声”；从聆听效果上它的确是“好听”的，亦有一种出其不意之惊人之效。但我则不以为然。并非这首交响乐不好，老肖的作品几乎无一首不好，哪怕是他的“受命”之小品，亦是令人惊奇的。我只是以为，当老肖“借道”于纳粹之入侵，终于可以一展胸臆、痛快淋漓时，突然丧失了他独有的魅力，也就是说，他往昔一以贯之的“密语”（以肖五为最）被强悍的直线表达所取代；与此同时，以往丰富的隐晦的“癫僧式”的音乐语汇被削弱了，甚至隐而不见了，代之而来的是肖乐自身的音乐特征被无形中改变了。一切都被浅表化了，我们很难在此听到那种独有的心灵呻吟与呼号，乃至徒劳的挣脱与撕心裂肺。

我倾向于相信老肖关于肖七的自我解读：它不是关于纳粹入侵的，它是关于对斯大林暴政的控诉。战争的特殊环境给予了他一种发泄的机会和可能，于是他将愤怒一泻千里了。正是因了这个一泻千里，沉思型之老肖摇身一变成了“愤青”形象，他不再是那个我们所熟悉的“癫僧”老肖了，他的那种耐人寻味变得一目了然。

由此我们可以不难见出，一旦思想被“愤怒”所淹没，思想的深度也将随之而丧失。好的思想总是隐在暗处，唯在极端痛苦的忍耐中，它才会生长出富有深度的内涵与蕴意，而肖七正因了这一忍耐的失去，急于操枪上阵，让老肖失却了自己独有的音乐品格。

最有力量的思想不是那颗射出的子弹，而是引而不发的蓄势待发。肖七让我感到了些许的遗憾，虽然我依旧会喜欢它，但我总觉得它不是老肖最好的“癫僧式”的表达方式。

我说了，我最喜欢的是他的肖五与肖十。

与乐同在的清晨

没想到今天能见到秋阳，他想。当他清晨拉开窗帘时，他的心呼啦一下地亮堂了起来。

雾霾散去了，他又能见到远处的西山了——那座雄峙在远方的山，在淡淡的晨光中露出了它清晰的剪影。他知道，今天，它将会迎来秋阳，迎来一个晴朗的天空。

秋天就像一首多韵繁复的诗。他想，有时是凄清孤冷的，有时又是妩媚而抒情的，而所有的这一切诗意的感知都缘自阳光是否高悬在天。人常说秋天是一个令人多愁善感的季节，好像也不尽然，就像现在，这个阳光明媚的清晨，它就是一首令人感到欣悦与抚慰的诗了。

他迅速打开了所有的窗户，一阵微风吹了进来，他没有感到丝毫的冷冽，他感到的是惬意，舒心的惬意。昨天一天没开窗了，他想，整整一天，他也一天没出门。当他想起昨天被雾霾笼罩的可怕情景时，心竟会战栗。那就像是世界末日，他在昨天的一篇文章中写到。他还真是这么想的，如果那时发生了任何不可抗拒的灾难，他不会感到奇怪，因为天象已在预示。

他以一成不变的规律煮了一个鸡蛋，热了一杯牛奶，然后开始看微博。他见到了乐友的留言，这让他感到了快乐，他还见到了有人跟他讨论康德哲学中的物自体。

真好，他想，他喜欢这样一种只有在网络时代才可能享有的交流方式，大家彼此并不真正的认识，只是在网上萍水相逢，结果成了知己般的朋友，可以自由交流着各自感兴趣的话题。

鬼使神差般的他听起了斯特拉文斯基的《彼得鲁什卡》。或许是因为看了乐友的一篇文章提及，让他忽然想听了？或许是今天的阳光让他觉得只有这首曲子能呼应他内心里悄然滋生的一种隐秘的情愫？他一边喝着咖啡，抽着烟，一边静静地聆听着。

他知道，再过一会儿，那个他熟悉的旋律就会出现了，一想到这，他竟自激动了起来。

他站了起来，走到了窗前，瞭望着远山映衬在天边的起伏的剪影——他是那么地喜欢那座遥远的山，他也不知道出自什么原因，只要看见它，内心就会涌荡出一种悲情，一种豪迈，当然，有时也是苍凉孤冷的。他觉得那山，在不知不觉中成了他的一种情感符号，或者说是一种寄托，让他触景生情，每每心潮起伏，感慨万千。

为什么这么地多愁善感呢？他问自己。没有答案，他知道不可能会有答案，但他还是忍不住地一次次地问自己，自己的内心，那个隐蔽的不会向人道及的内心。

就在这时那个熟悉的旋律如期而至了，在一片典型的斯特拉文斯基貌似嘈杂、尖锐、不谐和音的怪诞音符中，突然犹如从天而降般悠悠地飘过了一个极优美、和谐、匀称而又规整的旋律，那么美，一种古典优雅的极致的美，美得像一道雨后的彩虹，在你眼前突然闪现。

他流下了眼泪。他知道他会这样的，这样的潸然泪下，他抗拒不了这支旋律对他内心的侵入，他完全无法设防，只要这个旋律响起，他就觉得自己被旋律渗透了，流淌在脉管中的血液幻化成了一个个飘飞的音符，组成了一个让他心动不已的旋律，这旋律就是他正在听的——它已然不再是斯特拉文斯基的旋律了，它分明就是自己体内的血液流淌出的旋律。

他觉得此时他的心，他的那颗平时隐藏起来、从不轻易示人的心，开始敞开了，融化了。就像一夜的春风融化了凝结的坚冰，就像春暖大地，万物复苏，也像那窗外灿烂的秋阳，还有湛蓝湛蓝的天穹。他觉得只有此时此刻自己的心是柔软的，柔软到连自己都感到了些许的陌生。

他也不知道这旋律中，怎么就仿佛轻裹着一层神秘而明媚的忧伤，他觉得这份忧伤必须加上一个修饰语：明媚。因为它是洁净而高贵的，它就蛰伏在他的内心最隐秘处，这时被唤醒了，从沉重的冬眠中醒转了过来，让那一束耀眼的阳光照耀着它。人生不仅仅是攫取，占有，还有的是奉献、成全与牺牲，那就是告别了，一种深情的不无怅然的告别。他感到自己的心在隐隐作痛，但他珍惜这种痛，他相信这种痛亦是诗意的，因为它饱满，因为它丰沛，因为它充实，因为它能给予他力量与勇气。

他当然知道这其实是一种绵绵无尽的思念，一种无望的期待，他正是带着这样一种期待，一种无望的期待，走向了他苍茫的人生。

优美的旋律很快被一种粗粝而野蛮般的声响给击破了，曲调开始转化，又是那么的尖利刺耳，就像是撒旦在施展着他的魔力，击碎人心中的那份美好、那份期盼；但没过多久，那个旋律，那个让他心动不已的旋律，在经过一番挣扎与抗争之后，又一次响起了，他的心，又一次地追随着这个激扬、忧伤的旋律，飘荡在了阳光普照的蓝天之上。

他感动着，热泪盈眶。

澄澈的阳光越升越高了。

爱乐者

当我拨通他的电话时，隔着马路，见对面的路边上站着一人，正操起电话接听。我知道这就是我要见的那位爱乐者了。

他与我相识在微博上。有一次他给我发私信，告诉我喜欢看我的音乐短评，问我是否几天后会去广州看《茶花女》，他说他认识我的好朋友刘雪枫，希望在广州能见到我。他还说，他是一个时常会飞往各地看音乐现场的爱乐者。

可那次的广州之行我们不巧擦肩而过，我到，他走。然后他又私信我，过一段日子会来北京看威尔第的歌剧，还是希望能见我一面。我答应了。

我一直很好奇，这些传说中为了听音乐飞来飞去的都是些什么人？一个人痴迷于古典音乐到这种程度究竟为了什么？迄今为止我还没有遇见过这样的人物，但他们在我的心中有一个特别让我尊敬的位置，与他们相较，我觉得自己还真称不上是一位地道的爱乐者，我不过是有点发烧而已。

所以，当我今天接到他发来的私信，约我见面时，毫不犹豫地答应了。

他站在我的面前了。

斯斯文文的一个人，显得清瘦，戴着一副近视眼镜，头上压着一顶棒球帽，帽檐的两侧可见丝丝缕缕的白发。

我们好像很熟了，握了握手，开始向前走去。

你来看什么歌剧？我问。

他笑了。哦，威尔第的，先看三部，《假面舞会》《茶花女》《流浪艺人》，主要是想看他的《法斯塔尔》。既然人都来了，就干脆多看几部吧。他轻松地说。

我们还在走着，经过了朝阳公园西门，再往前就是我计划去喝杯咖啡的餐厅了。这时的阳光明晃晃的，我忽然灵机一动，我们是去公园里坐坐，还是直接去餐厅？我问。

此刻是午后的近 2 点，阳光正斜斜地照射了过来。

去公园坐吧，他微笑地说。

我们走了进去。静悄悄的，路上没人，路边的树木树叶泛黄了，但还显得挺茂盛，地面上落满了残枝败叶。已近深秋时节了。

其实我最早是看了你的小说的，他忽然说。

我一愣，偏脸看向他。

《六六年》，他说，我在书店看到的，对那个年代我特别感兴趣，一看书名我就知道是写那个年代的了。

我没说话，我很想听听他将会怎么说我的小说。

你知道吗？他接着说，我最喜欢的一段不是描写武斗的，是写若若与陆小波吃汤圆的那一段。

吃汤圆？哪一段？我追问。

是他们俩又一次去找那个卖汤圆的阿姨，阿姨的摊子已被砸了，阿姨把他们请到了自己的窝棚里，专为他们做了一碗汤圆。看到这里时，我的眼泪就控制不住地流下来了。感动，是触动内心最柔软处的那种感动。

我的心也跟着热了一下。但我什么都没说，只是“哦”了一声，同时在琢磨，他为什么会对那一段情节感同身受？

我对小时候“文革”发生过的情节记忆很深，那些打人斗人的事看得挺多的，所以不新鲜；而若若与陆小波的那一段是写人性温暖和善良的一面，所以感动了我。他真诚地说。

我明白了。

我们沿着湖边走了一段，远远地见在环湖的另一头，正好被西斜的阳光笼罩着，阳光下有几条石椅。我说，我们去那坐坐吧。

我们来到了一个长条石椅边，旁边的石椅上坐着一个老人，眯缝着眼，半仰在石椅上，晒着太阳，两膝间还夹了一个拐杖。再远处，有几个人在湖边垂钓，还有用网捞鱼的人。秋阳暖洋洋的，显得无精打采，就像斜在座椅上的那位老人。他眼睛还是眯缝着。

我们坐下了。

看完了你的《六六年》，我又去买来了你的另一部小说《遇》。他说，我很喜欢，很真实，像我这个五十多岁的人，已经没有爱情了，看完了都有一种激情般的冲动，想起了爱情。你写的跟别人都不一样，而且你还写到了音乐。

我笑了一下，继续听他说。

我喜欢《遇》的程度超过你的《六六年》。1966 年是我们经历的岁月，但《遇》能唤起爱情。

你的评价与我的好朋友李保田一模一样，其实，我自己心里特别明白，《六六年》从文学上意义说，不知比《遇》要好多少倍，但我尊重别人的看法。我说。

我当时也没想到会认识你，直到有一天，我不知从哪儿看到了有人转来你的微博，我就去你那看了一眼，发现你也喜欢古典音乐。我也喜欢肖斯塔科维奇和马勒，他说。

你喜欢肖斯塔科维奇的哪个版本？我问。

哦，我有他和马勒的十几个版本，你喜欢的杨颂斯指挥的版本我也有，他说。

杨颂斯的版本真好！我说，这是我听过的最好的版本，还有罗日杰罗维斯基——但我只听过他的肖十与肖十一，也非常好。

我没有他的版本，他说，苏联的我只有康德拉辛的。他停顿了一下说，其实肖斯塔科维奇最好的音乐是他的弦乐四重奏。

是的，更微妙一些，我也喜欢。我说，但我还是更喜欢他的交响乐，同样微妙复杂。老肖的音乐都像是在自言自语，这与我的文学表达挺像。他其实只是在对自己说，哲学上像克尔凯郭尔，文学上像卡夫卡——卡夫卡临死前之所以要求家人烧了他的手稿，我相信是他不相信别人能看懂他在说什么，因为那些话他是对自己说的。老肖也是，能听懂的人一定只能是他的知音。我说。

许多人都说肖斯塔科维奇的音乐与苏联的黑暗有关，我觉得这是对他的曲解，他不仅仅是这些。他说。

我赞同，我说，老肖是在那样一个恐怖的专制暴政之下挣扎，时刻面临着死亡的威胁，这是他的生存境遇，也是他的音乐之所以如此的一个源头；但老肖的伟大是他能将这份苦难提升到一个形而上的命运高度，以及人性深度，于是他的音乐超越了一般意义上的只具特殊性的所谓对苏联黑暗体制的控诉。

我也觉得他的音乐是关于命运的，如果只说他的音乐与当时的苏联有关，就把他说小了。他认真地说。

所以他的音乐中有一种神经质的东西，还有一种精神性的痉挛感。我说。

我们又谈起了杰捷耶夫指挥下的肖斯塔科维奇，我说这位被国人称为“姐夫”的指挥，他棒下的老肖是好听的，少了老肖的悲郁，但多了动人的剧场性。

是戏剧性。他说。

对，戏剧性，我说，你的这个形容准确，我还一直想找一个词来形容呢，我相信会有更多人喜欢他演绎下的老肖，好听啊！

他又说起了他经常会飞往不同的地点去听现场，比如上海、广州，乃至香港。

你是做什么的？我问。

工人，他淡淡地说。

什么工种？我有些吃惊。

轧钢厂，是要上班的工人。但我为了争取有自己更多的时间，我有意调整到了倒夜班。

我听了心里有些小沉重，他的职业是我事先没能想到的。

哦，那你这样一来在音乐上消费很大喽？我问。

在聊天中，我还知道他买下了大量的正版CD。他甚至说，我的音乐系统不好，我知道仿版与正版在我的机器里听区别不大，但我还是从心理上觉得要听正版。

仅此一点，他比我高尚。

我一年要拿出一笔钱来去各地听音乐现场，你不知道，从预期听这场音乐——一般是几个月前就开始筹划了，因为我要留出这笔钱，到最后去现场聆听，那种幸福感——他突然兴奋地说——很难形容，这么说吧，是一种神圣感。

说时，他的脸上果然流露出一种幸福。

我在武汉有一个小团体，都是些爱好古典音乐的人，其中还有许多是“80后”，我们一个月聚会一次。我不会弹钢琴，但我们中间有人会弹，我就专门买了一架钢琴放家里，这样他们来了就可以有人弹了，我们的聚会不仅是聊音乐，还是一场音乐会呢。他快乐地说。

他们都是做什么的？我问。

哦，有医生，大学老师，还有社会研究院的，其中有好几个人是“80后”。他说。

我真羡慕你们，我说，有这么一个小团体，可以聊聊音乐，北京没有这种圈子，否则我真想加入。

有，他笑着说，北京有，主要是你不出门，不了解，北京很多爱乐人，像我这样到处飞，听现场的就时常能遇见北京、上海来的爱乐者，常见，脸熟了就认识了，所以这几个地儿我都有爱乐的朋友。

你听现场是先在网上订好票吗？我说。

没有，来了再说。他说。

那万一没票了呢？我说。

不可能，他笑说，总有办法买到票，大不了从黄牛手上买，反正能进去，《法斯塔尔》几个月前就没票了，到那天时我再想办法吧，他淡定地说。

在我听来，这有点不可思议，居然没事先订票，人就飞来了，万一落空呢？这不白跑了吗？如是我，好像就没这种激情。

你们才是真正的爱乐者，我由衷地说。

我们又聊起了瓦格纳，他说，他一开始根本没注意瓦格纳，是有一次偶然看到刘雪枫的一篇文章，这才开始留意瓦格纳的，后来欧洲一家歌剧院来上海演全套的《尼伯龙根的指环》，他专飞了一趟上海，连听了四个晚上，每晚四个小时。

跟中毒了似的，回到家，人一下子就瘫了，太累了。他笑说。后来，他又专门飞了一趟香港，听了一场瓦格纳的《特里斯坦与伊索尔德》。

瓦格纳的音乐太具野心，也太欲望了。我说。

我觉得这个人挺邪恶的，我说给朋友们听，他们都不相信，他说。他音乐中的那种高度的欲望，甚至让人有一种做爱高潮的感觉，充满了邪恶。我有他七八套全集版本，但我最喜欢的是卡拉扬版的《指环》，是室内演出，但演绎得好，很有层次感，索尔蒂的版本太讲究戏剧性了，对内心发掘得不够。

我也喜欢卡拉扬版，细腻而深邃，我说，必须承认瓦格纳是个天才，虽然我不喜欢这个人，他的权力欲望太强，太想征服和占有一切。

他还向我推荐了一位指挥的马勒版，他说，我有十几套马勒，只有他指挥的马勒是最特别的，在沉重的悲剧中，有一道阳光照射了进来。

马勒对人生是充满绝望的，我说。

所以这个指挥的马勒就与众不同，他有阳光，你应当听听。他还说他喜欢勃拉姆斯。

你觉得哪个版本更好呢？我问。

我觉得汪德的，还有伯姆的版本都不错，你可以听听。

我说，我只喜欢他的小协与大小提双协。他的交响乐，我还没有更深的体会。

他告诉我说，如果要他排列喜欢的前五名作曲家，将分别是：贝多芬、巴赫、莫扎特、马勒、肖斯塔科维奇。

后来听了瓦格纳，他也应该是我喜欢的作曲家之一。他又说，你应该也去听听现场，感受会很不一样。他劝说我。

我知道，我说，但我这人不喜欢出门，更不喜欢出现在陌生的人群中，没办法。除非有好朋友同行，否则，我一般不会去现场，一人在家听唱片也挺好，可以细细体味。

太阳快落山了，我问他歌剧晚上几点开演？他告诉我 7 点半，我说我们该走了，找家餐厅先吃个饭再说。

我请他在公园旁边的越南餐厅吃了一顿便餐，然后送他到了路口。

我们以后多交流，临分手时，我说，今天聊得真愉快。

我们握了握手，他快步离去了。

太阳彻底沉没在了大地深处，天色向晚。

第五部分

我想知道自己灵魂的样子

我感恩我的文字，我甚至认为文字让我获得了最终的救赎，因为它一次次对我进行精神的洗礼，如一面透亮的镜面；我与我的文字构成了最具典型意义的镜像关系，在这个彼此的映照中，我探到了平时几乎无法知晓的那个自己。

《史记》：季札的选择

《史记与司马迁：我的感动》一文，是我偶然所得。以我本意，那天起意动笔乃是为了以下之文，竟未料到一旦落笔抒怀居然偏离了本意成就了“我的感动”；后想曲笔绕回，却发现已然差之千里，于是将错就错了。

读《史记》或许是我的一份宿命，我终将遭遇它对我灵魂的审视，虽其距我已两千多年之久，然其血性中的浩然正义，昭然我心。

在我看来，中国正宗的史书一再地延续着我们文化中两条精神支脉（而古人闲情逸趣的笔记却又隐隐然地昭示着中华文化的另一“命脉”——老庄之风，其中，偶尔也会融入“佛”的义理），即权谋与忠义。

我讨厌权谋，乃至阅尽人世沧桑后仍不懂权谋何故如此诱人，竟使无数英雄竞折腰？此仅为中国传统文化之一支脉，另一支脉是我最感兴趣的，这便是忠义。

忠义于今已成绝响，它甚至被视为一个可被质疑的信念和信仰，天下已如此荒谬，中华精神中的忠义亦只能在古书中仰天长叹了！

在写完了三皇五帝、秦皇汉武之后，司马迁便从“本记”（为帝王一级特设的“专栏”。但项羽非帝，又是与刘邦争天下的败将，却在太史公笔下列项帝位，可见太史公的史观）转向了“世家”。

“世家”首篇便是《吴太伯世家》，说的是春秋战国时期的“吴国”。世家是太史公为诸侯国的“历史”而设立的，这章中涉猎了诸代吴王的历史变迁，且多有权谋诡诈，我了无兴致，让我的血性为之一热的是世家之子季札。

历史上倘若没有了“卧薪尝胆”的典故，没有了吴王夫差与越王勾践的那一番明争暗斗，普通百姓恐怕还不太会了解历史上这个以吴国命名的诸侯国。吴国因吴王夫差的胜与败而闻名于世，他成了这个国家的一个表意符号。可是历史的有趣在于除了纯粹的王侯将相，还有另外一类人——吴国的季札。他与吴王夫差同宗，且为他的长辈，可他选择的却是另一条路。

在《史记》中，为权力而纷争天下，兵刃相见、父子相残、兄弟阋墙的比比皆是，但如季札这般爱自由远甚于爱天下，敬礼制更甚于重权谋的堂堂君子实属罕见。别人如为权，不惜以命相搏，拼死一战，此君则视权力如无物，甚至国人将权位奉送到他的手中，却宁愿选择逃逸，屈身为农，亦要将权位以“礼”相让。

《史记》对季札着墨不是太多，但寥寥数笔，也足使季札的风采跃然纸上了。

季札在那个战乱时代也倾心于游历列国，但与诸子百家不同在于，如果说那些忧国忧民的“百家”仍在各国喋喋不休地奉送“修身，治国，平天下”的治国方略，这位君子季札，却在风尘仆仆中穿梭于各国，做飘逸的逍遥之游。“百家”的列国游说可称为讲经论道的权谋之旅，而季札的“逍遥”在我看来更像是惬意的“审美的历程”。

太史公在写到季札游历到了鲁国，鲁国王室将各类世代相袭的音乐演奏给他听时，很是为季札描上了几抹浪漫：他每听一曲便要发出几声感叹，但绝非随心所欲，从中道出的却是历朝历代的盛与衰。从旋律中，他既能听出亡国之音，亦能分辨出盛世的凯旋。他不仅是位洞察世事的智者，还是位艺术鉴赏的大师。

我的感慨还不在于此，而在太史公后面所写：

季札之初使，北过徐君。徐君好季札剑，口弗敢言。季札心知之，为使上国，未赠。还至徐，徐君已死，于是乃解其宝剑，系之徐君冢树而去。从者曰：“徐君已死，尚谁予乎？”季子曰：“不然。始吾心已许之，岂以死倍（背）吾心哉！”

我不知道别人看到这里会有什么感触，对于我，却感动得不能自已，这是一个心的承诺，而此承诺之于那位长眠于地下的逝者，却完全一无所知。季札与徐君是什么交情？太史公并未详述，只是一笔“北过徐君”轻轻带过，以此看来，似乎只是季札在周游列国时仅在徐国做过一个短暂的停留，遇见了徐君，仅此而已。

我并不如此看，甚至以为有更加令人动容的故事，这其中有神交，亦有心心相印，否则，谈何“徐君好季札剑，口弗敢言，季札心知之”乎？

人言，相知何必曾相识，他们显然是知己，且肝胆相照，徐君的心，季札知会，但因责任在肩“为使上国”（尚需周游列国，以剑为身份的象征），所以暂且未献随身之剑，尽管他知友人徐君心仪此剑，他沉默着，并非吝啬，而是男人有话不轻言而已。

季札当然无法料想，此一别竟成永诀，再度探君，君已成一抔黄土，他无言了。他能再说什么？当年毕竟徐君钦慕于季札之剑，而季札未曾奉送，也未留下一言，现在已是天地两重天，生死更苍茫了。

季札是义士，义薄云天在他的身上可以获得鲜明的写照，他在徐君的坟茔之上终至留下了那把随身之剑，那里面盛满他早已承诺的心结，以及沉甸甸的情和义。我不知当年那位徐君是否曾暗自责怪过季札——因为那把心向往的剑？但我想，于季札他将是问心无愧了。

世上很多事是以心为证的，世人亦有许多事，错过，将悔恨终生；语言对于一个真男人有时可能多余，隐忍一向是男人的品格，再大的委屈咽下便是了。

路苍茫兮风萧萧，即便孤独行走于路上，那亦是无愧的人生了。

高仓健，一位老人的操守

我一直在等电话。我知道高仓先生今天在电影学院座谈，他很累，说好的见面让我有负疚感，因为毕竟已经夜深了。可我又知道先生是一言九鼎，他是真正的男人，不会食言。只是我在后悔，不该让先生为我牺牲他的时间，他本该好好休息的。

前天是先生抵京的第二天，我们相约见到先生。先生无言地看着我，目光充满了慈爱和关怀，他不擅表达，也不会表达，可那一切都在他的眼睛中流淌着。

先生的朋友老徐说，老高一路上都在说你，你是他想见的人，他很高兴见到你。我想说，我也想念先生，可是我没说，我的习惯是用心记着，这种珍重使得语言犹显苍白。

先生说，他此行的日程很满，但他一定要和我单独见一次，他一直想能有一次这样的交谈。他说，21 日吧，那天，我不忙。可那一天却是我飞往美国的日子。我告诉了先生。先生沉默了，长时间地看着我，然后低头和老徐商量着。稍顷，老徐微笑着告诉我，老高是一定要单独见你的，他说再忙，也要见，就明天吧。又问，你有时间吗？我有，我说。先生明白了，微笑地点点头。

那次在丽江的首映式上，一片嘈杂的人群中老徐见到了我，急忙将我拉到了一旁。他说，老高在飞机上一直在说你，说你是个很特别的人，他想问你，你有时间吗？他想和你好好聊聊。我怔忡地看着老徐，老徐诚恳的目光在告诉我这是真的！我无言以对，心里有一股热浪在翻滚，可是我只是嗫嚅地说，只要高先生有空，我任何时间都可以。

那次先生确实太忙了，直到首映结束，先生都没抽出时间。返回北京机场时，先生远远地看到了我，快步走了过来。先生说 ：王先生，很抱歉，这次没有时间聊了，我们一定还会有这个时间的。先生浓厚的男低声在冷风中回荡着，我感到了温暖。

先生果然没有食言。他来了，执意要兑现他的承诺和我聊聊，而且是在他很忙碌的时候。

电话是在 9 点半左右响起的，老徐说，老高问你有时间吗？我赶忙说有。我没说我一直在等这个电话，我怎么可能没有时间呢！可先生是客气的，他尊重每一个人，不管你处于什么地位。老徐说，我们在凯宾斯基饭店，你来吧。

我迅速地赶到了凯宾斯基，先生已在大厅里等着了。先生的客气让我一时有点不知所措。我们坐下了。先生说，他一直在期待着这次见面。他说，你是一个特别的人，终于有了这次见面，很高兴。

先生说起我的“特别”，是因了丽江拍摄《千里走单骑》时的一个细节。那次我去，是为了《满城尽带黄金甲》的剧本。剧组的气氛真好，大家都爱戴着先生。先生对人的平等、尊重和关怀，让每一个人都感同身受。大家喜欢在先生面前说笑着，而我的性格却不属此列，我只是默默地退在一旁，静静地看着。

那天我要离开剧组返回北京了，我告诉翻译景生，我说，请你转告高仓先生，我不去向他告别了，他拍戏很累，我不想去打扰他，但请你转告高仓先生，他是我的偶像，我敬重他，希望自己能像他一样，做一个人格高贵的人。

就是那一次，先生记住了我的“特别”。他说，很少有人这样表达情感，由此他记住了我。他说，他看了我接受日本 NHK 电视台的采访，（他们一直在跟踪拍摄《千里走单骑》全过程）他觉得我是一个有思想、有才华的人。他说，张艺谋有你真好！

我平时是很能说的，可我在先生面前一时不知该说些什么，笨嘴拙舌张不了口。先生的目光看着我，我知道，我要说的他心里全知道了。

第一次见先生是三年前了，他下榻在钓鱼台，我们去谈剧本。在距离宾馆还有一段距离的草坪上，远远地看到一个高大的背影，腰板笔直，脚步有力地在漫行着。我没想那是不是先生，因为我知道先生年逾古稀，想象中应是一位老迈之人，步履不可能如此矫健。待他转过身来，我才蓦然看清，正是先生！他的形象已然如刀刻一般留在了我的记忆深处。

一如银幕上的形象，他像石头般沉默而又坚忍，言语不多，偶尔闪出的语言又是一针见血。他说剧本的问题时，从不把话说满，只是客气地先举个生活中的例子，然后曲折地将他的意见表达出来，也仅仅是点到即止，但末了又一定会强调尊重我们的意见。就在那一次，他谈到了孤独。他说，他喜欢孤独的感觉。

先生说，平时没事时他会出国。有人问，出国是为了什么？先生答是为了自由。再问自由和孤独是什么关系？先生的回答是：自由和孤独相伴相生，如影随形。问者不解了，陷入了困惑。而我却在听到的那一瞬间，如一道闪电掠过，迅疾地理解了先生深在的那颗孤独的心。

孤独是先生面对人世间人伦的陷落而发出的无言哀叹，先生不愿陷落、沉沦，他挣扎地坚守着信仰、道义和良知，他时时渴望着进入别人的内心世界，而最终发现这又是那样的枉然和无望，一切都在无声无息地倏然消逝——传统的价值和人与人之间最美好的情义。先生的内心一定是极度哀伤的，他的敏感和善良让他无法承受，他不忍目睹。

后来在日本，再次见到先生时，才知先生在日本是位“隐士”。他一直在躲避着出头露面，躲避着人群，他特立独行地按自己的方式生活着。他选择了独处，选择了沉默。老徐理解他，他是中国人，他属于看过《追捕》的那一代人，他精心地守护着他的偶像高仓健。终于有一天，先生知道了他的心，他们从此成了忘年之交。老徐牵线让高仓先生认识了艺谋，因了那次的认识才有了我们的《千里走单骑》。

坐在宾馆大堂的咖啡厅，周边喧哗之声不时地传来，先生的声音有了一丝沙哑，目光依然那么的慈祥和温暖。他说，王先生，你是一个特别的人，你像是一个修行的僧人。翻译景生听完，快乐地大声对我说，这是我听到的对一个人最好的评价！他翻给我听了。先生再问，你家里是不是有什么人是修行的？我说没有，只是我的老家在山东，那里有我们的至圣先师孔子。先生没再说话，仍在看着我。沉默了一会儿说，我能看出，你有自己的思想，你一直在追求这种思想，你的内心里一直有这种东西，你在坚持。

我告诉先生，先生是我的精神导师，我希望自己有一天能修炼成先生那样，有道义有操守，且能担当。先生听罢，轻轻地摇了摇头：我没有这样好，我会努力这样去做的。可是先生完全没有意识到，他给《千里走单骑》的剧组带来了什么。他给每个人带来了一次一生都难忘的经历，就像经历了一次人生的洗礼。

先生说，王先生，今天我是这么的高兴，因为有了这次的谈话。他说，一个男人和另一个男人建立友谊是最难的，所以让他高兴和难忘。他希望我能视他为朋友，他愿意交我这个朋友。他加重了语气说了一声：这是缘分。

我说，高先生你让我知道了一个人可以像你这样，有品质且高贵地活着，您是我的精神导师。

先生不肯接受，他只接受朋友的称谓。

可我在心里已经视先生为导师了，我绝不更改。

我想说，先生，请接受我深深的敬意！

回家的路

我的小说进入第三次微调了，这次我采用的是将小说直接打印出来，在纸面上细看，依然发现了许多问题。昨天终于改完，又将它们输入电脑，算是告一段落，我得尽快进入下一部小说的创作中了，心中便有了一些隐隐的激动。

上午忽接一朋友的电话，他说你的新博客提出的问题真好，我问为什么？他道：回家的路，这是一个值得媒体讨论的问题。我一激灵，马上明白他在说什么了。

或许“回家”的路并非是我一人的感知，亦为此喧嚣时代的一个来自心灵的呼唤。何处是我们最真实的家园？当一个时代陶醉在物质主义的交响乐中时，我们是否还需要对家乡遥望？

东晋时期的陶渊明弃官归田，吟唱了一曲《桃花源记》，他在如诗如画的大自然中找到了他生命的最终归宿，于是他笔下的“桃花源”亦成了千古绝唱；再往前追溯，西汉时期的司马迁在遭受了非人的腐刑之后，毅然决然地拿起了笔，记录了一个民族的诞生与变迁，塑造了那么多精彩的形形色色的历史人物，流芳百世，迄今仍被人们所赞颂，那泣血的文字不正是司马迁精神寄寓的故乡吗？

对于不同时代的人，亦会有不同的关于“家”的概念，诗仙李白的“举头望明月，低头思故乡”，亦为一首经典性的思家的诗篇。“家”从来就是中华民族的一个精神意象，重视“家”仍是汉民族的文化传统，而儒家学说将此一传统凝聚成中华民族的典型特征，而李白笔下的“故乡”——家，与其说是来自一个具象的“家”，不如说是一个抽象意义上的“家”，它既是特殊的家，又是普遍意义的“家”，它真切地反映了一个游子随世飘零无以归家的思念与感怀。于是“家”成为一个寓意，一个象征，每个人心中都会存有的一个美好的信念。

人是不能没有家的，家是我们每一个人的生命之根，无论命运让我们随处漂泊到何方，那个驻扎在我们内心深处的“家”，仍会宛如一盏长明灯，时时照亮着我们晦暗的人生之路。

那么我笔下的回家的路这个“家”又是一个什么样的家呢？更准确地描述，我想说，我指的是一个人的精神家园，它已从一般意义的具象之家抽离了出来，在一个抽象的意念中构筑成了一个关于“家”的世界。比如说，陶渊明笔下的“桃花源”肯定不是他具体的家，但无疑是他向往的“家”，于是“桃花源”成了陶渊明的精神家园，它并非海德格尔哲学世界中的“此在”，而是一个“彼在”，而这一“彼在”的存在之根深植于我们每个人的内心世界，失去了它，我们会彷徨、迷惘、焦虑乃至绝望——这也就是为什么陶渊明的《桃花源记》成了全人类共同向往的以生命寄托的理想家园。

我一点也不否定，几年前当我还没有进入我由文字组成的精神家园时，我处在巨大的困惑与迷惘中，我甚至陷入了浅度的抑郁，神思恍惚，人亦如一个飘在空中的空心人，没着没落，那时我就知道我必须开始寻找，虽然当时的我并不知道我是否能够寻找到我渴望的精神家园。今天，我仍不敢说我笃定地寻找到了。寻找精神家园是一个漫长的人生之旅，它需要毅力，需要坚持，需要一种百折不挠、九死不悔的精神，显然我离这一精神境界还相距遥远，重要的在于一个人要有这份心，这份信念，一旦持有了这一信念，我们才能真正地踏上回家的路，哪怕前程漫漫，风尘在天。毕竟，我们走在了回家的路上。

人生是一个无解的谜

有位朋友看过我近日博客后大惊，在电话中说，王老师，你是否觉得你完全不像过去啦？我奇道，有何不同？朋友稍一沉吟后又曰，好几个月没见了，看你的博客真觉大不一样。我大笑道，或许，是写作让我心安了。朋友说那文字看了让我血热，有一种昂扬的气场。真不像我上次见到你时的神情，朋友说。

坦率地说，我喜欢听到这样的评价，是人，恐怕都喜欢听到对自己的赞美之声，尤其当赞美是来自对方的由衷之言。只是我在想，为何会让朋友如此感叹，莫非我真有何变化吗？

其实没变，只是心静了许多，我在一个现实的“我”与想象的“我”之间徜徉着，彼此观照和打探着“对方”的一举一动，同时又将身外世界小心地纳入其间，无非是为了看清红尘中的那一抹微末烟尘。

我喜欢目下的“季节”，适宜的屋内暖气足以阻挡室外的寒冷，而午后的斜阳沿着西移的轨迹一点点地挪向我向西的明窗，然后在我不经意间霎时照亮了我的轩室，我端坐在落地窗前，凝神看着书，猛一抬头间便与那耀眼的阳光相遇了，我觉出了那渐行渐近的春意，那一刻，会有一种突忽而至的幸福感。

只有彼时午后的斜阳是温馨和惬意的。在冬季，斜阳总是姗姗来迟，而且斜射的角度又是那么地吝啬，只在尽角的旮旯里留下一点些微的痕迹。而在夏季，午后的斜阳会瞬时变成了正阳，直射的阳光让屋内蒸腾起一股难耐的燥热，我只能拉上窗帘，不仅仅是因了它的暴烈，还因为它炙烤得我的宝贝音箱犹如一块滚烫的生铁。

只有彼时的阳光是好的。我常会放下书本，倚靠在窗下，仰起脸闭上双眼，沐浴在它如一湾清泉般的流泻之下，去体味它带给我的那份感受。那一刻仿佛世界蓦然间消失了，我被这和煦的阳光轻轻地托起，身体亦在随波逐流地轻扬，于是思绪万千，全然都是美好的！

真是有变化了吗？如是，那定然是由文字带给了我一丝欣悦，小时的梦想成真，我将久远的思绪和回忆化为了行云流水般的字句，在那里，我甚至能清晰地听到我心律的蹦跳，听到我血液汩汩的流淌声。我喜欢这种声音。

可我却时时在恐惧它有一天会突然消失，就像那一缕腾空而起的烟尘。会吗？我不知道，我所知道的只是珍惜好现在吧。现在的我，还在“行云流水”，我希望它流得更加地欢畅，更加地激越，任由上苍的引领，把我带到我渴望驻足的那一片洋溢着葱郁的绿色和山花烂漫的园林，我将会在那里采撷我的果实，品着它发出的一缕缕醉人的清香，让我沉眠在其中而不知身在何处。

我是渴望自己在变化的，变化得让我回复到我的自身，不为物喜，不为己忧，诚实地面对这个纷杂的世间，尽可能地做到一尘不染。

一个人的内心洁净与否是从眼神开始的，我希望我的眼神是澄明而透亮的——那是我们常在孩子的眼中所能看到的。当有一天，我们长大了，我们身不由己地被生活所迫走进了这个喧嚷纷扰的世界，我们的眼神还能做到澄明而又透亮吗？人言，那是心灵之窗，可在这扇窗户里，我们又能看到一个人是什么样的情景呢？

所以我还在读哲学，古往今来所有的哲人们都在探寻生存之道，从形而下讫形而上，那种追问从古希腊苏格拉底前就开始了。那是一个没有答案的追求，但哲人们却皓首穷经，一生追问着，或许，这无穷尽的追问就是要探究人生的终极意义是什么？

从来就没有终极之义，那只是人类的一个美好的幻觉，因为有了它才会让人觉得人生从此有了一个坚实的根基，由此可以站在一个为人类所拥有的广阔的地平线上，我们可以在上面吟诵诗词，可以引吭高歌。

可是它真的存在吗？一如爱情，它的意义似乎永远也无法穷尽，人们追求爱情似乎是在追求一个永恒的幻象，它的浪漫与诗意宛如“神祇”般高不可及，但人们又深信它是存在的，可它的真实意义又是那般的无解！所以我常对朋友说，当有一天，爱情之谜真的被人类索解了，那么文学也该自行消亡了，因为文学从来就是因了爱情而诞生的，如同诗歌，人类几乎所有的诗歌归纳起来从古至今只在发出一个声音——我爱你！这才是文学最真实亦是最根本的源泉和真谛。

很难想象一个不懂爱的人可以写出真正的好小说，正如难以想象一个缺乏爱的能力的人能够在他身上诞生可歌可泣的伟大爱情，所以文学说到底，它从始至终都在追寻着一个宏大的目标：作家心目中的爱情。

我不知道我最终是否真如朋友所言有了一些变化，我只是在默默地祈祷我能伴随着我的文字在成长——不仅仅是在塑造一个“他们”，同时亦在塑造一个更加美好和健康的“我”。

具象与抽象：何谓纯正的艺术

我喜欢手头同时看几本书，一本看累了就扔下再看另一本。我的习惯是白天看晦涩些的理论著作，晚间睡觉前看小说。我一般看书极慢，喜欢边看边琢磨，恨不得将所看之内容通通牢记在心，可那是枉然的，毕竟记忆力已经衰退，这让我非常沮丧。我好像从来都是记忆力欠佳，否则，为什么小时候我会怕考试呢?

这段时间，在我的白天阅读项中就有一本英国的美学家贡布里希的《艺术的故事》，这是一本我早该阅读的有关绘画史的著作。20 世纪 80 年代它刚在天津美术出版社出版时我就抢先购了一本，当时的价格很贵，统共要三十多元人民币。那时我的基本工资才一百三十元左右，又加上是借调人员，无法享受单位的任何福利待遇，但还是咬着牙买下了，因为我对西方及东方的绘画史一无所知，我想补上这一课。

可是竟未料到这本书我一直放在书架上未曾阅读，这是出自什么原因，我至今仍一头雾水，毕竟它狠花了我一笔大钱。进入 21 世纪后，三联书店又重出了修订版，装潢亦今非昔比，虽然仍为厚厚的一本精装大书，但的确焕然一新，价格亦跟着飞升，涨至二百八十元了，我还是没有犹豫地拿下了，因为看上去比原来的更舒服了，我看书一向挑装帧，心想着这次我一定不能辜负了，定然认真阅读，可一晃又过去了许多年，它还是在我的书架上，纤尘不染。

刺激我读它的原因是来自我的一位朋友，我们一直在艺术问题上发生各种争执，甚至面红耳赤，但没有影响到我们的友谊。他从来就是一位宽厚的人，虽然对许多人他也会表现出极度的傲慢。我们接触最多的那一段是他说要与我一道搞电影，那时他声称再也不搞绘画了（据说他以前在意大利是搞前卫抽象艺术的）。甚至连我拖他去美术馆看画展，此兄都一脸不屑，告诉我精力有限，只想集中力量搞电影，我笑曰艺术是相通的，没必要在艺术门类上设立壁垒，但他仍然一意孤行，我也就没辙了，只是觉得他固执得可爱。

后来他又从电影中撤了，消失了好久，当有一天再度露面时告诉我他又开始搞绘画了，而且说已然画了许多，不久后与朋友一道参加画展。我好奇，几天不见就有大作问世？这是什么情景！以我的印象，一幅绘画没有一年半载似乎不能成立，后来他告诉我是画抽象。于是轮到我不屑了，我说此为投机，所谓抽象绘画一说在中国纯属儿戏，倘若说在西方现代主义的绘画阶段，抽象是一次革命，那么到了当下，它便是一种投机取巧的游戏了。朋友望着我，争辩了几句之后说：你连绘画史的基本知识都没有，我如何跟你辩论？

我傻了，不可谓他言之无理，我确实在绘画这一艺术门类上是个门外之人，所以他促使我从书架上请下了那本搁置已久的《艺术的故事》，认真地阅读了起来。的确很有意思，让我从中长了不少见识，好书从来是有营养的，此书便可如此夸赞，虽然它是一本浅显易懂的美术史入门书，但对于我这类外行可谓如遇甘霖、如沐春风，从这一点上说，我当然要感谢朋友的提示了。

有一天，朋友带了一位友人来见我，此前他就曾向我推赞此“公”，号称其为中国抽象派的一位才子。很有前卫思想，画得也好，他说。

那天在“妙”餐厅见了，我一见此“公”便觉得有点装模作样的艺术家派头，衣服的搭配严重成问题，而且一脸的与艺术无关的气息，所以我极不友好地质问，你们算是什么抽象一派？他说我们是中国式的抽象艺术。

我一听急了，我说抽象派有中国一说吗，如是说你们的所谓艺术是从中国的笔墨丹青中派生出的抽象，我亦认同：可是你那支秃笔乃是纯属西方的色彩与笔墨，谈何中国？如果你是具象画我还可以敬仰一二，因为虽然它亦属舶来之物，但画的毕竟为国人的那张面孔，亦可谓中国特色，那么抽象呢？随便哪个小孩子亦可挥笔画出的几个粗大的色彩线条，就敢称是中国式的抽象，骗谁呢？

我们在大厅里大声地喧哗着，也顾不上前来就餐的老外及国人的侧目了，直到一向友好的女老板怒目而来，制止了我们的肆无忌惮，这位老板一向对我很好，因为这是我的“食堂”。今日她动怒了，可想她实在是忍无可忍。我们匆匆扒了几口饭，我一挥手说，走，咱去隔壁酒吧接着论。

他们要了一点小酒，我则仍为寻常的饮料，辩论再一次激烈起来，我的基本论点仍然是抽象绘画在中国是艺术投机，所以我极为不屑。

我向来认为毕加索的创作路径是正确的，先有扎实的写实功底，随后的所有革命才有章可循。那是一条可以窥见的清晰的“造反”轨迹，由此我们便可有了一个明晰的参照之物。所以艺术的叛逆，必然是相对于传统风格而论，否则便是无本之木，这便是由具象到抽象的变革与创新。

我一直以为，现代主义之所以于今天走向了穷途末路，重要的就在于它们自我毁灭性的所谓“革命”与“创新”，脱离了艺术本身的规律而走向了没落，但它初始的选择是振聋发聩的，它在传统的艺术已日趋腐朽之时，拉响再度革命的警报，为后来的经过现代主义洗礼的“传统”艺术注入了新的活力和表现形式。

自此后，现代主义作为一个曾经蓬勃兴起、方兴未艾的革命运动便走向了尽头——它在等待一次新的革命。但我们中国的艺术家们，仍在拾人牙慧，以为卖弄点现代主义的雕虫小技便能跻身伟大的创新艺术家的行列，岂不是可笑至极吗？

那位仁兄亦拿出了一些不堪一击的理论与我论战，被我一通暴碎。我说，先学会基本的素描功夫，再来谈“变”和创新，否则就是投机。他居然来了一句：在我看来，现实主义写实作品没有真正不朽的，我冷笑地反问：那你是不是说莎士比亚也是易朽的？岂不荒唐！莎氏可是属于古典类型的现实主义传统作家，因为他的作品中有人物、故事及情节。他不作声了，此兄许多言论在我看来真真是食“洋”不化，从西方的译著上学来了一些概念，又一知半解，也敢出来瞎混，真是让我大开了眼界。

朋友一直沉默着，只是谈及现代主义电影时，他仍会为他心目中的偶像戈达尔呜怨不已，末了，又告诉我，你也不懂绘画，我们对话的基础都没有。好吧，我认了，反正我个人确证抽象绘画在中国是可笑的。

我告诉他们，我几天前去中国美术馆看了吴冠中的画展，受益匪浅，我说他的绘画才是真正中国式的，即有抽象也有鲜明的中国特色，让我敬重。结果此两人又告诉我，他老了，他的绘画风格都过去了，又说我不懂，嘴角由此而挂上了一丝轻蔑。我暗自窃笑，这与我们 80 年代的口径是何等的相似尔，看来这拨没出息的艺术家们仍在延续我们已然走过的道路，那才是真正的落伍了呢。我说真正的艺术无捷径可走，大凡要投机取巧走个偏门，哗众取宠的，可能有侥幸成功的机会，瞒天过海，但毕竟是艺术的末路，最终会被人所不齿。

我说，我以为现在的绘画藏家是被一些与艺术无关的人所操纵着，其实你们口口声声要搞纯正的艺术，我说我怎么瞅着你们这一干人就死盯着钱呢，妄想着趁机发点小财，扬名立万，我说倘若你们告诉我是为了骗点小钱花花我会保持沉默，最受不了的是打着艺术的幌子，干的却是男盗女娼的勾当。

那天聊得火药味甚浓，我觉得无聊了，结果没到 11 点我便要求结束。走出酒吧，小风吹得有些透凉，我的火气也被浇熄了，我们开始聊上了别的话题，朋友笑说，那位仁兄很招女孩儿喜欢，他最新的女朋友是一位大学刚毕业的“80 后”，我很庸俗地向他客套地祝贺了一句，他很不好意思地冲我摆摆手。

回到家，我又拿起了《绘画的故事》，虽然现在是夜晚，我破例地看上了绘画史。

我希望自己抽象一派的看法没犯大错，假如我错了，我会向他们道歉，这就是我的性格。

志同道合

我的小说该慢慢地走向它的尾声了，所以我写得如履薄冰，生怕一不留神走进了一个陷阱，把自己给迷失了。电话中多次与礼平聊起我的故事，因为他父亲就是当年西路军的一名战士，从死亡线上走出来的幸存者。他说，我晚上给你带书来吧，三大本，写的就是西路军。我表示了感谢。

这可真是及时雨，我虽然将西路军的那一段历史根据我所了解的资料作出了一番文学性的描述，可谓胆大妄为，但我的真正困难是，在那么极端恶劣艰苦的环境下，西路军的仗又是如何打的？即使有吃的，那食物又是以什么为主？漫长的河西走廊的山势与地域又是什么样的呢？这都需要具体，这方面的知识我近乎空白。所以礼平的送书不啻为雪中送炭。

晚上礼平来了，夹着几大本厚书，脸容泛着明媚的春光，看来心情大好。他告诉我说，自一星期前《北京青年报》转载了一部分《只是往事已惘然》后，许多朋友来电表示感兴趣，他这几天忙着见各路朋友，一副不亦乐乎的样子。

他让我将他的一篇文章载入我的电脑。你看看，他说。我瞅了一眼，居然是写屈原的，写得颇为有趣，有礼平的俏皮劲，我知道此君没事时除了研究量子物理学外，还潜心攻读《诗经》《楚辞》、屈原与杜甫。他极好古典文学这一口，有相当的古文修养，这一点我望尘莫及。我也拉上他看我新写的小说。他静静地扫视了几眼：你的文字太没问题了，漂亮，朴实，有一种气质，不像别人乌突突的。他总是这么说我的文字。你的这种文字别人很难学，这是需要文字修养的。他还在电脑前滔滔说着，兴奋了还朗诵了一段我的小说片段。你瞧你写的，一目了然，绝不啰唆，一下子就点题了，人物、环境、气氛，可许多人光写这还要绕半天呢。

我们坐到沙发上，我给他端了一杯茶，他又兴奋地说起了我前一段完成的那部小说。我才想起他进门后告诉我说，来晚了，刚和一帮朋友喝了点酒，他的这副神情定然与此有关。你那部小说一看开头就知是一个了不起的东西，他说，你注意了没有，我看完开头我又马上翻最后一段看，然后再看中段，我就跟你说，行，王斌，绝对是一个好东西，行家看一眼就知道成色在哪了，可是我就是奇怪，为什么没有编辑注意到你的文字？还有你小说的这种结构，多大气呀，一个开头一个结尾就是一小屋里“床上床下”那点小事，可一下子牵引出一个大时代，一跨就四十年，一看就应该知道好呀！我一直琢磨不透，他们会看不出？首先就应当赞美你的小说语言呀！这到底是怎么回事。

我告诉他，也有与你的说法一模一样的人，比如作家邱华栋，说是看了开头第一页就知是一部好小说了。对呀，他说，好东西应当一看就知道，可现在的人看东西真不知怎么回事了。我说《遇》也有人不喜欢，这不是挺正常吗？是吗？他瞪着眼睛，问我，从神情可以看出，他似乎在思索着什么。

你要相信自己，你是一个跟别人写得很不一样的作家，你没有框框，这才是写作的境界，要相信。他说。

我笑了，我说礼平，我的那部新写完的小说我非常自信它会是一部可能流传下去的小说，所以我心里是踏实的，别人说什么我不会在乎的。

这就对了，他说，你一定要相信我，我是一个内行在说话，等有一天能出版了，我给你写一个序言，你看看我是怎么说的，绝对是一个好小说。

我很感动，礼平写序再好不过了，不仅是因为他了解我，更重要的是他是“文革”时代最有发言权的见证人，而我写的就是“文革”，我喜欢这种关系，没有交易，只有志同道合。

我又问礼平，我们对谈中你所聊到的北京四中的红卫兵，他们多有意思呀，情节人物都有了，你只需再加上一些文学和情节就是一部好小说，为什么不写呢？

他笑说，我是要写，王斌，我们一块写出不一样的“文革”来吧，那个时代太有意思了。

我说，礼平你真的应该写了。要是我，有那么好的素材，我早动笔了。

我会写的，他说，我的小说就叫作《第四中学》。

我说太好了，你会写好的。

朋友，如果你还信任我，请阅读礼平所讲述的红卫兵时代，它不是故事，它是一段让人刻骨铭心的历史。

路在何方?

自从读了《大神布朗》之后，我延迟至 21 世纪又读过不少奥尼尔的戏剧，这都让我感到了震撼。但于今回想，情节基本想不起来了，只有一些人物的感觉还在我心中隐隐回荡。可《大神布朗》初读时是在 1982 年，为什么印象至深、迄今难忘？它的人物及故事情节始终在我的脑子里收藏着（尤其是戴恩与“大地母亲”）。现在我有点想接着看《长昼的安魂曲》，但又恐惧它的残酷，那种残酷像阴森的冷风一般会将我紧紧地包裹着，让我感到了彻骨的寒冷，甚至战栗，所以我昨晚将它赶紧搁下，否则我感到自己的身体会发出一种骇人的碎裂般的声音。

在对待人生的态度上，奥尼尔与俄国作家陀思妥耶夫斯基如出一辙，都属于阴冷、怪戾、残酷且绝望的作家，读他们的作品常有喘不过气来的感觉，但你又必须承认这就是我们的人生、人的命运，除非你要刻意地逃避，你就必须要面对它的逼视。但我在创作观上更偏爱托尔斯泰，因为他有温暖、博大的人道主义情怀，而我在写自己的小说时亦希望有温暖。

我的观念是，虽然人生让人绝望，但我们毕竟还要坚强地活下去，哪怕是苟延残喘——活下去就要用我们的心灵为这个冰冷的世界投出一束略带暖意的亮光，让我们不至于过于的绝望与悲观——虽然我们最终是孤独而又无依无靠的，大地亦在默默的沉寂中承受着我们每一个人的苦难，但我们还要活下去，勇敢地活着。

所以当有一些朋友询问我为什么在《六六年》中没将“文革”的残酷与黑暗写得那么极致时，我只有无言苦笑。

我的文学观是——文学从来是书写人生、人性与命运的，而托起这些的时代氛围只是一个作家借以来表现这些元素的背景。我没有回避“文革”的苦难乃至暴虐及人性的扭曲与变态，但我也想写出那个年代我们是如何长大成人的，我们的青春是如何被玷污的，我还想写出那个年代人与人之间除了残酷的摧残与折磨外，尚存的真情与友情——而这些情谊在今天的时代已变得弥足珍贵，因为我们难以再见到它了，一切都是利益，是欲望，人性中的善良与宽厚处在了巨大的无可挽回的迷失中，我们就像走在了一条不归路上，这让我痛苦与哀伤。

所以我在写作态度上更愿意一路追随托尔斯泰，而对陀思妥耶夫斯基与奥尼尔，我喜欢并赞佩，但我不追随。或许此亦与我的性格有关，我惧血、惧速度、惧独自出门，所以我恐惧过于残忍的东西，这诸多的恐惧无形中为我的写作限制了一个我所能承受的心理底线，一旦触及它的承受极限，它便会朝我发出潜意识的警号，让我戛然而止。

所以我的小说读者看着可能会落泪，但我相信流出的泪水是有温度的，它不会太凉，冰凉的泪水属于奥尼尔式的作品，我的作品是泪在心中，它热热地荡涤在你心底，缓缓流淌，让你陡生出太多的感叹与惆怅，由此，你会跟随着我去努力辨识与寻找人生之“真”——路在何方。

难得一见的“愤怒”

我是在午后接到孙淳电话的。

你晚上有事吗？淳子在电话中问。

此时，我刚刚在作家出版社坐下。“我在与一家出版社谈合同，可能一会儿就完。”我说。

“那好，你谈完事了就直接来我家吧，晚上一块去剧场看至乐汇的话剧。”

“那太好了，我真高兴！”我说。

一段时间以来，我没事就会到淳子家去蹭顿饭，还美其名曰改善一下伙食，其实是为了找淳子聊天——我俩的志趣、爱好相似，凑一块自然免不了聊些当下的中外影视，而且，我逐渐爱上了他们家的宝贝小狗狗“卡米拉”了，最神奇的是，我一旦想起卡米拉来，竟发现它的一双通灵般的眼神，总会让我觉得是人的眼神而非小狗狗的。太奇怪了。

几天前，我又“蹿访”了一把他家，闲聊中，淳子说到了“至乐汇”。

“我那天去看他们的戏也没太重视。是我们家孙大一拉我去的，说好看，我心想就去看一眼吧，本来也想找你一块去的，但我怕万一不好看呢？没想到这一看，我还没走了，从头笑到尾。”

“真有这么好吗？”我怀疑地问。

“我一开始还真没想到有这么好！”淳子伸出了大拇指，“真的好，下次他们再演，你应当去看看。”

我虽然点着头，但仍然心存疑惑。淳子又谈到了至乐汇，说到它的创办人孙衡海的艰辛。淳子感叹地说，这个年轻人就为了他心中所热爱的话剧，在这一行坚持了十年。十年呵，你想想，多不容易，经常欠人钱，还要砸锅卖铁。他自己写剧本，自己找人演，最终还是坚持了下来，这才开始挣点钱了，太不容易了。王斌，你说说，今天还有多少人可以这样坚持？

我了解淳子，他自己就是一个有艺术理想的人，而且在内心坚持着，所以他对别人的坚持表现得格外欣赏和赞叹。

阿姨做好饭有些晚了，淳子开始在催促，一直在说，我们要晚了。我知淳子怕迟到。

吃过饭后，一路风驰电掣，淳子开得飞快，显然他在抢时间，结果到了一看表，这么长的距离居然十二分钟就抵达了。

时间尚早，孙衡海已在剧场的二楼等着淳子了，淳子介绍了我，我握了一下手。这人看上去挺年轻，文质彬彬。我们聊了一会儿天。

剧目开场了。场面热闹，一上来就灯红酒绿，看上去是一群很不着调的人，在演一场同样不太着调的戏。我心想，如果不出意外，一准是台耍狗血的喜剧，那我们还跑来干吗，就跟着人瞎起哄吗？

可看着看着觉得有点不一样了——台上，依然在不时地贫上几句，演员亦要时不时地“挤眉弄眼”挑逗一下观众，以致台下的我们笑声不断，乐不可支。

但问题在于，它的颇多笑点似暗含着某种社会意义。

桥段是两位做着发财梦的青年，包下一夜店，天天设各种“局”，各色人等轮番上演自己的“角色”，以此来讽刺某几类人与社会；但是，就剧作而言，它尚缺乏一个贯穿其中的故事构架，而是由一个个葫芦式的小品构成，一如当下的那些抖机灵的小剧场话剧和耍“贫嘴”的段子式电影。

这部戏引起我重视的自然不会是这些不成熟的戏剧元素，而是戏中呈现出来的这些喜剧式的元素中所蕴含着的社会意义。于是，戏中所设置的情节不再仅仅是为了耍贫逗趣，或仅为了刻意地哗众取宠（尽管这的确是它的主要目的，所以它会不失时机而又相当牵强地向观众兜售一些不乏拙劣的笑料），真正让我激赏的是，在这些貌似无聊、滑稽、刻意的逗贫中所流露出来的“愤怒”。

坦率地说，正是这种难得的愤怒，让我变得兴奋了起来。我突然意识到这是一种久违甚而近乎被人遗忘的愤怒，而且是很具现代感的愤怒。

它完全不同于从刻板压抑的英国文化中突围出来的那种“愤怒”——这种声嘶力竭的愤怒，催生了一拨年轻人在日不落帝国创作出了摇滚乐，风靡一时，影响了几代人，并成为彼时青年文化的一种反叛的象征。那一代青年亦以这样一种高声呐喊的方式，向沉闷、压抑、循规蹈矩的传统世界宣战，而在这一切不可遏制的愤怒中，我们能明显地感受到一种理想主义者改变世界的运行轨迹。

但我们当代的年轻人又拥有一种什么样的精神状态呢?

我只是很遗憾地说，我们的年轻一代已然没有真正的愤怒了——对这个道德沦落的社会、理想泯灭的时代，他们甚至都没有海明威、菲斯杰拉德时代的那种“迷惘”（今天看来，那是一种多么高贵的精神迷惘，起码那一代人还知道追寻精神的制高点，与物质主义的长驱直入做着顽强的抵抗）。即使偶尔会突然地喷发出一点愤怒，也是没有理想主义精神作为其依托的，貌似被一种外在的因素所操纵的愤怒，亦因此，那些一再地被表现出来的愤怒有时显得是多么的可笑。

在今日之中国的青年文化中，我们存不存在一种纯正的理想主义式的愤怒?这种理想，这种愤怒，并非你刻意就能表达出来的，它深埋在一个人的骨子里，一旦被放置在了一个艺术作品中，那么，只要创作者还能保留些许的自然本真，那么，这种从骨子里流淌出来的“愤怒”，就会如同一团火焰般燃烧出来。

我从这出戏中看到了这种愤怒。它确实是嬉笑怒骂的，挤眉弄眼的，贫嘴滑舌的，但这些愤怒就隐藏在这一切的隐形背景中，它并不直接地刺激于你的神经，或者说诉诸你的感知，它是随着剧情的流动，偶尔会在某个人物身上，某个情绪的结点上，或在某个情节中，闪现出来，令人动容——但是你必然真的能读懂它，否则，它就是一出耍狗血的闹剧。

我知道，编导其实并没有清醒地意识到，在他们的骨子里所流淌着的愤怒，否则，这愤怒不会表现得那么隐蔽，那么凌乱，且没有被很好地利用，所以有时它本真得像一个不懂事、没长大的孩子，正因为他们还不了然这部作品的潜在发现，所以他们的戏剧结局便走向了彻底的“稀里糊涂”（没有了方向）。出现这样的结局是在意料之中的，因为编导始终没有找到这部剧所要表达的可以一以贯之的主题思想，他们仅仅是感觉到了——但在我所见到的青年一代的作品中，“仅仅感觉到了”就已足够让人惊喜了，毕竟对时代的直觉还在。

所以，我仍然要祝贺他们，而且我也感谢他们给予了我一个美好的夜晚。在20世纪80年代，我们常常会为一部艺术作品而激动，并急于要与人共同分享与讨论，这部戏让我又有了这种久违的冲动，虽然它还有那么多的缺点、幼稚、不成熟，但它有我喜欢的——愤怒。

我多么想问一声：今天的中国人，你心中还有纯粹的愤怒吗？但请记住，那是由正义之心所点燃的愤怒。

诗意：一个消亡的存在

看了一位年轻朋友在我博客上的留言，其中涉及我谈及的海德格尔的思想，觉得需回答几个问题。但我得申明一句，我不懂哲学，对语言学亦一无所知，我只是用自己的感悟来理解我所学到的知识，肯定谬误百出，可笑之极，在此先予以说明。

庄周“梦游”，的确是有“诗意栖居”的意思，但他与海德格尔的不同在于，庄周乃是“出世”之游弋，海德格尔则一直在“入世”中寻找诗意的栖居；庄周通过出世而“去蔽”，而海德格尔通过“思”而抵达敞开后的“去蔽”，此一“敞开”在我看来乃哲学意义上的生存之本真揭示后的洞察。

至于西方的译文之诗，我也看不出翻译后的西方诗句有多么美妙，所以我亦少读西方的诗文，但艾略特的《荒原》翻译得尚可，那是一首惊世骇俗之诗，它影响了一个伟大的时代——现代主义运动。

我不懂外语，所以无法体味外文诗的韵味，它们与我们的古典诗词的差异和味道又有什么不同？这让我非常好奇。可惜，我不可能再学外语了（说到此我有一丝伤感）。但我知道，华夏文字的一大特色就是语言的直观性，因为它还保留了些许的“象形”特征（方块字），因此它对“物”（在语言的描绘上，人及世界也可作为一种“物”来认知）的叙述上，暗藏一种潜在的诗性，而且，在这种语言方式的制约下，国人的思维模式很显著的一个特点就是直观外推，只要看看“五四”前带古典韵味的国文便知一二了。

白话文运动给国人思维带来的最大变化是，中国语言的语序间的逻辑被有效建立了（同时，我们的逻辑思维也在随之走向严谨），因此，我们才能真正地构建哲学思维——否则，哲学将无从谈起，我们至多在老庄式的“直观哲学”上转圈，而不可能构造一个由严谨的逻辑链条连接而成的哲学体系，因为中国古代汉语缺乏理性逻辑。

但缺乏理性逻辑的语言却给艺术思维带来了解放，带来了古人飞扬高蹈的诗性的飘逸和浪漫，于是，我们的古典诗词才有如此的辉煌和灿烂，光照后世，于无形中，亦铸造出了我们先人的民族性格，可惜它在失去——我们在高度物质化的生活中失去了（而不是“正在”）这种诗性的品质和风骨，所以我们的语言也变得如此乏味（看看我们盛行于世的网络语言吧）。

海德格尔要重建“语言帝国”，因为他清楚地知道只有通过语言，我们才能从“此在”（我的存在）抵达“彼在”（世界及物的存在），但我们又必须一统于一个“在”中，所以我一直非常欣赏20世纪的哲学大师维特根斯坦在《逻辑哲学论》中一句耐人寻味的句子：神秘的不是世界是怎样的，而是这样的。他在该书的开篇第一句话说的是：世界就是所发生的一切东西。请注意维特根斯坦的这些简短的表述，其本意是，以他的认识，这个世界是不可言说的，因为它始终是“这样”，一旦说出就成了“怎样”了。但人类要生存与发展，要认识环绕于我们身边的世界，又必须要弄清这个混沌的“这样”，于是“这样”与“怎样”之间的紧张关系就成了一个神秘的人类的生存之境了。而这个“这样”又只能通过语言来推论出“怎样”，这就有了海德格尔所一再道及的，语言是我们诗意栖居的故乡，因为只有语言，我们才能感知这个世界及我们的人生。

我们铸造出语言的诗意，是为了抗拒世界及人性的堕落——尽管我很悲观，诗意在这个时代是一个消亡的存在。

春天的礼物

起风了，果然如同天气预报所预言的那般，狂风如期而至，呼啸着像一个喝醉了酒发疯的巨人要掀翻地球，鬼哭狼嚎，我所居住的公寓，甚至能感受到在大风中的左右摇荡。

昨天就有友人在电话中警告，明天要变天了，多穿点。我没有太多的留意，我没想到会迎来这般呼啸而至的狂风，地动山摇一般地肆虐着，旁若无人，犹如无数个俏皮的顽童，恶作剧般地在冷风中吹响无厘头的口哨，泼皮无赖得无拘无束。

春节在即，我一直想着如何犒劳一下自己，送什么呢？望着窗外的风，我深思良久，还是决定出门，我想，我该去买几张碟了，并非是如同往常那般去买影碟，而是音乐 CD。

前不久，偶然在音乐界的一位朋友处听了几张“跨界”的 CD，我才猛然间明白了，我一直在冥冥之中渴望寻找的人声，居然就是这类“跨界”！在那一瞬间，我像是被雷电击中了一般。

在过往的日子里，当我告别了对西方摇滚乐的迷恋之后，一直在拒绝听人声——哪怕是歌剧中的人声，我只听古典音乐，但不含歌剧。尽管我的朋友曾告诉过我，所有的音乐中，只有人声是最为动人的，她胜过任何乐器，我亦尝试着找过一些诸如爵士、流行等歌曲，均失望而归，后来我基本放弃了人声。

可是“跨界”如同天籁般的歌喉把我彻底地征服了。

我穿上厚厚的羽绒衣，戴上滑雪帽——这类帽子常被友人讥讽说一戴上有种说不上来的滑稽感，于是我多半出门戴我的棒球帽，据说，我戴这类帽子显得风度翩翩，可今天实在是太冷了，不敢为了那点可怜的臭美冻着自己。在五颜六色的棒球帽中选了一顶黑的，顶着大风出了门。

真冷，刚推开公寓的门，就感觉到了刺骨的寒意，脸颊被风吹得生疼，我没有退缩，直奔我确定的目的地——女人街上的旧货市场。

那里有许多零星的排档，专卖 CD，而且殊为西方各大唱片公司的正版，如果在过去，这类碟一张少说也要一百四十元以上。我转了几家，每次进档位前就高呼一声：有“跨界”的碟吗？店主应声而来，也大声呼应，当然有。于是我找张小板凳坐下，等着店主从架上挑出“跨界”，我一张张听，结果几家店转完，看表已是下午 3 时多了，我还饿着肚子呢。可奇怪，没感觉饿，反倒是有一种隐隐激动，因为我所选的音乐全是我极喜欢的。

真好，终于将我要听的人声定位在了“跨界”上，我得感谢那位朋友偶然间为我传递出的这一信息，从此，我买碟不再盲目，不再面对碟海时一片茫然。这些店主亦专业，当他们知道我喜好的那口调调，从架上取出的音碟均八九不离十。我问其中一位小青年（他们均为年轻人），平时来买的人多吗？他先是怔怔地看我一眼，然后不以为然地：一般般吧。我说，那为什么不去干点别的？他乐了，喜欢呗，我喜欢音乐。说这话时，他的开心模样感染了我。

几圈下来，我买了近四十张碟，平均一张十五元，真便宜，其中还有几张古典的，都是过去我想收集但嫌正版太贵而没舍得买的。这下好了，均为欧洲正版但才十五元！

很满足地出了这家看起来杂乱无章的旧货市场，乐颠颠地走人，不虚此行。

刚进家不久，当当网预订的书籍亦送到：迪伦马特的《老妇还乡》《奥尼尔的剧作选》及萨拉 · 凯恩戏剧集——敬请诸位认真对待这位功成名就后于千禧年钟声敲响前夕自杀的女剧作家。她时年二十九岁，我只能说这是一位真正的艺术天才！她的戏剧是真正的另类和前卫，惊世骇俗，神经不够坚强的读者，本人实言相劝尽可能躲远点，否则，一不留神会伤及心灵——这是一个精神崩溃者的淋漓逼视，它的深刻，直入骨髓。

是的，我买下的这些剧作均为悲剧，即便是迪伦马特的戏剧貌似喜剧，但他骨子里其实是以喜剧（荒诞）的形式抵达悲剧的本质——悲剧乃是我们人生的真相，喜剧则是我们逃避人世的一种自造的幻象。

这便是我送给自己的新春礼物了，我想，这几天过年时我还真是有事干了。

天外有天

这仍是一个乍暖还寒的日子，但却能让我们真正地领略春天的气息。悬置在天空中的艳阳是温柔的，似乎亦在发出悄然的声音催促着我走出户外，去领受它慷慨的恩赐。春天在我心灵中并非是一种谧静的时令，它似乎总在隐隐昭示着来自远方的希望，但当我试图去仔细地聆听那来自希望的足音时，它又是那么的缥缈而了无踪迹。一切都是虚幻的，一个宛如海市蜃楼般的幻景，但春天，终究为我们带来了希望的讯息——哪怕仅仅是一个虚无的寄托。

每天晨起后都要坐在我的书桌前，面对我的电脑，久而久之，终成习惯，朋友来电总笑问为何总在家中待着？我亦笑答那是因为不知何处是我该去的地方。天地固然辽阔旷远，我的心灵亦在这空旷的天地之间肆意地遨游，可那只是我的想象，我的想象在带领着我去一次次云游四方。

我知道有许多以文为生的友人会为自己规定每日行文的字数，而我却无法做到，我只能告诉自己每天要写下一点什么，无论多少，或许几百，或许几千，只有真正忠诚于文字的人，只有对文字保持一份敬畏的人，才能如此严苛地要求自己为每个字的准确而煞费苦心，我发现自己只有面对文字时心是安静的，我会反复地纠缠于一个字，一个音节，以便让我在默读时能抵达自己所要求的韵律，我所要求的回肠荡气，一切都是这般的辛苦。我有时会暗自地叩问自己：何必要如此地较劲？那点尽乎矫情的纠缠，或许未来的读者根本体味不到，那我究竟又是为了什么？

后来发现真还不是为了别人，只是为了让自己心安，让文字在自己的心中始终保持一份高贵的尊严，非此，我恐怕一个字也写不出来了。是的，如果看着有一字不舒服我是无法接续下文的，我就这么一个字一个字地艰难行走着，倘若一脚陷入了泥沼，我亦会弯下身洗尽尘土，再次上路。

下午按约定去了新星出版社，社长谢刚比我年轻得多，但却是我所敬重的人，他是我见过的真正的书痴，正是因了他的那份难得一见的书痴般的癫狂，才使得这样一个白手起家的小型出版社，于短短的时间内迅速地在精英读者群中声誉鹊起。我们的偶然相识可谓是一见如故，而我们的读书理念又是如此的趣味相投，我知道我遇见了一位真正的知音。他的出版社出了那么多令我羡慕的好书，而他在今年的《城市画报》上推荐的唯一一本书居然是我的《遇》。我知道他是真心喜欢《遇》，他绝非那类违心之人。他与我一样，对文学的虔诚容不得他私心暗藏，虽然他完全可以借此机会隆重推出他麾下出版社的书，比如他情有独钟的钱德勒的侦探小说，可是他没有，这个《城市画报》给予他的推荐一本最值得一看的书的机会，他慷慨地赐予了我，让我感念在心。

他麾下的一位年轻编辑与我联系，告诉我刚看了我另一小说的印象，他说他喜欢，只是担心市场，我亦陈述了我的态度，那便是你是否在阅读中被小说打动？如是，那便是最好的市场了，因为毕竟我们要用我们的文学去映照出我们的内心及生活。他说是的，他被感动。他叫瓦当，后来我看了他在网上的文章，这才知晓这位叫瓦当的年轻人是一位颇富才华的评论家，亦写过不少小说。谢刚告诉我，他本是一家杂志的主编，但放弃了那一职务主动请缨来到了新星出版社，于是我问：为什么放着主编不当，非要来此出版社当一个普通的编辑呢？他腼腆地笑了，说那天看了老大（谢刚）就觉得投缘，所以来了。他还说，他爱书。

谢刚的一位好朋友陈垦来找他，我们一道去了隔壁一家餐厅吃饭，席间，他们在一块聊了许多看过的文学作品，他们读书的海量让我着实吃惊不小，这才知道陈垦现在在上海亦做出版人，亦是一位狂热的读书人，他笑言，就是因为看书把他看坏了，所以干上了出版这一行。坦率地说，我的那点不足道及的读书量与他们相比，可谓惭愧了，于是我记下了他们说过的好书，我说我回去就从当当网上购买。我发现我真的落伍了，这么多好书没看过，而且居然还闻所未闻！真是愧对自己的人生了，我当努力补课，不敢再懈怠了。认识他们让我颇受刺激，让我知道天外有天。

远行在别处

街面上又恢复了往日的嘈杂，雾霾如同一条深灰色的幕幔，紧紧地覆盖住了这个又开始亢奋起来的城市。过年期间迎来的难得的宁静再次被无情地击碎了。

我不知现在的我，究竟是开始厌烦这座城市了，还是对它仍有所依恋？但我又无从逃离。

就在几天前，街面上看不到几辆车，路上的行人亦稀少，温煦晃眼的阳光懒洋洋地照射在身上，真的感到这座城市有一种别样的美，可这毕竟是过于短暂的瞬间感受，我又何尝不知当假日终结，一切都会恢复往昔，城市又会显露出它既诱惑又可怕的灵动与丑陋。

可是在假日的那些日子里，我真真地感受到一种从容和宁静，但我仍在惊奇为什么我一直在看奥尼尔的悲剧？那种撕心裂肺的绝望与痛苦构成了奥尼尔戏剧的典型特征，他究竟是一个什么样的人呐？为什么一生都沉浸在这种由黑色所笼罩的情绪中呢？我一直在心里追问着。

我的秉性从来不喜看任何一个艺术家的传记，这一点连我自己都颇觉怪异，即便我好奇这个人的经历，想知道他是如何度过了他漫长而艰难的一生，并且他的人生构成与他的作品之间究竟是一种什么样的精神联系？可是我确实极少看此类著作，我更喜欢通过他们笔下的文字去揣摩隐匿在文字背后的那个人，至于他们的人生履历，有一些简单的介绍就足矣，我会沉浸在通过他的作品所产生的想象中，并为他勾勒出一条人生轨迹。

可我还是禁不住对这个人——奥尼尔产生极大的好奇，他的悲剧已然悲到了让你觉得天塌地陷。人生的无望、无奈乃至绝望是他的作品中一再发出的呻吟和悲鸣，由此又产生了巨大的无与伦比的震撼力，裹挟着我，使我久久地无法从中超拔而出，随同他的文字一道深深地沉陷，直至地狱般的深渊之中，没有一线光明。

我觉得我浑身的毛孔都因此散发出骇人的寒气，它紧紧地包裹着我，让我无以解脱，甚至连呼救的呐喊都被那更加猛烈的悲剧风暴所淹没，就在遽然而至的沉沦中，我仿佛触摸到了人生深在的底蕴——这就是命运，我们每个人必须承受并担当的人生之命运！

昨天受朋友之邀去公园西门的“烂火锅”吃饭，进门竟然见到谢元，坐下与他海聊了一番，他随口介绍了与他共进晚餐的朋友后，（我居然没问人家的名字）那位女子微笑地看着我，说了一声：我知道你！我一愣，问如何知道？她笑得更欢了，说常看我的博客。我大惊，因为我博客上的真正常来的朋友统共才一百来号人，我一直将他们视为我的未曾谋面的知己，难道她亦为其中一人？

你真的常来吗？我问。

她说是的，并说一直在潜水中，还在博客上链接了我。我好奇地问，你又是如何知道我的博客的呢，莫非因了谢元的缘故？她回答说不是，而是忘了在什么时候看到我的博文被推荐，进来看了一眼，觉得文字甚好，有趣，于是就链接了。我感动了，而且觉得这真是一个小小的奇迹，天下之大，人群之广，茫茫的博海之中，我居然与我博中的潜水队员相遇了！

我们轻松地聊着，她提到我在一篇博文中写到我与老外邻居的故事，她说着大乐。太好玩了，她说，你用音乐去抗击邻居的“骚扰”，我看着就像我也在边上看着你们。我跟着傻乐，开始津津乐道那位邻居的周末“大餐”，那种山呼海啸之声至今言犹在耳。可惜她搬走了，以至我的周末变得冷清了许多，否则，这例行性“节目”还是一乐呢。谢元与她开颜又笑。

我告诉他们，现在搬来的新邻居仍然是老外一族，为一对年轻的夫妇，看上去二十啷当岁，称得上俊男靓女，但亦有一“节目”：经常于清晨或晚间，那女的嘶声大吼，山摇地动，如同杀猪一般；由于是间歇性发作，我的音箱暂时捕捉不到他们的规律，因此无用武之地，让我头疼不已。

我们又聊起了别的话题，我说自己现在挺痛恨自己的性格，不敢一人出门，我说那次美国之行多亏了谢元接机，否则我将会多么的难堪。说到这我突然想起，走前我设想了各种意外，并在想象中做了充分的应急处理方案，可是居然忘了，万一要上卫生间怎么办？一句外语不懂，问人吧，这手势也不好打呀！即便在国内，要询问别人找卫生间我亦会脸臊得慌。好在有谢元，免去了我一场可怕的灾难。

其实我在想象中喜欢旅行，一个人周游世界，无拘无束。我说，就是因了我这种不争气的性格，使我在几年前失去了一次独自行走的机会，至今追悔莫及。我说我是多么想出去走走，去北美转一圈，了却自己的一个心愿。谢元说，如我还在美国，一定陪你走。我拍拍他叹息道，可惜，你不在了，那次去，我有这个计划就好了。谢元说，那我会开车送你去。我又叹了一口气。我想起了美国的朋友建国夫妇前两天告诉我说，如我再去，他们可以陪我转转。

这是一个美好的愿望，一个可能永远在想象中游历的远行之梦，几天前，我的朋友天蔚说，待有一天不再忙了，买辆“切诺基”，在国内没目标地四处旅行，他说老在一座城市里待着没劲，我当即表示，我与你一道去吧。他眼睛登时瞪大了，你真的去？我颔首表示是真的。

是的，我所置身的这座城市已让我窒息，我多么想出门走走，呼吸呼吸新鲜空气，让自己的胸襟为之开阔，让自己的眼界更加辽远。

可是今天，我在停歇了几天后，又一次地坐在电脑前，开始了写作，但我却恼怒地发现，自己一时很难进入写作的最佳状态，只写下了几百字便停笔了，又去打开了音响，听着“跨界”的音乐，心中竟有一股热泪在涌动。

我必须让自己安静下来，必须！因为我还有很长的路要走。

远行在别处！

阅书札记

那天与冠中等友人分手后，便上了“当当网”一路游荡，因朋友说，《历史学家》及《追风筝的人》均可在“当当网”买到。

而且要快，朋友说，因为这一段网上购书导致竞争，当当的折扣打得很低，过一阵可能就没了。

好像很有一阵没去书店买书了。如今买书不如过去那般疯狂，过去是稍有点小意思的都会一并拿下，归入书柜待来日一阅。

十几年前，各大出版社常有“经典”之著推出。今非昔比，书倒是见着多了，琳琅满目，看着却多了些踌躇，不知该不该下手，一者是对其的“经典性”颇有怀疑；二者如属译文则文字多惨不忍睹。如今人心浮躁，就连译著亦能见出那跃动的贪婪和焦灼，恨不得草草译出，迅速拿了钱款走人。所以也就望而却步了。我宁愿读点过去出的经典，（那些我架上都有）也不赶这个“潮流”。

夜深人静，倒是上网的好时光，点开“当当网”，并将书名一一敲上，果然有存书跳出，心里便有了些惊喜；折扣不错，又有点占了小便宜的快感。

接着浏览，发现还有不少好书，精神便开始亢奋了起来。又将《中国文化之精神价值》《先秦七大哲学家》《项羽与刘邦》及其他几本谈中国文化的书一并放入采购单中，好生得意了一阵。

唯一担心的便是外国译著的译文了，在这方面的确上当多多，例如《达芬奇密码》就是典型一例，其译文水准之差，已经不仅仅是糟蹋原著了，简直也是在践踏中华文字；另一例便是前一阵理论界热捧的、被誉为代表“美国公众良知”的苏姗·桑塔格的翻译著作。

对于桑塔格，改革开放初期，就有学者翻译并介绍了她的文章及个人地位，那篇译文给我的印象至深，思路清晰，而且逻辑严密，文字也荡漾着一股潇洒和帅气，虽是一女流之辈，但能时时见到巾帼不让须眉的豪迈，于是就一直期盼着能读到她完整的著作，所以，一俟知其大作在国内尽数出版了，心中窃喜，当即通过各种手段买下，结果让我失望了。

并非是桑塔格大失水准，而是我们同胞以如此之水平也敢拿笔糊弄原著，桑塔格的思想变得晦涩了，文字也变得磕磕巴巴，而且一些核心概念亦显得莫衷一是……上海译文出版社居然能允许这样的译本出现，不能不惊叹其“勇气”之大！

几天后“当当”将书送来了，态度甚好，而且又赶上了优惠日，买一百送二十。好在我事先得知消息——那晚只花了一百七十多元。翌日，收到当当优惠的信息，又赶忙上网加了几本，便硬凑了二百多一点的书款，以便可以再“获利”四十。

都说商家比买家聪明，我也知此道理，只是人是俗人，我也亦然，能给我回点小款，很知足了。可对方说，这钱不能立即付予，你只能在国庆那几日，继续在网上订书，方可兑现。这才知何为“精”，我算是落进了“当当”的小圈套了，还自以为占了点便宜。

我买了新书向来有个习惯，先将书在手中把玩几日，将前言看完，然后再入架，而且最先要看的是语言。凡是语言不好的，我便会弃之一旁不再过问。

一路看将下来，心有所喜，几本书很幸运的都是尚好的文字，除了《历史学家》，只能说及格，还不至于不堪卒读。这才想起冠中的朋友在介绍这本书时用了一句话：是不错的书，但也有一些小问题。当时忘了问她是什么问题，现在了然了，定然指的是文字。但还好，虽说有些稚气，还算流畅。其他几本国内所著的，都是好文字，毕竟是学者，能看出对自己有了一份交代，文字亦有体现。

再看《追风筝的人》，大好。只看了几行，便有了味道，如此清新的文字在眼下的译文中亦不多见，内容更是让人心仪：一位出生于阿富汗的美国人对往事的追忆。其开头是写自己的童年，并以在美国接了一个电话开始倒叙，也就预示着是以一个成年人的眼光看昨天，那份童年往事亦有了纯真和美好。我看着，心中兀自泛起阵阵涟漪，仿佛自己的童年也历历在目，我知道这真是一本难得的好书了。为此我快乐起来。每当有好书在手，心里亦有珍惜和欣喜。我想，这本书会优先读完的，它果然名不虚传，事先虽然在广告中知道它的出版，但也没太在意，因为现在的虚假宣传太多，我都不信了，眼见为实，这才知道它的好。

我将我正在看的几本《杨家将》《说唐》及《中国文化史》暂且搁下，先看上了《追风筝的人》，那文字，已让我知道作者的“静”了，“静”中还有一丝缅怀和感伤，这种调子是我喜欢的。

有时想，人生最幸福的时刻或许是浸淫书中，忘乎所以，那里亦有醉人的风景。

致敬：迈克·弗雷恩剧作的思想启示

这两天我不能自拔地沉迷在迈克·弗雷恩奇妙的戏剧哲思中，他把我带入了一个我仿佛已然远离的时空隧道中——在 20 世纪 80 年代，我曾像一个刚刚睁开迷蒙双眼的孩子，懵懂且好奇地打量着在我眼中渐次展开的令我陌生的世界。或许在黑暗中待的时间太久了，那一道道骤然从天而降的思想的光亮晃迷了我的双眼，我一时辨认不出我将行走的方向了。

一切都是新的！是的，在那个倏忽间变得喧嚣起来的世界中，目力所及的思想与言论都是我闻所未闻的，我隐约感觉到了一种新鲜的刺激，隐约意识到了在那一道道炫目的光谱中所折射出的是真理的光芒。

但我依然是彷徨和疑惑的，因为只是隐约，因为还是未知——我们这个古老的、苦难的中国，这个从我降生之日起就踏在我脚下的这片热土，我了解她吗？为什么当我们以最初的欢天喜地步入了 1966 年之后，便被无尽的黑暗所吞没、所笼罩？为什么祖国要让我们这一代人的心灵开始变得冷漠？还有我深爱的这片热土，我知她用无私宽广的胸怀与大爱养育了我，让我成长，她升腾起的灼热的地火我能深切地感受到，每时每刻都能感受到，但她为什么却沾染了那么多鲜血？这片热土不是应该盛开着绚烂的鲜花吗？一如令我们敬畏的生命，顽强地生长着，繁衍了一代又一代有如我们一样的生命。在这片热土上不该时时见证我们祖先的足印吗？他们的亡灵并未消失在大地上，而是在冥冥之中引领着后代子孙，亦荫庇着我们走向充满希望的明天。

可是这一切都在那个可怕的 1966 年被黑夜所遮蔽，没有一丝光亮，只有痛苦的呻吟和生命的哀号。

80 年代，好像时至今日我的精神仍然徜徉在那个如火如荼的年代，我好像从未向它挥手告别过——为什么？为什么我竟会如此留恋着那个消逝的年代？

阅读迈克·弗雷恩的剧作终于让我明白了，因为那是一个启蒙与激情燃烧的年代，那是一个可以自由地敞开我们的胸怀去拥抱思想的年代，那是一个脚下这片土地突然开始颤动，从地层之下倔强地生长出思想植物的年代，那是一个让我大睁着一双朦胧迷惑的眼睛，却依稀看到未来方向的年代，一句话，那是一个促使我精神成长的年代！

我是要感恩那个年代的，没有它，肯定就没有今天的我，或许，我会成为当下这个时代中一个没有灵魂的行尸走肉。

好在我有了一个属于我的 80 年代。

迈克·弗雷恩的剧作将我带入了一个属于他、亦属于我的思想的遐想。我一边看着，一边像在凌空飞翔——那是一次让我尽兴的思想与精神的飞翔，他像一位耐心的导师在小心地呵护着我，校正着我飞翔的方向，我不再如一只离群的孤雁那般茫然而无措，不知何去何从了。

我在迈克·弗雷恩的剧作中重新发现了自己——这不正是一部伟大的文学作品所必备的品质吗？我发现了我自己，亦同时发现了隶属后现代剧作的艺术魅力，我甚至知道了，在当今，唯有这种迈克·弗雷恩式的戏剧模式，可以通往精神与思想的高地，并在那个高耸入云的高山之巅仰天长笑——因为他用这一艺术形式战胜了自己，亦战胜了不可违逆的命运。当人生变得越来越暧昧、庸俗与无解之时，迈克·弗雷恩则以一个艺术家的胆识与哲思，直捣命运的深渊，从中发现其充满变数与定数的自相矛盾的生存悖论。

这一发现令我沉醉，亦令我惊喜，我浮想联翩地扶摇直上，直抵我所无法逃避的生存困境，那是一个从迈克·弗雷恩那里引申出来的思考，命运的思考，和我必须面对的极具现实性的时代性的思考——迈克·弗雷恩的戏剧模式是适合于这类思考的。这一想象的快乐让我脉管里流淌的血液一下子燃烧了起来，我知道，我正在接近那个隐隐然向我昭示的戏剧主题。我不知道我会不会有机会提起我的笔，写下我的这一沉重却无法回避的思考，但我知道它让我在精神上再度重返了我朝思暮想的 80 年代——但与那个风华正茂的年代相较，我不再懵懂！

迈克·弗雷恩的那部剧作叫作——《哥本哈根》，它延续了古希腊悲剧的血脉，以及经典话剧的戏剧冲突，但在剧作形式上又是后现代的，同时，他自如地采用了这一灵动、智性的小剧场形式切入了关于我们存在论式的生存主题——虽然这一主题充满了我们完全无法全然解答的悖论。

最后的尊严

日前，我在京城某报上看到一则关于西方著名作家的文章的专访，那是我近来看到的最好的一篇采访札记，我记得那位西方作家说过一句话：写作，是为了维护人类最后的尊严。我一点也不否定，当我看到这句话时它在我心中掀起的滔天巨浪。

其实我亦一直在追问，在今天这个拒绝思想的时代，写作的意义究竟是什么？它仅仅是一种叙事形式吗，或者说仅仅是为了告诉人们一个令人愉悦的故事？抑或是让人闲暇时可以在阅读中享受时光留给人们的快乐？

有许多艺术种类是为此而诞生的，这亦无须否认，就如同人类在其语言诞生之初，是用哼出的小曲来调节生活的艰辛与困苦，以此来慰藉心灵的哭泣。还有原始壁画，人类在她的童年之始便开始了对大自然的描摹，那时肯定不是为了显示技能，而是为了记录与大自然搏斗时的心情，其中还赋予了它一种原始的宗教般的情感。

语言是后来诞生的。原始初民为了从彼此不懂的咿咿呀呀的发音中寻找到一种能够交流的公共语汇，于是在漫长的进化中发明了语言，随后又创制了文字——一个多么了不起的奇迹！

语言从它诞生的那一刻起就具备了两种功能：功利的与非功利的。功利的自然是为了简单的生存需要，它是实用性的。还有非功利的，即审美的——这一脉的延伸与发展向来与人类的精神相关，它诉诸人类的心灵，更深邃地表达出了在功利的社会中心灵所感知的非功利的需求，一如原始的曲调与岩石壁画，文学的叙事一定是在音乐与绘画之后诞生的，因为叙事且富有情感逻辑的叙事是一项相对复杂的表达形式，它需要人类的大脑机能发展到一定的阶段后方可形成，以致在它随后的延展中，亦分化为两支：纯粹娱乐的以及思考与精神探索的。

所谓的“维护人类最后的尊严”一说显然来自于后者。今天，当有人仍使用“尊严”一词时，显而易见是颇显迂腐了。在一个以权力与金钱为价值坐标的时代，这一声音一如疯人的谵语。从实用价值来看，尊严在这个纷扰的时代是与身份相关的，而身份的标识则以一个人拥有的财富多寡来计算，这只需看看我们的传媒们在宣扬、推崇些什么便一目了然了，一个功利的社会就这样确立了它的价值取向。

文学亦在这样一种时代的境遇下，开始了它的命运的浮沉。网络文学的兴盛是直指文学的娱乐性的，它以一种大众无偿享有的方式，完成了这个时代的文学狂欢。

而文学的探索与思考的属性呢？在悄然地退却，它几乎成了一个快被遗忘的命题。曾经让我们高山仰止的文学如今更多地成了一种摆设，以此来标榜某些人被虚拟的文化身份——它只是用来充当装点在书架上的一个象征物。谁还会真读托尔斯泰、陀思妥耶夫斯基、曹雪芹乃至莎士比亚的大作呢？

俄罗斯在我们这一代人的心目中拥有着崇高的地位，并非出于它曾经有过的帝国身份，而是因为在那一片广袤的土地上，诞生过一代文学大师。同理，法国赢得世人的尊敬与仰慕，亦非它多么的奢华，而是法兰西在人类思想的启蒙及大革命运动中出现了一批星光璀璨的思想与文学大师——卢梭、雨果、伏尔泰……至于中华民族，正是因了春秋思想及汉唐的古诗词，使得我们的历史受到世界的尊崇与爱戴（而我们这个历史悠久的伟大民族，在当今时代又为人类的文明及尊严提供了什么更具价值的东西？），从这个意义上说，文学真正的使命不仅是为了博得世人一乐或消遣休闲时光，而是为了传播一个民族的伟大思想。

自古以来纯正的文学当之无愧地代表了人类精神的尊严，这个世界因了它们的存在方显出思想与文化的价值，但它们在今天只充当一个可有可无的时髦的点缀，在普遍性的生存困境下，人们更愿意去选择最实用的价值——权力与金钱。

这是无可厚非的，生存无疑是人类终须选择的第一要务，人们只有在满足了生存之需求后，才能腾出精神的空间来思考生存本身——这亦是纯正文学的使命，它的存在就是为了探究生存之谜的。

我们都是俗人，亦在生存与思考之间挣扎，这就促成了一种生存性的焦虑，但我依然景仰那些超越性思考的高人，唯因有了他们，人类的最后尊严得以捍卫。

第六部分

我不能没有朋友

向阳说我是好人，但总是对什么事都过于严肃认真。其实向阳还是不了解我，只要碰对人了，我挺幽默的，但前提是要碰对人。

怀旧，一种存在意义的追寻

很长时间以来我都会想，为什么我会频频地回首往事，沉浸在怀旧般的绵绵思绪中？

几天前，我去看望艺谋。我们东南西北地聊了许多闲话。

我现在几乎不看碟了，网上什么都有，艺谋乐呵呵地说。

我也不买碟了，只看美剧，我说。

我也看美剧，好看，他说。

你觉得《纸牌屋》好吗？我说，我看不下去，太假，什么都是阴谋化，没意思。

我也只看了几集，《末日孤舰》不错，艺谋说。

嘻嘻，我也在看。

还有《血族》也不错。

这个就算了，搞出那么多妖魔鬼怪，瘆人，我挺害怕看这类东西。

艺谋嘿嘿乐，我还挺喜欢看。

我们又聊起了过去，聊起了 90 年代时腰挂的 BB 机。

那时没有手机，我说。

BB 机，艺谋说，我还记得 BB 机的呼叫总机号。

说着，艺谋略有沉吟，报出了他曾经的 BB 机呼叫台的号码。

我大笑：你可真行，怎么还会记得这个号？我可一点也记不得了，曾记得，你的 BB 机后来换成汉显的。

艺谋亦乐。

他又说起了自己下一部电影：一部美国电影《长城》，以后一边拍这类电影，一边拍自己喜欢的艺术电影。这次与好莱坞合作，他们为我配备了一流的团队，我也可以趁机学点东西，我对这方面的电影有兴趣。他说，你可别小看了这类爆米花电影，它也不好拍，因为它要让男女老少都爱看，这不容易。

是的，我说，人人均喜欢的电影反而有难度，因为要满足各阶层、各不同年龄段的电影观众。

我会尽可能地在里面搁点自己想表达的东西，但有限，这类电影搁自己的东西要谨慎。艺谋说。

我俩在一起工作时最爱吃面，九十年代的一天我去他家玩，艺谋亲自下厨给我做了一顿绝对正宗的陕西面。如今，他的工作室请了一大厨，事先他们交代好了我来时吃面。

老友很快就吃完了，他吃得少。我见他在埋头拨弄手机，这一行为让我纳闷，以我对他的了解，他绝不可能摇身一变成了手机控，就像在地铁中常见的青年人一般，可他此刻仿佛就是在执着于“控”。

我没言声。

待我吃完了，我们又聊起了别的，他忽然将手机递给我，脸上浮现出轻松而又质朴的微笑。笑得很幸福，又含着一丝掩饰不去的自豪。

我俯身定睛看，是一张全家福的照片。我挨个评价了一番他的孩子，准备将手机还给他。

还有，他说。他站了起来，走到我身后，弯下身，在手机上划拉了一下。

还是“全家福”，只是换了不同的表情和位置，这其中，老友的小女儿最显突出，浑身上下透着精灵古怪。

我把手机还给朋友，朋友没接，还是一脸的笑意，只是笑容变得有些莫测。

继续划拉，老友笑说。

我接着一划拉，愣了。

一张古旧泛黄的老照片，正中站着一位风骨健然的老人，威风凛凛，两旁站着两个与老人一般穿着黑色的长袖马褂，表情纯净、安详，透着儒雅和淡淡的青涩的青年，唯以蹲姿单膝跪地的一小姑娘与众不同，她看上去不过一少年，却横眉立目，握紧的单拳悬在胸前，宛若一待出征的巾帼侠女。

我大叹，艺谋，这照片我太喜欢了，民国啊，这是民国表情。

这时老友过来了，又一次站在我身后，指着照片上的人说，这是我爷爷，这是我爸爸，这是我伯父。这个，他乐不可支，是我姑姑，你看她的表情。

他接着划拉，是几张中华人民共和国建立后的照片，是艺谋的全家福了，其中有他的老父亲，人变得憔悴多了，民国时那种从脸上自然洋溢出的勃勃英姿已荡然无存。

我叹道：时代可以把人折磨成这样！

背后传来小庞的大叫，呀，导演，这些照片你还没给我看过呢！

小庞又把我引到二楼，进了一间小会议室：王老师，你看这张黑板，是可以遥控的，自动收缩，写的字按一下钮就清除了，我还记得以前用的黑板还是王老师和导演一块安装的呢。

变化真大，我说。

其实，进屋后，首先映入我眼帘的，是屋里摆放的一张长桌，看着眼熟，我感到了亲切。

这是我在时开会用的长桌吧？

小庞点头。

什么都旧貌换新颜了，只有这张旧长桌依旧，这让我感慨。我说，那时是最艰苦的一段岁月，记得有一天我与艺谋在夏天改剧本，天奇热，正是炎炎八月，我俩光着膀子，趴在电脑前改剧本。哦，对了，小庞，那时你还没来呢。

艺谋从屋外闪了进来，小庞笑着向他复述我刚说过的话。

我们都老了，艺谋说，人老了才会怀旧，你想想年轻人听了你说的这些会怎么想？他们会说你们说的是什么？我们太老了，他们不会关心这些，他们没有时间怀旧，他们有很多事要做。

艺谋，我说，我不认为怀旧是因为老了，我是怀念曾经历过的岁月，它让我珍惜。

从老友工作室出来后，我一路都在回忆中追寻岁月的足迹，有惆怅、叹惋，亦有温暖与坚定。

我只是没能进一步地追问：我们为什么要怀旧？

天色渐黑。这将是又一个不见星空的夜晚，我想，犹如行走雾中。思绪亦似雾，幽渺而朦胧，它仿佛遮拦了我的视野，也遮拦了我思维的无限延展。

我还在走着，只是我放慢了大步流星的脚步。我渴望冲出思维之雾，再见星光。

怀旧其实是一个人，寻找在岁月中消失的意义。

仿若夜空下，有一束倏忽而至的光，把我的思维瞬时照亮了。

是的，怀旧其实是意义的追寻。在消失的往昔中，那些亲历过的人与事，在它们出现的最初，你是不可能敏锐而迅疾地觉知其意义何在的，你甚至不懂珍惜，仿佛它就是生命中匆匆而过的浮云，去而不返。彼时，意义是隐藏的，不显山不露水的，但它并没有因此而如岁月般地在时间中流逝。

直到有一天，当你懂得感悟生活、感悟命运时，它隐而不显的意义，才会从意识的幽暗处浮现出来，这浮现的意义，恰恰可能正是你在人生中丢失了的意义，它的出现，便是你人生歧路的校正了。

所以怀旧，准确的定义乃是：意义的重现，事关人生，事关命运。

保田、吴亮和我

拐进一条不起眼的小巷，直行了一会儿，不远处看到了保田徘徊的身影，吴亮与我下了车，保田微笑地奔了过来。

吴亮上次来京时，我们就聊到了保田。还是在九十年代中期，我和保田都驻扎在上海的《摇啊摇摇到外婆桥》剧组，吴亮来剧组看我，我将保田介绍给了他。后来吴亮告诉我说，保田给他留下了深刻的印象。

过了几年，吴亮来京时提出要见见保田，我便带他去了当时保田住着的“中戏”宿舍，那是一个至多十一平方米的小屋，屋里堆满了保田的雕刻作品，以及书架上沿墙排开的各类书籍，加上一张小床和一个小书桌，余下的空间就所剩无几了。尽管如此，屋子仍被整理得井井有条，一丝不苟，保田是一个酷爱整洁的人。

我们挤在一起，痛快地聊着有关艺术的话题，保田兴致勃勃地展示了他的绘画及雕刻作品，充满了一股激情，当时吴亮便对他的作品给予了高度的评价。

几个月前，从上海出差来的吴亮对我说，下次再来时要见见保田。

几天前，吴亮终于又来了北京，我跟保田电话联系时，他说上午刚从老家回京，明天来我家聊吧，他说，10 点。

保田的新家我是头回来访，原因是我们彼此有十多年的时间没能联系上。这不怪我，要怪保田，后来再见时他说，我怕你变了，有些话不方便说了。我笑骂他说，我是什么人你还不知道？你不该这么想我吧。保田亦笑，谁知道你会变成什么样。

新家的面积大多了，客厅足足有五十平方米，上电梯时我还问保田，怎么买这楼？他显然知道我的意思，这楼看上去太平常了，一点不起眼，就像一幢普通的居民楼，没有丝毫的“公寓感”。保田回说，我喜欢它的大客厅，我的作品能放下。

果然如他所言，墙上挂满了他的木刻，偶尔会有些他个人的照片，两面墙是码得满满的书和ＣＤ的书架，靠平台的书桌上还放着一罐枯败垂落的残荷，引人注目。家具则是简单而质朴的，一切被收拾得整齐而且富有浓郁的生活气息。我问过保田，这么大房子堆放着这么多庞杂的东西，打扫起来太麻烦了，谁来打扫？他回说，我呀。我惊道，太累了吧。他无所谓地耸耸肩说，我可以锻炼身体。

进屋还没寒暄几句，保田便一阵风似地去内屋搬来了他最新的系列绘画作品。

说真话，我们几个人看后都有些震惊，保田的毛笔画更加炉火纯青了，那一以贯之的思想理念被发挥到了极致——性与生命的主题从来就是保田作品中最显著的艺术特征，新作品依然如故。在我们看来，它们充满了烈火般的燃烧的欲望，并从这欲望中跃升起的精神受到扭曲、挣扎、痉挛与顽强的搏击——那些菩萨、富贵竹、百合花、残荷、君子兰……在保田的笔下均获得了一种不可思议的象征和隐喻，带着一股妖冶之气的花朵和叶片如同从静默中受到了某种神秘的启示，那么充满欲望地在张扬着、呐喊着，映衬着古代男女交合的怪异形象，从这个意义上说，保田的绘画又具有表现主义的特征。

保田从始至终的主题还是性，而性在他的作品中不再单纯地指向男女间交媾和生殖的崇拜，而是通过这刺目的让人心惊的画面来表达他内心的某种缠绕着他的情结，以及永不停歇地对生命的反复追问与探寻。按吴亮的说法，它们既是人类学的，亦是文化和政治的隐喻。是的，它由此而构成了寓言般的画面，述说着关于欲望与生命的秘密。

到了午饭时间，保田才想起未能为我们倒茶，他说，你们来，我一高兴茶都忘了倒了。这点保田与我一般无二，一聊高兴了什么都忘。

我们去了一家颇具格调的餐厅，刚落座，保田便迫不及待地要求吴亮谈谈对他作品的看法。保田关心吴亮的态度是有原因的，他知道吴亮在 20 世纪 90 年代放弃了文学，“混迹于”上海绘画界，还开了一家画廊，他在绘画作品的鉴赏上眼光独具。

我有时是一个在绘画与雕刻上很狂妄的人，有时又是一个极自卑的人，所以我想听听吴亮你怎么说。保田说。

我说保田你不至于吧！你居然还不相信自己，太怪了！

他说他就是这么一个人，吴亮是行家，所以想听吴亮说。

保田说我不懂画。因为上次他来我家看我时，拿出了他最新的作品照片，我看了一下没表示出更多的热情。我当时只是觉得我与保田太熟了，照片上显现的作品基本还是过去的样式，不必说太多，毕竟十多年前我赞美过，我从来是一个不爱恭维别人的人。那天他走时，还唠叨了一句，王斌你不懂画，听得我当时一愣。

可今天当看到他的实体作品时，我真的很震撼，于是想起了吴亮说过的一句话，看画一定要看实物，因为纸张的质地、肌理、皱褶都会构成绘画的一部分，还有色彩的真实感。

吴亮高度评价了保田的作品，他认为保田的艺术作品不但独具一格，而且没有学院派的陈腐气息，弥漫着一种强悍的属于保田个人的生命感，呈现出丰富的层次。他的作品表现出双重困扰，一方面是对世俗社会的强悍的突围，另一方面又被世俗所缠绕而无以解脱，这就构成了一种奇异的矛盾冲突，而这又正是保田的画的魅力所在。

吴亮说，保田的创作个性极为强烈，个性亦属鲜见。他以为保田不必将作品秘不示人。保田说他怕内行会认为他的东西拿不出手，所以轻易不愿示人。吴亮说如果你仅是自娱自乐那么我们可以另说，但我认为你的作品是应该拿出来做画展的，而且会让懂的人震惊，因为它太特别太个性了，从来没有人像你这么画，有一种充沛的激情和力量，以及欲望的恣意张扬。同时，在当代的这种特殊的政治文化语境中，还极具现实性和启示性，应当让更多的人知道和了解。

保田听了很激动，但是说他和我属一类人，不爱和人打交道，也不会，所以没事时不太爱见人，不知道该从何开始。吴亮说到时会帮着出些主意。

席间，保田说到我的小说《遇》，他认为《遇》在他看来最大的特点是写了一个和世俗生活格格不入的边缘人，一个如同俄国作家莱蒙托夫笔下的《当代英雄》中的“多余的人”。

保田说吴亮的评价给予了他信心，他说自己过去一直不能判断这么多年一直孜孜以求的这一工作是否有意义，他有时会质问他自己，甚至灰心丧气，觉得无意义。我说你怎么会这么想呢？任何创作只需问自己的内心是否有热情有激情就行了，这才是关键的，作品的好坏其实是自己能感受到的。吴亮说，一个人的艺术创作有时是要得到别人的评价和首肯的，否则创作者会很彷徨。

饭后又回到保田家，保田还想让我们接着聊，晚上吃了饭再走，他说今天他太高兴了，知道自己的作品是有价值的。但我们晚上还有一朋友饭局，没法留，保田便有些遗憾，帮我们在他屋里照了几张相，又与我聊了会儿古典音乐。

5 点多，我们要去赶饭局，保田非要送我们到楼下，我看得出他还处在兴奋中，这让我挺高兴。我知道保田平时是一个寂寞的人，但这份寂寞却造就了他的今天，假如有一天他的画展真能如期举行，会让世人看到他在绘画与雕刻艺术上的造诣的。

我还记得 1991 年的一天，他蹬着自行车来看我，临走前对我说，王斌，我们三个好朋友一定要做牛逼的人，你当一个很牛的评论家，我要当一个很牛的演员，刘恒要当一个很牛的作家，我当时只是当一个笑话听，也没当真。现在刘恒成了一流的编剧，保田不用说已然是一个一流的演员了；而我呢，仍在努力中，我承认，我一向不如他们俩刻苦。

我相信保田将演艺生涯之外的全部心血扑在绘画、雕刻上的努力，将会不负众望。

藏人雅特

三里屯有个酒吧，王老师你一定会喜欢。鲁阳一直在我的耳边叨叨着，我笑笑，看看他。他一脸的真诚，仿佛是怕我说他是一“托儿”。我当然不会，我只是由此想到了久违的酒吧生活，他的话语唤起了我的一种莫名的惆怅。是什么？我一直也理不清楚。管他的，我想，酒吧对于今天的我来说，就像是一个遥远的名词。

鲁阳坚持要带我去，我答应了。我也有些好奇，那会是一个怎样的酒吧呢？坦率地说，私下里我又确实想找一个舒适且有感觉的酒吧，可京城的酒吧太杂乱了，往昔已然不在，因此我颇为惋惜。

手机响了，显示是鲁阳。他说，办完事了，你想去酒吧吗？我当时正好和朋友在一起，我知道他们对酒吧不会感兴趣，我不能甩下他们自己跑去酒吧消遣，这不是我的为人。我说算了吧，改日。

快夜间 10 点了，鲁阳的电话又来了：王老师，你来吧，你知道我遇见谁啦？我说是谁？他说，雅特。

雅特？这个名字仿佛是一个久远的字音，我的确很长时间没听人说起过他了，他是我的小兄弟，我们当年就相识在酒吧。

那个酒吧就是我在《酒吧：一个城市的记忆》中提到的酒吧：电脑洗车酒吧。那是 20 世纪的事了。

那时，我常出没于那家酒吧，我的中国朋友及外国朋友与我见面都约在那个酒吧，我们当时生活得很困窘，但如今想起来还是快乐的。虽然那时我们一无所有，但我们有热情、有理想。雅特出现在酒吧时我就注意到了他的特别，一双像极了大水牛的眼睛鼓鼓地瞪睁着，古铜色质感的肤色闪着光泽，人也壮实得像头牛，走起路来像醉汉般摇摇晃晃。

我的法国朋友毛竹发出了一声尖叫，站起身来向他所在的方向迎了上去，我以为她认识那个水牛般的小伙子，结果是两个外国女孩儿彼此间的热情拥抱——那个女孩儿的先生是雅特的同学兼朋友，他是跟随着他俩来到这个酒吧的。

雅特完全是一副大大咧咧的样子，无所谓地看着这一切，又晃着肩膀找了一地儿坐下了。毛竹向我介绍了那位外国女孩儿。她是美国人，在中戏学戏剧，嫁给了雅特的同学卫东。雅特当然也毕业于中戏。

我们就这样认识了，我对雅特有探究的兴趣，因为他身上有一种别人没有的气质，你可以说是颓废，你也可以说是他对生活很无所谓，对什么都不关心。可我感兴趣的是，他为什么会是这种状态？也许是因了我的文学癖好，我那时对任何“另类”都有探求欲，雅特便成了一个目标。

我很快就和雅特聊上了，他说他刚从国外回来。我问，你现在做什么？他嘿嘿一乐，没事，玩呗。他说他回来后一直没事干，成天这么混着。我说，你总不能就这样生活下去。他还是一副泰山压顶不弯腰的样子。再不行，我就出国。他说，接着又是嘿嘿一乐（我这才发现这种“嘿嘿”只是他习惯性的一种自然反应，没有任何实际意义，比如，和他此时的喜怒哀乐完全无关）。

我以为他的话说完了，我们的话题也好像进行不下去了，开始各喝各的酒，并不时地插入朋友们的聊天——尽管挺无趣，但还得聊着。这就是酒吧，有时候它的存在就是为了帮你打发无聊并带来更多的无聊。

其实我讨厌待在国外，雅特突然说。他还是那副漠然的样子，仿佛在说别人的事。我一愣，又打量了他一眼，发现他的眼睛特别的明亮，里面可以一目了然地看见真诚和坦率，他身上那种若隐若现的“颓废”感似乎是贴在他身上的“外来之物”，他不属于这类人。但他的模样确实很酷，像一个地道的印第安人。

雅特是西藏人。卫东在一旁向我介绍说，你有活儿可以帮他介绍介绍。

我这才知道，坐在我对面的这位雅特是西藏人，难怪他面有异相，肤色呈古铜色，右耳上吊着一只晃晃荡荡的大耳环，都在“西藏人”这三个字中找到了确切的答案——他来自异域，一个神奇的地方。

我随口答应了，因为我欣赏眼前的这位藏人雅特，我注意到他虽然挺颓，挺玩世不恭，但骨子里却有一份难掩的纯真。我奇怪的是他为什么不去发现自己的这份纯真，相反，他目前留恋的生活却是这种晃晃悠悠、无所事事？好像非但如此才显得现代？

但我必须承认这种状态又是我所欣赏的，因为我没有。我活得太紧张，从来不能做到凡事无所谓，爱谁谁。我做不到，可他似乎做到了，因此我愿意接近他，并了解他。对别人身上的特点，我从来是敏感的，尤其在我欠缺的时候。

我们剧组确实需要副导演，我知道艺谋也正在寻找，虽然拍摄的题材尚未最后确定，但这个人选是空缺的。我想介绍他进我们组。我当时幼稚地认为，我们这个组的正气能影响他，最终使他能做点正事，别像现在这样胸无大志晃晃悠悠。

后来才知道他所谓的“出国”只是一种无聊的选择。他当时有一位德国女朋友，是他中戏的同学，他自己也说不清对她是什么感情，只知道两人莫名其妙地好上了，如此而已。他跟我说过在学校上学时的许多有趣的细节，足见他真真是一个长不大的孩子，心理远没有成熟。他那时经常逃学，因了女友的诱惑，学校除了警告也无计可施——因为又涉及民族政策，他只觉得好玩，只觉得够现代，他渴望能很酷地融入一个新的世界，汉人的世界，他甚至学会了用自己的方式来反叛，其实从年龄上说，这只是一次青春期的“骚动”而已，而他却认为够“汉化”，够反叛。我在想，他当时的德国女友定然也是因了他是“西藏的中国人”而穷追不舍。他后来告诉我，那位德国女孩儿经常请他去吃涮羊肉，涮完后不容分辨地将他“拎”回住处一通极致地“疯狂”。那天他对我说完，嘴角又是一咧，眼神发光，习惯性地“嘿嘿”笑了几声。

他很容易被宠坏，尤其在他人生没有方向的时候。虽然我没有见过他的“德友”，但我相信，雅特定然唤起了她的母爱，他是容易让女人产生这种感情的男人，虽然从外表上看他足够“雄性”，像一头凶狠的藏獒，可一旦了解了他，会发现他的善良，他那颗一直不肯长大的童心，钳制了他的成长，也使他常常陷入人生的迷惑。

他说，他已经和他的“德友”拜拜了。我问为什么。他说她非要让他去德国，而他不愿意。国外没劲，他说。那你还准备做什么，我又问。他无语了，沉默了一会儿，他开始给我讲他打架的辉煌历程，讲得绘声绘色，就像一出动人的戏剧，他显得很陶醉。他眉飞色舞地讲的时候一直在伴随着他的“嘿嘿”，脸上的表情生动之极。我心想，他如果去当演员一定会很出色的，只可惜，他那张脸太特别，不像我们汉人。

我跟艺谋多次提到他，我说他应该来我们组当个副导演，因为他学的就是编导，正好也在专业范围，人虽稚嫩，但可以锻炼锻炼。我一直在游说。我知道艺谋用人之方，他不喜欢机巧之人，因为多是非，而他自己亦是最不愿沾惹是非的。我们这个组从来工作之风严谨，少是非，也是因了艺谋本人的正气。雅特肯定无是非，这是我能揣摸出的，他少的只是工作经验，而我们组恰恰是最能带出人才来的队伍，这也是因了艺谋的领兵有方。

《有话好好说》终于要开机了，我带雅特见了艺谋。艺谋同意了。雅特在开拍之前便进了剧组，正式成为我们中的一员，我很为他高兴，因为他不用再晃晃悠悠了，我一直认为他的闲散是可以调教的，但必须跟对人，因为他非常容易受人的影响，这就决定了他跟了什么人，就会造就成什么模样。

进组前，我一再叮嘱他，从此以后决不允许打架，工作要认真，雅特瞪着一双大眼听着，然后向我保证，打架的事他决心金盆洗手。我想，雅特最终会找到真实的自己，我当时是这样告诉自己的。

电影开拍后，我常去探班，我发现剧组的很多人喜欢雅特，因为他单纯，又很乐观，像个大孩子，没事时常给人说些好玩的荤段子。他像个稀有动物似的让大家对他产生了好感。

可是这种情况持续了没多久，我就发现了他的问题，不是源自是非，也不是因了打架，而是做什么事都像是心不在焉，这让我纳闷。艺谋其实也挺喜欢雅特，他的简单和内心的洁净，都是一般人所不具备的，他不能不让人喜欢，只是他的懒散让别人不解。艺谋也跟我说过，雅特人不错，就是对工作不那么上心，你不交代他干，他自己不会主动去做。艺谋只是笑说，而我却认真了，因为他来组里是我介绍的，我担着责任。

我和雅特谈了，他认真地听着，就像一个听话的小学生。我心想，你也不小了，该为自己的前途着想了，不能总是把自己当小孩儿。他点着头，又向我保证他会注意的，一定会改掉他身上的毛病。虽然他是诚恳的，但不知为什么，我还是觉得他的心是游离在外的，我只是想，我算尽到责任了，路只能由每个人自己选择，我无法替代。

后来拍《一个都不能少》，他还是副导演。我有一次进村里的拍摄基地，看到他在休息的时候，拿出自带的电动玩具，用遥控板津津有味地操控着，看着玩具在他的指挥下自由地穿行，他一个人自得其乐地嘿嘿乐着，陶然欲醉。他真是个孩子，我心想。

剧组后来转道张家口，接着拍城市部分的戏，我没去，忙着自己的事。一天，剧组有人告诉我关于雅特的一个故事，听得我哭笑不得。说的是雅特有一天受命去找群众演员，大家仍在现场忙拍摄，剧组司机正好出外办事，路经一条大街，看到一个熟悉的身影，定睛看去，居然是雅特，他并没有出现在寻找群众演员的人海中，而是躬身在瞄准着什么，再细瞧，原来他正在玩打汽枪的游戏呢。别人说的时候是当笑话，也顺带着暗示我介绍的人不靠谱，我却急了，当即打了一个电话给雅特。我说你疯了，别人都在工作你却在街头花钱玩汽枪？你这样做对得起谁？这个组人人都在尽心工作，你还有心在玩？何况你有任务在身。

雅特是知好歹的人，加上心虚，在电话那头一连声地道歉，并说再也不会这样了。我真的生气了，他让我无法再为他的行为辩解，他自己否定了自己，这么多年依然顽性不改，我无奈了！

雅特又上了我们的下部戏《我的父亲母亲》，那时我已决定不再对他说“人生道理”了，他身上的顽症只能由他自己深刻认识，别人说是没有作用的。

那次电影是边拍边改，我带着编剧就住在山上。他们收工时，吃完晚饭，我和编剧就会约上雅特，在荒野里走一圈。我到现在还记得那些情景，因为海拔的缘故，夜晚的星空似乎距离我们很近，周围安静极了，只有远处有灯光暗闪着，常有风呼啸着吹过，空气中荡漾着一种在城市中难得一嗅的清新，文明离我们如此遥远了，但你的身心都在激荡着一种自由和豪迈。雅特会扯开嗓子大声呼喊着，声音传得很远，很远，偶尔，会有回声……我们被感染了，也扯开了嗓子，三个人一起大声地嘶声喊叫着，我们就像是长期生活在荒野中的孩子，浪迹天涯，终于又回归到了自然的怀抱。这时的雅特，和这一切是和谐的，他是那么的高兴快乐，他的无拘无束、自由的嬉戏玩耍，都好像是来自自然的召唤和引诱，他显然是属于这里的。我不知道自己对他的“教育”是否正确，他原该是有他自己的天性的，我是否在泯灭他的天性？

《我的父亲母亲》之后他就离开了剧组，他接了另一个导演的戏。我去探班时又见到了他，他的状态不像在我们组时那么率性，甚至有点“蔫儿”，言语比以往要少多了。他告诉我，他恋爱了，爱上了这个组的一位女主演。他说知道的人不多，他们都想保密。

我为他高兴，他的心飘荡的时间太久了，他需要一个栖息的小港湾。我注意到了那个女孩，一个聪明而又生动的女孩儿，我能感觉到潜伏在那个女孩儿身上的“母性”，这是雅特需要的，他需要这种温暖来融化他，他的心有时太野，需要有人来予以驯服。

再后来，也就是那部电影拍摄结束后的一天，他来找我，神情沮丧，眼神中含着掩饰不住的痛苦 我很少看到他眼中含有这种内容，他从来都是嘻嘻哈哈的，一副凡事无所谓的样子。现在，他开始有所谓了。

他说，他接到了那个女孩儿的电话，女孩儿在电话中说，雅特，我们结束吧，我现在看不到你的前途，而我，是需要前途的。雅特说，他在电话里，能感觉到她的旁边有另一个人。

他失神地望着天空，缓缓地叙说着。他说，我也想有前途，可我不知道能做什么？他像是在问我，也像是在问自己。我无法回答他，我知道他的“顽心”犹在，而他根本没有想到怎么来安排自己，而现在，他真的开始想了。此时此刻的他，自尊心受到严重打击，他陷入了沉默。后来我才知道，那个女孩儿再“谈”上的男友，是雅特和我的一位熟悉的朋友。

从那天以后，我发现雅特变了，变得很急，急于要干一番事业，他的“无所谓”不但“所谓”了，而且浮躁得厉害，内心深处那点可爱的天真和顽劣正在一点点地消失，他在“长大”，他在“成熟”——可这真是他需要的吗？我不知道，我只是在问自己，当我眼前这个熟悉的雅特变得让我越来越陌生时，是好，还是不好？我所知道的是，一场不成功的爱情让他“成熟”和“觉悟”了，他终于要开始奋斗了。

再后来，我们的联系越来越少，直到他从我的视线中彻底地消失，偶尔听人说起，知道他在一个电视导演身边做事，又听说他要当导演了，可过了一段又听说他导的那部戏没通过。

鲁阳把我接到了他提到的那个“书吧”，我看到了雅特。让我吃惊的是他瘦了许多，脸上已多了些皱褶。岁月在每个人身上都烙下了痕迹，没法遁形，他也一样。他说他瘦了二十公斤，是因为锻炼。他这句话让我多少知道了他开始活得健康了，一种心理上的健康。我很高兴，为他。

“书吧”并没有像鲁阳事先渲染的那么美妙，起码我是如此看的。靠墙的两面摆满了各类书籍，仔细一看多为外文书（为什么不是中文的呢？这是在中国的土地上啊！），椅子坐着也不舒服，太硬。鲁阳马上说，里面一间有沙发，舒服。里面？我去看了一眼。人坐满了，没位子了，看不出舒适的程度，我也就不深究了，回到我们坐的位置。雅特给我斟了一杯酒，斌哥，喝酒。他总是这么称呼我。

我说，雅特，你好吗？他旁边坐着一个女孩儿，对面还有一位，我在琢磨谁是他的女朋友？因为来的路上，鲁阳已对我说了，雅特交了位女友。雅特说，还好。他的话不多了。我注意到雅特的性格有些变化，言语不多，便显得沉稳了。雅特说，他很怀念在艺谋组里的日子。这个组太好了，他感慨地说。我没接话，他的离开全是因了他自己的缘故，那时他不懂事，他到现在才有这个感慨。

接着我问雅特个人生活如何，我是明知故问，但我确实需要搞清楚，他的女友究竟是谁？他旁边的女孩儿从我进来时就没开过口，但我看出她是一位精明干练的女孩。这时，她嘴角一撇，羞涩地笑了一下，我知道就是她了。果然，雅特指向她，并轻轻地侧身拥抱了她一下。

对面的演员女孩儿则惊呼了起来，呀，真的呀，我怎么一点也不知道？她们两人在一个经纪公司，雅特的女友还是管理她的人，而且雅特也和她们常在一起，可她居然不知情？这是她惊呼的原因。我笑了，因为这里的气氛让人轻松，也让人感到美好，这种气氛在今天并不那么多见，所以让人喜悦。

我在一旁观察雅特的女友。她给我的感觉是位踏实的女孩儿，而且内心的力量很强，我相信她做起事来一定是坚定的。她是个目标明确的女孩。而这正是雅特身上所欠缺的。同时我还注意到她的身上也不乏“母性”，而这也是雅特未来的生活伴侣必须具备的——起码我是这么认为的，否则雅特难以被驯服，他有来自荒原的野性的一面，但他会臣服于“母性”，因为雅特需要母性的温暖来融化内心的狂放和躁动。她真的很合适，仅从雅特的选择就能看出他的变化，因为我认为选择什么样的女人，正说明男人自身的素质，反之亦然。

因为太晚，我们没谈太多，但我已经很高兴了，因为雅特，他终于有了一个正确的生活方向。他从此会很好的，我想，但我真的希望他在“找到”的同时还能保留身上的童心和纯真，这是大自然最珍贵的馈赠。

礼平、谢刚与哲人老严

带着礼平去新星出版社时，我并没有想到会遇见来自上海的老严。

我去新星，私下里是想促成《晚霞消失的时候》的出版，这事我一直萦萦于心，甚至觉得它成了我一个必须担负起的责任。

那天我让礼平将《晚霞》送达出版社时，便告诉谢刚，这书值得隆重再版，因为它影响了一代人。我一向认为谢刚是我见过的最富有理想气质的出版人，他的学识和眼光都迥异于一般专事“吆喝”的出版家。他是独特的，甚至将出版当成一“乐儿”，爱玩，但更爱书，而且痴迷于西方的侦探小说。他告诉我他之所以放弃大法官不当，就是想自办一家出版社，专出他喜欢的侦探小说，这个理想他终于实现了，接连推出的不仅仅拘囿于一个类型——侦探小说，还有理论、历史、文学类书籍。我戏称他的出版方向是新、奇、怪，他笑言这只是他的一种风格类型。但我喜欢他们出版的书，时不时去蹭一把，顺手抄几本回家，很得意地窃喜一番，因为没掏钱呀。

他看了《晚霞》后，曾跟我感慨地说，真是一本好书，现在不可能再有人写出这么经典的爱情小说了。并说，我们出版社的人都在传看。我挺高兴，心想这下出版没问题了。后一追问，他告诉我，查了一下，前几年有出版社出过《晚霞》

了。我说，先出的那版装帧极差，并且印数有限，根本就没认真做，所以可以再出。他回说再等等吧。我略有些失望。

所以我将礼平带了去，我想让他们之间先建立起友情。我知道谢刚其人，面子薄，且又嗜书如命，尤其爱好书，况且他喜欢礼平的书，这就有了建立友谊的基础。我的直觉告诉我，他们能成为好朋友。

我一直希望礼平能重新振作起来，投入写作，再次为时代挥斥方遒，一如属于他的那个波澜壮阔的八十年代。我不相信我们的理想在这个拜金的时代没有存活的空间，我不相信我们的意志就这么轻易地被打败，我更不相信这个世界的书籍终将消亡；我们必须这么站着，这是我们唯一存然于世的理由。

曾经有过一段时间，我和礼平只要凑在一起就会发生激烈的争执，甚至吵得面红耳赤，每次他悻悻然离去我都会深感愧疚，因为他在我的心中一直牢固地树立着一个高大的形象，这个形象是由他的《晚霞》赋予我的，我多么希望他就是那个小说中的李淮平啊——那个壮怀激烈、血热衷肠的男人！

我劝告他要多读些哲学家的著作，因为只有多了一些理论上的参照系统，才能明辨是非。可他只是笑而不言。

他说，他更爱读历史。是的，历史知识于他驾轻就熟，顺手拈来便能纵论古今，让我钦佩，可这些知识亦需现代理性思想的映照，才能真正激活它潜藏着的于今天的价值和意义。但我与他的交往真是让我受益匪浅，所以，礼平在我的心中始终是一个宽厚、温和的长兄。

我们出现在新星出版社，我事先与谢刚联系好了，我知道他忙，必须先约再访。见到他时他后面跟着一位陌生的中年人，当我介绍说此为礼平时，那人发出一声快乐的惊呼：哟，你就是礼平啊，你们聊的那个《只是当时已惘然》好多人向我要，很好，我都发了一百多本了，还有人打来电话要。我在奇怪此人乃何方神圣？因为刊登那篇文章的杂志乃属圈内读物，少有人知。他的模样就是一典型的知识分子，略显秃顶，身量不是太高，说起话来慷慨激昂，极富煽动性，且伴随着手臂的激情挥动。

我们共同忆起了当年（那个令人缅怀的八十年代初）读《晚霞》时的激动，我们居然都是在当时的《十月》杂志上看到的。那时的《十月》是中国文学界一面鲜艳的旗帜。

经谢刚介绍，我才得知这位陌生人是上海季风书店的老板。读书人恐怕无人不知上海的季风书店，它的文化品位在小资及知识分子之间风靡，我虽未曾去过，但如雷贯耳，由此足可见出此君的不同凡响。但我没有料到他还是一位极富思想的人，他的一番不容置辩的激情演说让我目瞪口呆。事后我对谢刚说，我也算是阅尽人间事的人了，但此君是我这十多年来见过的最令我惊叹的人，因了他独特的思想。

他的观点以马列思想为发端，接着波及马克斯·韦伯的资本主义伦理，以及中国古代圣哲的言论，他提及马克思的伟大贡献是发现了资本的剩余价值，这一发现让马克思从中寻找到了关于无产阶级的理论基石，由黑格尔的思辨逻辑（正、反、合）出发，从而推演出无产阶级必然推翻资产阶级的著名思想。

可剩余价值却创造出了一个成熟的资本主义，这恐怕是马克思始料未及的。马克斯·韦伯却由此发现了资本主义发展的伦理规则，以及建立其上的基督教的文化背景，它支撑起了一个强大的资本主义精神。可是，就是这个资本主义的理论先驱，对人类社会的前景亦充满了悲观。说着，他随口背诵了一句马氏的原话。我追问这是谁的话？他看了看我说，马克斯·韦伯在他的《资本主义精神与新教伦理》中的原话。我惭愧了，因为我居然在阅读时忽略了这么一句至关重要的观点。他还谈到了西方哲学家孟德斯鸠的观点“看不见的手”。我随之一惊，忙问，这不是古典经济学家亚当·斯密的名言吗？他说这句名言其实出自孟德斯鸠，而非亚当·斯密。我又想扇自己一大耳光，我太孤陋寡闻。

他激情洋溢地将西方与东方的哲学精神如数家珍般地一一道出，显现出他思想的深刻与独特。我多少也是读过一些书的人，是忽悠还是真才实学，我一听便知一二，他显然属后者。他最终的结论是：今天，我们无法寻找到确定的唯一性真理，这是人类的一个悖论和理论的尴尬。这一点我认同，我们的确生活在一个无以解脱的生存悖论中，像是一个巨大的循环圈，我们不断地被各种力量抛来抛去，人类的终极方向究竟是什么？没人可以解答，但我们仍要凭着一股生存之勇气继续地探究下去，循环往复。这是人类的命运，这也是“西绪福斯”的精神。

我很感谢老严的一番教诲，开阔了我的眼界，可惜我无法复述他的那番随口而来的高论。我甚至好奇地问，你在上海会有人经常谈论这些话题吗？他说有很多人呀。哦，我心想，他们真是幸福，我举目四望，能真正对话者寥若晨星！

他说到这代人的怀旧。说他身边的许多朋友在九十年代挣了一些钱后，人到中年，且日趋老迈，开始回来找老朋友聊天了。

很多人又出现了，老严说。所以他说《晚霞》如果出版会有许多这类人来买，为了珍藏。他几次掉头问谢刚，喂，你出吗？你这不出我出，我起码印三万册，光这代人就会抢光。谢刚接言，我没说不出哇，我只是在想，怎么能出得更好，要找到一个主题，否则随便一出会可惜了这本书。我这才明白，这个谢刚，凡事爱琢磨透了再行动，这是他的性格。

我们都会买许多本《晚霞》送人，老严说。他说起话来总有那么一股子义正词严的劲头，一点不像上海人，这种豪迈一般只盛产于北方。他可谓是上海滩上的一奇人，我对他颇有些仰视。他与礼平基本同龄，“文革”老三届，我和他们，则还隔着一点距离。

他又匆匆地走了，像是一阵狂风吹过。我则一再感叹，此为高人矣。谢刚告诉我，此君原是上海哲学研究所的副研究员，后因八十年代末的那场“风波”辞职下海，一直经营“季风书店”。我心想，难怪，这位老严专业就是一哲人呀，果然不凡！

你要常来我这，可以见到的高人多了，我这里尽是这样的人。谢刚自豪地说。

莫文蔚的生日派对

我一向是对各种派对保持警觉的，并非是派对有何不对，而是我自个在一堆陌生人里会自惭形秽，孩提时代我就怵待在众多人中，那会让我不知所措。

除非特殊原因，我推辞不了的派对，我亦是找个旮旯里缩着，观察着眉飞色舞的人流，还会给我带来些许的快乐，毕竟这也是人生的一个侧面，一个有趣的侧面。

昨晚我被邀请参加了一个派对，是子真在好几天前就告知的，她说，是莫文蔚主办的，届时邀我的一拨好友礼平、庄众一道参加。我一直以为只是一个小型的派对呢，可为什么时间却定在晚间 10 点，这让我有些纳闷。

晚上9时左右庄众来我家拉上了我，我们按照事先发来的地址出发了。赴约的位置是我所陌生的，我一般只在京城的东边转悠，可今晚的目的地是前门附近，我对那一地带茫然无知。

还好，在前门步行街区一个不起眼的拐弯处找到了要去的酒吧，那么一个犄角旮旯里居然深藏一高级酒吧，让人着实吃了一惊，只是奇怪莫文蔚一港人，如何能知道这里“卧虎藏龙”呢？

看来还是我成了一“老帽儿”。

结果来的人颇多，一看就知“北京文艺界”人士居多，这圈人大多是挂像的，雅称为“职业特点”——绝非戏谑，任何职业均有其特征和特点，这是难逃的“劫数”。

我与礼平找了一个小角落坐下了，我怕礼平会落寞，毕竟这个圈是他所不熟的，甚至话语都有可能搭不上，我时时想着要照顾他，担心他会被人冷落。

还好，子真的先生与礼平聊上了，还挺热烈，我在一旁瞅着高兴，这下无需我来照顾了，他们不是聊得挺欢实吗？挺好。

子真和莫文蔚晚到，她们在路上被堵住了，一通抱歉，子真见到我兴冲冲地说，王斌老师，有个人特崇拜你，要见你。我一怔，问：谁呀？她笑说，张亚东。我大笑说，我跟他早就熟了，他是在蒙你呢。

一会儿亚东挎着一个背包过来了，笑吟吟的，跟我打了声招呼，在我边上坐下了。我说：我们有十年没见了吧？他笑了，太长时间了，他说。

我对亚东印象颇深，第一次见他是九十年代末，我会偶尔在酒吧里见到他，一个长相清秀还带点腼腆的青年人。

有一天，我的一位年轻的朋友说，王老师，我一定要让你认识一个人，他的音乐做得可好啦，他将来一定能出来。没一会儿，他来了。亚东，一个文文静静的年轻人，在一群骚动欲望的面孔中，他显得有些特别，亦显得落寞。

我们简单地聊了几句，我也不知该说些什么，只能应酬着，我随后知道他还在京城里“飘”着呢，与我一样，属一无业游民。后来，朋友交给了我一盘他做的音乐。

回到家我将磁带塞进了我的组合音响，不久音乐之声就响起了，我稍稍一愣，音乐的旋律有些怪异，亦有些另类，完全不是常规的那种动人之声，甚至有些尖锐刺耳，但我却被吸引了，我就是喜欢非常规的艺术、有个性的艺术，他显然是在我所欣赏的范畴内的。嗣后，我告知介绍我们认识的那位小朋友，我说这个人是有音乐天赋的，很好。他笑了，我没说错吧，他说，嘴角随即起了一个小弯纹，笑得开心。你帮帮他吧，他是能出来的。他又说。

可我不是搞音乐的，我知道我帮不上人家，我是一个从不许诺的人。后来我帮人折腾一个电视系列短剧，想起了亚东，可那时他在圈内已然小有名气，我记得后来是因了价格没谈拢，就告吹了，这一晃十年过去了，只是经常在报章上见其名字，知道他果然“出来了”，而且“出”得颇为响亮。

亚东坐在我身边，王老师，我也要拍电影了，他说，神情亢奋，我跟你说说故事吧，我只是拍十分钟的电影，我觉得挺好玩的。于是他说起了他构思中的几个故事，都是与青春有关的小故事，能从中感觉到他内心的年轻，其中有一故事让我心动了一下，只是觉得还有些“飘”，是个好感觉，但没有落到一个有趣的主题上，使得想象缺了主旨的归依。我谈了我的看法，他兴奋地身体一挺，王老师，你启发我了。

我们又聊了一些别的，没一会儿张扬出现了，他与莫文蔚熟悉，况且张扬爱玩是我一向了然的。他还是保持着学生时代的打扮，保持着青春与活力，斜挎一包，衣服有些松垮，先是例行性地严肃地“板”着脸向熟人招招手，找一地儿坐下了。他就坐我对面，一旦开口，微笑立马在嘴角处显现了。

我与张扬亦好些日子没见着了，20 世纪末，每逢周末我们都会聚齐，一块相约着打保龄球。那个年代打保龄球成了一种时尚，那是我们的一段快乐时光。进入 21 世纪后我不再贪玩了，亦退出了各种集体活动，在家潜心读书写字。虽然在各种不同的场合与张扬还会擦肩而过，匆匆打一招呼，亦没能静下来聊上一聊。

张扬拿起手中的酒杯，站起身：来，王斌，我敬你一杯，我看了片子的片花，祝贺你表演成功。我笑着与他碰了一杯，小抿了一口红酒：那你以后有合适的角色要找我喽？我逗他，他亦点头。他又说，我不知道你演角色，否则，我怎么也要为王斌老师导一场戏呀，我后来知道时说是你已经演完了，他说。我更笑了。

张扬在我们的《黑球》里挂名总导演，可我的戏他还真没露面。

接着我们聊起了电影的审查体制，他说他一开始就知道体制的界限在哪里，在中国拍片你必须要清楚界限，否则会出问题，旁边有从美国学电影回来的年轻人，知道张扬是《昨天》的导演，兴奋了起来，他喜欢那部电影，可他一直没明白中国电影审查的界限在哪里。张扬说，你看《昨天》，如果今天来拍一定通不过。我表示认同，我们的审查眼下是越来越严了。

张扬刚弄完一部反映青年生活的电影，显然颇为亢奋，我们又聊起了国际电影节的事，我们都认为那些影展已然江河日下，只是一个供导演忽悠的事儿，没有什么价值了。张扬告诉我说，他在一家媒体上接受采访时说，国际电影节已经过时了，现在是票房最重要，有了票房你才有话语权。

张扬现在的认知无疑是正确的，电影不是用来哗众取宠的，以致用所谓的艺术来遮掩自己的拙劣与艺术感觉的衰败，中国老百姓对国际电影节上的喧嚣已然警觉了，甚至不屑，这是一种审美的进步。

凌晨 12 点了，有人站起来欢呼，接着是一片掌声，我这才知道，这一时刻是莫文蔚的生日。她露出纯真的微笑，就像一个懂事的邻家女孩儿，质朴而娴雅，我们被招呼着上去一块照了一张合影，接着是切蛋糕，分发蛋糕。到处是欢声笑语。

一个愉快的夜晚就这么度过了。

他来自德国

走出公寓大厅，才发现今日的阳光如此的灿烂，灿烂得直晃我的眼睛。

我看见了向阳。他正望着我，一脸的微笑，这是他最具标志性的微笑了，他站在公寓铁栅栏外的大门口。我开始觉得太不好意思了，因为他今天要为我引见一位来自德国的朋友。

上午接到向阳的电话，他告诉我，那位德国朋友到北京了：我们中午见见你吧，一块吃个饭？我问：在哪？他笑了。我知道你这人不爱跑出来，就去你那吧，碰上了王斌这种人有什么办法！他调侃了我一句。我心想，还是向阳了解我，我是不爱往别处跑的。

向阳介绍过的德国朋友，是一位剧作家，去年他的一部电视连续剧在德国引发轰动，收视率为第一。他要专门到北京来看我，向阳说，到时我们一块聊聊。

他叫迈克，表情温和，鼻尖高耸，头发已经灰白了，但目光则透着沉静和澄澈，因此难以看出他的真实年龄，只能说是中年人，但中年到什么程度？我很难判定。他和向阳就这样站在烈日下的大门之外等着我。我快步上前，表示了歉意，心里在责怪向阳，不该这样招待一位远方来的客人，起码可以先上来找我，或者，找家餐厅先坐，我去找他们。

我们向餐厅走去。一路上与迈克聊着有趣的话题。向阳说我是好人，但总是对什么事都过于严肃认真。迈克说这很好。我说好吗？那是因为你是德国人，德国人做事严谨所以觉得我好。

其实向阳还是不了解我，只要碰对人了，我挺幽默的，但前提是要碰对人。我之所以在他看来严肃，是因为我们经常谈论的话题是需要严肃的，但在他看来，无所谓严肃，什么事都当是“甄士隐”“贾雨村”言，这几乎成了他的口头禅。可能他是对的，而我却难以做到。凡是我认定为庄严神圣之事（比如艺术），非要争辩出一个是非曲直，否则，我心里过不去这道坎。

我说德国这个民族我是喜欢的，因为他们诞生过康德和黑格尔，是一个思维严谨的民族，有一种庄严感。

迈克说，那都是过去，我们现在没有哲学了，现在都在学习法国哲学。我说现代哲学有一种说法叫回到康德。他问是吗？纳闷地看了我一眼，我没听说，他说，摇了摇头。

我说法国哲学引领了现代哲学思潮，我亦喜欢，比如列维·斯特劳斯、罗兰·巴尔特、福柯，还有德里达。当我每说一句时，他嘴里会复述一遍这些哲学家的名字，频频点头。这是我们唯一一次无须向阳翻译的对话，我很高兴在没有翻译介入的前提下他听懂了我的意思。一位来自西方的作家，对于一些重要的思想家的名字没有陌生感，令我快乐。我在想当下的中国，又有多少创作者知道这些名字呢？更别说看过他们的书了。我说我上午正好在看福柯传，我喜欢他关于知识即权力的思想，而且他阐释命题的角度刁钻古怪，极具启发性，我在理论上也有一种偏执，喜欢那种“邪门歪道”。

他告诉我，他知道这些人，但看得不多，因为看不太懂。我说不会呀，除了德里达晦涩一些，其他三人还是能看出点名堂来的。他说他喜欢荣格。哦，我说，他创立了“种族原型”理论，承继了弗洛伊德的衣钵，他的“集体无意识”的诠释很有意思。我表示同意。我一边说，一边在琢磨他为什么会对荣格的思想产生兴趣，因为严格说来，那是一个过时的理论，法国的拉康就超越了他的思想，应该比荣格更具现代性。

正自问着，我突然明白了，荣格的思想很容易给艺术创作者引发灵感，因为他的思想关涉人类学，从这个角度看，就不难领会他为何喜欢了。

很快就到了餐饮一条街，我问向阳吃什么？他说就“俺爹俺妈”吧。我们拐了进去，只有一间小包间，我和管事的打了个招呼，说我征用了那间房，因为有远方的客人。

坐下，向阳点了几样包子、煎饼、鸭油烙饼，还有各种冷菜。迈克吃得高兴，说是他吃过的最好的午餐。我看了他一眼，这话看上去挺由衷，我也挺高兴，这才叫有朋友自远方来，不亦乐乎。

我问他看了奥运会开幕式吗？他伸出了大拇指，很好，他说，开幕式很伟大，德国是不行了，中国伟大。他又说，德国人看了以后很恐惧。我正要问他恐惧什么？是中国的威胁论吗？他接着说，我们德国人觉得，中国已在21世纪了，而德国还停留在20世纪。我问他来中国几次了？他回答第一次，而且后悔来得太晚了，他说中国现在充满了活力。他认为德国肯定是落后了。并说，大家都在看中国，羡慕中国。我笑了，我说是吗？好像并不是所有人都这么看，你们德国总理这次就没来参加奥运会，就说明了问题。他一怔，看着我，没再说话。

我告诉他我的看法，德国的问题是由于背负着东西德解体后的沉重包袱，整个西德人要为当年极权下的东德经济埋单，这一负担要让德国为此付出代价。他表示同意。

他说他们希望中国强大，以此结束美国单极世界的霸权。世界应当是两极或者三极的。我说最好不要两极，更不能是单极，最佳的选择是三极世界，这样能真正做到相互牵制。我说我一直认为俄罗斯未来会强大得惊人，我说这个民族有一种博大的文化传统，自从东罗马帝国在君斯坦丁堡崩溃之后，俄罗斯民族就一直认为他们承继了东罗马帝国未尽的神圣使命，他们成了东正教传统的正宗传人，再加上斯拉夫人性格中的强悍和狂放不羁，以及对于一统天下大帝国的种族记忆，他们的再度崛起势所必然。当然，现在他们的势所日隆与他们的石油资源有关，石油价格的飞涨给这个民族自苏联解体后的经济颓势带来了一次新的机遇。

迈克说俄罗斯人太无政府主义和自由主义了，这会影响到他们的国家进步，并说，德国人不爱和俄罗斯商人打交道，喜欢和中国商人交往。我问他为什么？他说，他们的商人是小偷。我说：哦，你是说他们是窃贼，大多是通过巧取豪夺国家资产发财的？他点头。我说，中国商人里没有窃贼吗？他怔忡了一下。

我告诉他，一定别忘了俄罗斯民族的性格特征，这也是他们所具备的文化品质，所以选择了普京。很难想象一个崇尚无政府主义的民族，会选择一个在权力控制上的铁腕人物，如果他们真的更愿意“无政府”，那么当年的叶利钦就提供了这样一个有机的土壤；可是人们放弃了他倡导下的自由经济的“冷冻疗法”，重新复归了间接的“大一统”，重新选择了普京式的相对的“集权制”。也就是说，他们最终还是需要一位“拉康”意义上的“政父”（政治父亲），来保护他们自身的民族利益。这是一个长期在极权统治下生存的民族必然带有的文化“胎记”，一时还难以根除。所以俄罗斯民族本质上非企盼“无政府”，而是需要强人主导下的权力秩序。

我们又聊了些轻松的话题。迈克说我穿的 T 恤好看，我告诉他这是我于 1998 年买下的，是中国人在美国创立的品牌。但我没有告诉他，我看到时就爱不释手，因为我从小就爱穿海魂衫，可是那时觉得太贵，就一直憋着等季节性减价，又忐忑不安地怕到时已卖光了。还好，我终于以半价的价格买下了，一共一百四十元，当时高兴得不行，从此后这件 T 恤成为我的最爱，我带着它周游了一次欧洲。我对迈克说，你看，到现在它仍像是簇新的，领口也没懈。迈克说，你穿衣服很有品位，并开玩笑说，我也得学你。

餐后去了我家。我拉开落地窗的窗帘，一个极为开阔的视野迅速地展现在眼前——高耸的楼宇及郁郁葱葱的树林，在某个楼群的夹缝中还能看见三环行驶的车辆。他遥望着远处浮动中的景致，发出一声感叹：这是一个充满朝气的国家。

向阳让我带他去看看我的书房。他看了我一屋子的书，夸张地叹道，这里能写出伟大的作品。我笑了。这只是一个美好的假设，我说，但这一假设不属于我。

这里都是些西方的古典小说，向阳指着其中的一排书说。我说是托尔斯泰、陀思妥耶夫斯基、海明威、菲斯杰拉德等。迈克告诉我，他是在向阳的一再推荐下，才读了陀思妥耶夫斯基的著作的。向阳得意地笑说，我们是二十多年的老朋友了。

又回到沙发落座，他提出希望能有一部反映中德两国人在中国发生的故事的作品，我笑说我申请加入，他说那他太高兴了。我说，这一作品要有幽默的元素，也就是拿两国的文化差异做足文章，并非开涮，而是幽上一默，可以让人在轻松中反思一些有趣的问题。迈克说，如果我们真的弄出这么一部作品，那我们就能成为欧洲之王。我大笑。

我拿起桌上的一本法国哲学家德勒兹的《时间——影像》，迈克说他知道这位哲学家。向阳马上说，这本书没意思，他似乎在说电影，可是电影不是他要主说的。我说他是通过电影谈哲学。向阳不屑地晃晃身子：那我不看，我要看谈电影的书。我说我从来不看只谈电影的书。迈克听了插了一句，我也不看专谈电影的书。我说那只是谈技术，不是哲学，我爱哲学。

而且，我又补充了一句，一般导演们的回忆录是要警惕的，（包括访谈）因为他们很有可能在撒谎。向阳说，我就喜欢撒谎的东西。这是我与你的不同。他嘻皮笑脸地说。

我说是的，这是我们之间的分歧，我认为一个纯正的艺术家在艺术面前不能撒谎，你则认为要撒谎，甚至主张作秀，你认为这恰恰是艺术行为的一部分。我再次强调，艺术家首先是要有人格的，而且必须真诚。

我曾经与向阳聊过，艺术起源于原古初民的吟唱，那是因为当时的生存条件充满了险恶，吉凶未卜，他们积蓄了大量的情绪需要发泄，于是只能通过吟唱（艺术）、占卜（仪式）这些方式来予以表达。除此之外，还有爱情亦需要用吟唱这种间接方式来向恋人传递，这很奇妙，但我们必须注意到其中的一个关键点，首先是有了真情（诚意），然后才会有随后的表达（经由真诚而创造出的艺术作品），这便是源与流的辩证关系，所以艺术的源起定然是以真诚为其基因的。这是毋庸置疑的原则。

我问向阳，我们俩在艺术的理解上有这么大的分歧，经常争得面红耳赤，为什么还要继续交往？他说，你是一个情节天才呀，我看到一个比我强的人我就病了，不行了，所以愿意交往。他说得认真，让我拿他毫无办法，其实他在许多方面值得我学习，而且我始终不认同他夸我的所谓的情节天才，我很清楚我缺些什么。

几乎每天早晨 9 点左右我的电话铃声就会响起，不用看，一准是向阳。可我们只要谈到具体的艺术问题，就会各执己见互不相让。但我真的很需要这样一位朋友，真诚且能与我一争高下，偶尔，能成为照见自己的一面镜子。

我告诉迈克，李向阳同学是戈达尔、特吕弗的信徒，我则一向认为，作为一个时代的标志，他们是伟大的，他们代表了一个消失时代的潮流，作为一种象征性的人物，他们将载入史册，并将永存；可作为一部电影文本的艺术经典性，他们无疑已时过境迁，时代毕竟不同了，离经叛道的年代已远去，我们面对的现实问题是他们所处的那个时代从没有预见到的。

迈克表示同意，他说那个时代的意大利新现实主义电影更具经典性。我亦认同，我还告诉他，我心目中好电影的标准仍是《教父》，因为既是商业的，同时仍不失思想，虽然我最崇尚的电影大师是希腊的导演安哲若普洛斯，因为他居于一个高不可攀的精神高度，让我高山仰止，虽然他绝不商业。对于这位大师，向阳就曾追问过我，他好吗？欧洲人就没几个人谈到他，大家谈的只是戈达尔。我当即义正词严地反驳：关键不在于欧洲人怎么看，是你怎么看。我当时对向阳说，我们还有一个重要区别，你在按照别人划定的标准来评价艺术，而我会依据我的感受和自我确立标准。

向阳当即大叫，我抗议，戈达尔是我的神，我的信仰，我不允许你们这么贬低他。我开玩笑说，我们要摧毁李向阳的信仰，让他重新寻找更坚实的信仰，他需要换换脑子了。迈克附和。

我抗议！向阳继续高呼。脖子上的青筋毕露，一副愤慨且要决一死战的模样。他那可爱的执着把我们都逗乐了。

我的大朋友胡安

我和胡安算是多年的老友了。

我还记得当年在朋友的引见下的初次见面，她一副风风火火的神情，显得动感十足，语速极快，且喜欢咬文嚼字，不时地会从口中蹦出点文辞来，让我心知她是偏爱华美之词的女子。那时我便知此人爱书，而且书中涉猎甚广。

胡安属于没有心计的女子，且为典型的性情中人，没聊上几句，她的滔滔不绝就把我给惊着了，我的伶牙俐齿立马“歇菜”。那时我还在奇怪：与人交流，我一向是咄咄逼人，占尽先机，怎么和她一交上火倒成了“沉默者”？

那时她在影坛已然颇有了点名气，因了她执导的《西洋镜》。虽然对此片我不想在此多言，但我承认作为一部女导演的处女作，确有可圈可点之处，起码显得不那么幼稚，而且某些细节的捕捉也会让人心有所动。她的剧本是有点讲究的，情节的起承转合颇富技巧，虽然其中“后殖民”的眼光让我不爽，可作为一部要走向国际市场的中国电影，这也是勉为其难的无奈之举。

《西洋镜》是以中国晚清拍摄的第一部中国电影的真人真事为由头，衍生出的一部具有“史实性”的爱情故事。后来又有许多人企图以此为题材再拍新作，竟未料想，《西洋镜》居然成了一个不可逾越的存在。

那次聊天我们说好要合作，再造一部电影。

我们换了无数的故事，这其中的曲曲折折于今想来都是故事，直到后来的《美人依旧》。这个题材的匆忙上马我认为是草率了，可胡安的性格是当断则断，毫不犹豫。虽然身为女子，但做事和为人是有股汉子气的，所以我们的合作可谓痛快。我们可以无话不说，甚至无需考虑说话的方式，我的态度总是激进的，而且经常口出狂言，甚至振振有词，胡安则与我相仿，也是狂徒一个，激情澎湃，口无遮拦。但我俩均属宰相肚里能撑船的那类，吵完争完，又相安无事，然后谈笑风生洒脱无忌。

所以我欣赏胡安。胡安与我同龄，但小我几个月，故此我以哥哥的身份自居，她也认。我们身上都有点傲骨，而且有话必须直说，拐弯抹角与我们无缘，这种爽快成了我们友谊的基础。那次合作之后，我们便成了肝胆相照的好朋友。

胡安属于改革开放后最早奔赴美国的中国人，她在纽约拳打脚踢居然也打开了一片天地。她是学商务的，而且有过成功的商业经历，可我就是不明白以她如此简单的大脑，怎么就能在美国纽约站稳了脚跟，并一举成功？后问，胡安大笑，曰：美国人傻，他们比我还简单，中国人那点聪明跟他们斗足够用了。我这才大悟，原来老美居然是一大傻，我说怎么他们的总统布什先生跟个弱智似的呢。

胡安一直“发烧”电影，这成了她的梦想，成了她挥之不去的志向，于是就有了后来的《西洋镜》。

今天她打来电话，一开口就说：老王吗？然后便是永远不变的“哈哈”，她那点北方女子的豪迈在电话中已然表露无遗。我喜欢跟痛快人打交道，因为我也弱智，缺少心计和城府，所以和胡安交往不累。我们俩聊起天来有时像个顽皮的大孩子，无所顾忌，这其中，一定会不时地传出胡安爽朗的开怀大笑。

又来到了西餐厅，要了一份意大利比萨，一份沙拉，每个人又点了一份海鲜汤，吃得津津有味。席间，胡安问我前一段时间去美国的感受如何？我说看我博客吧，那点感受都写了。胡安一直愧疚没能在纽约接待我，因为她早就承诺要请我去纽约玩一趟，可我去的那段时间她又正好有事。

下次吧，她说，我一定要请你去纽约。我有一次在电话中曾对纽约表示了不屑，她笑说那是我没找到玩的门径，说待她有空时带我好好玩玩真实的纽约。我听了暗喜，心中便对未来的纽约之行跃跃欲试了——因为有胡安的引领。

胡安说她下一步要拍英文电影，所以在美国搞剧本，虽然好莱坞的体制有诸多的麻烦，但它正规，有章可循。在中国弄电影太麻烦，而且有许多专业之外的事情让她头痛。我知道，胡安在处理人际关系上和我一样，绝对弱智。

一名很“二”的丫头

午时，一位“80后”的丫头约我聊天。我选了一家新开的西餐厅。

那里的环境很好，杂人也少，我说，适合聊天。

太好了，电话中，她高兴地说。

这丫头与我并不常见，但我们认识有些年头了。

第一次见，是她受命采访我，因了我彼时刚出版的小说《遇》。

记得当时她问了许多问题，我都耐心地一一作答，但心里觉得这丫头天真得可以，尽问一些不该问的傻问题，或者是一些最基本、根本不用说的文学常识。我心说报社怎么派了这么一个人来？

几天后的一个晚上，她发了一短信，嘱我晚上注意收她的邮件。

是我的那篇采访稿。王老师，我是很用心写的。她在短信上说。

而我则漫不经心，因为预感告诉我，那将会是一篇挺傻的采访文稿。

结果，我被她的采访文字吓了一跳。

真好！

文字完全不像出自一个女孩儿之手，尤显苍劲有力，不知道的人，定然以为出自一位汉子之手，我说过的话，经由她的生花妙笔那么一润色，顿然豪气盖天了。

这下轮到我傻了。

我怎么也想不明白，一个瞪着一双直不愣登天真的眼睛，问出许多傻话来的丫头片子，居然能写出如此掷地有声的文章！

几年后我的《六六年》由人民文学出版社出版了，第一个采访人依然是她。采访文章面世后仍然惊到我了，文字深邃而极富哲理，我完全无法想象，一个未经历“文革”的人，发问居然这么的振聋发聩。

厉害，我心说，她让我彻底地刮目相看了。

由于餐厅她不认识，我又不认识外文的餐厅名，无法准确告诉她位置，她只好在公园西门候我。我快步走来时，大老远就见一笑眯眯的女孩儿冲我招手示意。

她现在是一位三岁男孩儿的母亲了。

我们坐定。

这家西餐馆空空如也，除了我们，未见一桌客人，但环境甚好，安静幽雅。

便于聊天，我笑说。

还真是！她亦笑。

您知道前几天有一翻译家自杀了吗？她上来就问，依然瞪着一双天真的眼睛。

知道，我说，忧郁症。

人为什么要得忧郁症呢？她微蹙眉心认真地问。

城市病，西藏人就不会，因为他们的生活是有规律的，而且有信仰。忧郁源于现代城市人的一种莫名的焦虑。

未来的不确定？她问。

未来的无从把握，以及现下安全感的极度缺失。我说。

那忧郁症者为什么不可以去爱别人，有了爱，还会忧郁吗？

我熟悉的，她的那种特有的很傻很天真的问题，又一次地出现在了她的眸子里。

你问的问题跟忧郁症没关系，我说，他们不是不想爱，而是无法做到。忧郁症的典型特征是万念俱灰，对世间的一切都失去了兴趣，死亡成了一种快感的寻求与解脱，除此，每分钟都活得太辛苦，这就有了挣脱一切想死的愿望。

那他们可以去做义工啊，或帮助别人什么的。她继续说。

我乐了。

我说你呀，怎么问的问题还这么天真？我告诉你了，你说的问题不是忧郁症的问题，他们难道不想从中获得解脱？难道他们不知道你说的这些道理？都知道，但是他们自己走不出来。

她严肃了，脸上掠过一丝深思。

好了，聊点别的吧，别再问这些巨傻的问题了，我说。

她咯咯地大笑了起来。

我真的还那么天真吗？她认真地问。

当然，我肯定地说。

哦，那好吧。她若有所思地回应了一句。

过了一会儿，她开始向我滔滔不绝地聊起了她的宝贝儿子。

他真是上帝送我的一个大礼。您知道吗？王老师，有一次我送他去幼儿园，临走前他告诉我说，妈妈你不要忧伤，你要看到未来。我都惊了。还有时，我给他讲故事，他会说，妈妈，我长大了要改变世界。他经常说这样的话，你说这孩子是怎么了？

我说，一个小天才，难以想象，这么大点的孩子能说出这样的话，太不可思议了！

接着，我们又聊到了文化和书籍。这丫头一直酷爱读书，也喜欢与文化有关的事物，眼下已从原属的一家报社跳槽去了一家著名的互联网站，负责文化板块，她去后曾问过我，能胜任吗？我说我以为你在那是合适的，因为报社会束缚了你的才华，这里则可以让你尽兴地施展想象。

果然，她这一去，做的几个文化选题都挺令人惊叹。她又给我看了她要做的下一个文化选题，特别棒，我说，你真去对了地方。

那王老师，我能请求你帮我录一个由你朗诵的古代诗词吗？

我一怔，没有心理准备，想了想，可以，我说，但必须是大漠孤烟、长河落日式的古词。

那太好了，你下午就录，然后明天发给我，好吗？

我点头，可以，我说。

我们又聊起了一名真正的思想者的文化使命与社会责任，她说她有一个抱负，想为像我这类人建立一个发言的平台。我听了挺高兴，我告诉她，我以前是自觉地将自己边缘化，因为我不想辱没了自己。这个时代让我感到绝望，而且，我的思想也在固执地反抗今天的时代。我告诉她，如果有这样一个平台，我想就社会与时代的问题，作一系列的发言。我今年读了那么多的哲学就是为了这个。

她问我还会出些什么书？

如果不遇到特殊麻烦的话，我说，会有两本小说出版，是我三部曲的后两部。第一部就是我的《六六年》，但目前已送国家某机构审查。我说，我敢说这两本加上我的《六六年》会是三部经得起时间考验的小说；除此，还有一本确定要出版的《城市符号》。

她说，王老师，到时请你来我们网站聊聊你的书吧。

我欣然应允了。坦率地说，这种无功利的邀请与交流是我最愿意接受的。现在什么都是交易，就连文化产品的宣传，也要进入一种潜规则式的金钱交易，这让我深恶痛绝，从这个意义上说，我感谢这丫头的邀请，这等于免费帮我的书做宣传。这年头有什么东西是免费的呢？

最后我问，咦，你今天约我是有什么事吗？

没有，王老师，我就是想找你聊聊天，好久没见你了。

这样好，我感叹道，我也讨厌有功利性的见面、吃饭，为什么不能轻松地聊一些与功利性无关的话题呢？就像我们现在。

她笑，问，王老师，你觉得我今天是不是又问了一些天真的傻问题。

比如关于忧郁症。我幽默地说。

她大笑了起来，笑得前仰后合。

这时她呼叫的出租车到了，我们一块步入室外，我送她上了车。告别时，我说，请继续你的“二”和天真。

她又一次大笑了起来。

又见当年

“你一点没变。”李玉说。

“那是因为我戴着墨镜，你瞅着我朦胧。”我笑说。

她大笑，笑得像个天真稚气的孩子，一如她当年。当年的她，听完我的一番有趣的话后，常会发出这样的大笑，咧开嘴，肆无忌惮地大笑。一晃多年过去了，我们不曾再有机会见面。

那时李玉还是一个典型的电影发烧友，而其当时的身份乃是一名纪录片导演，就是因了这个身份，她进了我们剧组，跟随着我们拍下了《一个都不能少》的纪录片。我还清晰地记得当有一天，她将剪好的片子让我和艺谋看时，她那种微笑中的紧张神情，一声不吭地坐在我们的边上，安静得像个小朋友。看完后我向她伸出了大拇指，然后说拍得真好。艺谋则在一旁微笑着——他不是一个容易轻易表态的人。我说，李玉，没想到你剪得这么好，它不仅是一部简单的有关电影的纪录片，同时也见出了你的思想与个性，它是一部真正的具有独立价值的纪录片，祝贺你！

她笑了，是一种羞涩的微笑，腼腆而快乐，真的吗？她瞪大了眼睛问，我还怕你骂我呢！她了解我的性格，我轻易不在艺术上夸人。我的原则是，凡涉及艺术领域，一概不说假话，不恭维，是什么就是什么，绝不轻言妄语。

那时的李玉时常会来找我聊天，她总说，我喜欢听你说话——因为我们聊的全是电影与文学，我后来知道，她还悄悄地写着小说。

终于有一天，她说她想当导演拍电影了。

为什么？我惊讶地说，电影有这么让你着迷吗？为什么我没有这个想法。她不好意思地乐了，嗯了一声，我喜欢拍电影。她嘿嘿地笑着说。

我以为这仅是她的一个想法。没想到有一段时间她居然消失了，再见时告诉我她用自己的钱拍了一部小成本的地下电影。当时我大惊：你真的拍上电影啦？她点了点头。我不敢告诉你，怕你说我。她说。

再后来她写了一个电影剧本，接着又开始了她漫长的找钱过程。那是她最难的一段时光，似乎一直被人忽悠，说是要拍了，结果又黄了，反反复复了好几次。那一段时间她与我住在同一幢公寓，我能明显地感觉到她的焦虑，但她总能控制着自己不让这份焦虑过多地流露。为了电影，她甚至辞去了央视《东方时空》的导演职位。那时我心里其实也在为这位小妹妹着急，看着她脸上明显挂相的憔悴，我心想这何必呢，就为了心中的那点电影的理想？

结果苍天不负有心人，终于有人投资了，而人也很快消失了。再见时是她第二部电影《红颜》的首映仪式。见到我时她一脸紧张，你先看吧。她淡淡地说。我笑笑，没多说什么。

《红颜》拍得不错，尤其画面清澈而流畅，涌动着一种难言的忧伤与感怀，虽然我对故事的合理性持有保留意见，但我必须承认这是一部颇富才华的电影。从影院出来后见到李玉，我告诉了她我的意见，她显得挺兴奋：真的吗？我就怕你骂我。她的脸上又浮现出我熟悉的孩子式的笑容。

从那以后过去多少年了？我真的忘了，我只知道从此我们没有再见过面，我只是后来看了她又拍的电影《苹果》，看后如鲠在喉，想找她说说我的看法，打去电话时她正在开会，说好了过一会儿再通话，但从此她的这个电话就没有再打来，我也无意再说了，也就放弃了交流的愿望。

当李玉约我聊天时，那已是多少年后的这个国庆长假了。

进了一家我指定的法式餐吧时，我摘下了墨镜：怎么样，还是有变化吧？我笑问。

没有，真的没有，一点没变，怎么回事？奇迹！她紧盯着我，一脸认真地说。

我撇了撇嘴角，心想，哦，岁月老去，心已沧桑，不再是当年的我了。

我们聊了一会儿，她说，其实当了这么多年导演，我也没变，我还是过去的我。我最不喜欢的就是电影界的一些派对，我总是觉得在那种环境里不知所措。看得出，她说出这话时内心的真诚。

我说，我早已退出电影圈了，也不怎么看电影了。

那你不爱电影吗？她好奇地问，你搞过这么多年的电影。

现在的电影太差了，我不想在电影院侮辱我的智商。我不屑地说。

哦，我知道了，你不是不爱电影，你是不喜欢不好的电影。她说。

我一愣。想了想，觉得她说得对，我可能确实不喜欢现在的电影，我心里一直怀念着曾经有过的、富有激情和理想的中国电影的光荣时代。

过了一会儿，她忽然说，一会儿有个人会来，他听说你也在一定要来。是谁？我有些纳闷，我想不出李玉身边会有谁想见我。她咧嘴乐了。

是葛优，他约我聊点事，我说我要见一个重要人物。他问是谁，我说是你，结果他说他也要来见你。

就在这时，李玉的电话响了，没说几句就将电话递给了我。

谁？我问。

葛优。

我乐了。接过电话，葛优呀……我的话音未落，电话那头便传来葛优愉快的声音：打倒反动学术权威王斌，嘿嘿。

这下把我乐翻了。每次和葛优通话，他上来的第一句话永远是这么一句，这都成了我们通话礼式的约定俗成了，这种感觉让我快乐，让我忽然觉得时光倒流，又重返了我们曾经的当年。所谓反动学术权威，乃为我们电影《活着》中的一个人物，窃用了我的名字，还给“王斌”戴了一顶反动学术权威的高帽，让“王斌”饥不择食地吃馒头差点撑死。

没过一会儿葛优到了，彼此见了就如同我们时常见面那般，他嘿嘿地乐着，脸上浮动着他标志性的那种特有的幽默表情。

很快聊起了当年——一起拍摄电影《活着》时的情景。

我对李玉笑说，拍《活着》时葛优一直对自己的表演不满意，对我的表扬表示怀疑，总对我说，这电影奔戛纳电影节表演奖没戏，我是演员我知道，连百花奖都没戏。”后来出发戛纳前还来我家聊了一次，仍坚持这个看法，结果他在戛纳国际电影节一举斩获最佳男主角。这是亚洲人第一次在国际一流的电影节获得此项殊荣。

葛优，你还记得吗，当时你还不想上《活着》，我们在一家宾馆见面，我还对你说，葛优，如果你以过去充其量还是一明星的话，那么上了这部戏你将成为一名艺术家了。葛优听了直乐。

后来葛优说晚上跟他母亲约好了要去家里吃饭，并说找个时间在家法餐厅，他请客，要个单间，和我们好好聊聊。

葛优走了。这么多年过去了，他没有忘了他心中的那份承诺，依然保持着一颗平常心，平易近人，不骄不躁，他还是我当年认识的那个葛优，荣誉、名气与闪亮的光环并没改变他，他依然故我。

李玉有约也离去了，我转向隔壁的“妙”餐厅。坐下，心里有一种愉快的感觉。很长时间以来我都不太愿意轻易见人了，偶尔见，回到家依然感到孤独和落寞。久而久之，自己更愿意与书、古典音乐交流了，好像唯有在那里，我才能找到我所心仪的同志和朋友，而今天谈天说地，却让我那么地快乐。因为什么？哦，我明白了，是因为我们拥有共同经历过的岁月，那岁月中沉淀着我们弥足珍贵的友情与友谊，它并没有随着彼此境遇的逆转与改变、随着不再常有时间见面而变得淡漠与疏远，一如李玉所言的：“咦，为什么我觉得我们昨天才刚见过面呢？”

是的，没有陌生与疏离之感。岁月有时既是一种筛选，亦是一种淘汰，留下的是美好的怀恋。

回首往事，我们依然心存温暖与感动。

最后的午餐

与朋友张陵通话时，我便预感到这可能是最后一顿午餐了，这让我哀伤。

几个月前，我终于下定决心与八十年代的这批老朋友重新取得联系，张陵是我所想要拜访的最早的几位之一。大概是他距离我的公寓只有一箭之遥，我晃晃悠悠几步就走到了。这么多年来，我的落脚之处亦从未离开这方圆几百米，故而常常路过他们文艺报社，每每经过都会在记忆中闪现出一些当年的情景，可似乎是一个遥远的梦境了，那时我们的青春、激情、理想与抱负是何等的远大！

那时我常一头扎进报社畅谈文学新潮和文学革命。一切都会过去，一切都会消失，而那过去的就会变成幸福的怀恋——普希金的诗句就是这样回荡在我的耳畔。

后来我听闻许多朋友都在九十年代初陆续地离开了《文艺报》。蒋原伦去了北师大，成了教授兼博导，他留在我印象中的形象是一副笑呵呵的模样，有一点矜持，有一点执拗，还有一点上海人的精细。待人热情周道的贺绍俊去了东北一所大学研究所，优雅文气的朱晖则去了《光明日报》，至于我们中最不爱聊天、年龄最小，但又最让我们尊敬的则是潘凯雄了，他总是那么沉稳，严肃，一丝不苟，总是在一旁忙着工作而疏于加入我们的谈天说地，我们的大声喧哗居然没引起他的抗议！当时凯雄已是理论部的一方领导了。也就是他，那么果敢而又坚定地离开了文艺报社，甚至悄悄地像一名普通的刚毕业的大学生一般报考了另一家报社，而丝毫没有声张自己的身份。要知道，他在八十年代的文坛中可是一位著名的批评家，且在文艺界最重要的报纸——《文艺报》担任部门领导。我相信，当时一定有许多现状让他失望，而他心中的理想之火却未曾泯灭，于是，他主动地让自己的身份归之于零。他要重新出发了，甚至不顾前程茫茫。

几天前去凯雄家聊起了往事，他语调平静，一如他从前。我恍惚间觉得我在听闻一则有点不可思议的传奇，如果是我，我肯定没有他那种勇气，就这么地以一个新人的身份再度打拼，我是怯懦的，而凯雄则以惊人的自信与工作能力无可争辩地在新的岗位上证明了自身的能力。命运再度眷顾了他，几经波折，他担任了国家一级大出版社社长。而在这十多年中，当我在报纸上看到他现在的掷地有声的身份时，心中还隐隐地担心他已然不复从前，说真话，我一直害怕从朋友的脸上看到我所不愿看到的变化，我的敏感会让我受伤，因为我怀念我们曾有过的过去。

后来我们见了面，当我第一眼见到他时心里暗暗一惊，他真的没变，还是过去我所熟知的凯雄，那个严肃认真却又对工作一丝不苟的凯雄，这种感觉让我倍感亲切。那天他说，我太忙了，有空来我家坐坐吧，我的新家你还没来过呢！

是的，我没去过他的新家。记忆中他的家仍在团结湖，与我是邻居。那时几乎所有的文艺报社的朋友都住在团结湖附近，可现在却分散了，让人心生怆然。几天前，我们相约着去了他家，他煮上了清茶，我们轻啜着，聊起了当年，彼此又说起这些年的经历，感慨良多。岁月的流逝，并没有因此改变我们内心的信念和爱好，没有让我们变得忘乎所以，我们仍以一颗平常之心看待这个逐渐让我们感到陌生的世界。他的位置已然很高了，但脸上还是那副善良沉稳的表情，这让我意外，亦让我又觉得尽在情理之中。他怎么可能会变呢？我本该想到的。我为自己没能早来看他而感到后悔。他对我的小说提出了许多中肯的意见，语重心长，最后说，你如果坚持不愿改也能出版，只是我为了你的小说能更好。我心中涌起了一股巨大的感动，他在我的关键时刻出现了，在又有许多家出版社不能出的前提下，他对我的小说内容是首肯的，只是阐发了他个人对小说本体的一些看法；而这一看法他并不要求我完全服从，他尊重我的意见。我走时说，凯雄，今天我太高兴了，我以后还会来。

文艺报社朋友中唯有张陵一人留守。那天我打电话去表示要登门拜访，他一听是我就笑了，你快来快来。从那天起，文艺报社食堂成了我午餐的食堂，张陵甚至张罗着要帮我买一张食堂卡，以后我可以单独来吃饭。他说有时我要开会，你自己可以来了。

可是很快被告知，食堂要被取消了，因为文联机关要搬走，这是文联的产权，他们要做商业性的出租。今天张陵在电话中说你来吧，这是最后一次在食堂吃了。

食堂里已没几个人就餐了，偌大的食堂稀稀拉拉几个人，据说，许多人都已将吃饭卡退成钱了。我们像以往那样坐在饭桌前，话亦少了许多，我有一种莫名的凄凉感。这两日的菜肴好像丰盛了许多，不知是不是在做最后的告别演出？

从此后我的午餐又要逼得我四处流浪了，而在此前，我是那么快乐地以为从此午餐尴尬的历史就将结束了呢，我不但能吃上几道不同味道的炒菜，亦能在写作的疲惫中出门透透风，与好朋友聊上一会儿，这种感觉让我幸福。而现在，一切转瞬之间结束了。

哦，我的最后的午餐！